Robert Stenuit

Delphine — meine Freunde

D1730430

Übersetzt und bearbeitet von Dr. Wolfgang Gewalt

BLV
MÜNCHEN
BASEL
WIEN

Delphine meine Freunde

ROBERT STENUIT

Unter den zahlreichen Delphinologen, die so liebenswürdig waren, mit ihrem Rat zu helfen und wichtige Informationen beizusteuern, möchte der Verfasser seinen ganz besonderen Dank aussprechen Herrn Dr. René-Guy Busnel, Direktor des Instituts f. Bio-Akustik in Jouy-en-Josas; Herrn Dr. David H. Brown, Kurator f. Säugetiere in »Marineland of the Pacific« in Los Angeles; Frau Karen W. Taylor, Kurator am »Sea Life Park«, und Herrn A. Prior, Cheftrainer am Ozeanischen Institut, beide Hawaii; Herrn Dr. Murray A. Newman, Kurator am Öffentlichen Aquarium in Vancouver; Herrn William L. High, Fischereibiologe in Seattle; Herrn Dr. Lawrence Curtis, Direktor am Zoologischen Garten Fort Worth, Texas; Herrn und Frau Roger Conklin und Cheftrainer Adolf Frohn, »Seaquarium« in Miami; Herrn Ing. Leo S. Balandis, Sperry Gyroscope Co.; Herrn Dr. James N. Layne, Professor f. Zoologie an der Cornell-Universität, Ithaca; Herrn Dr. David K. Caldwell, Kurator f. Meeresbiologie am Naturhistorischen Museum von Los Angeles; Herrn Oberst C. V. Glines, US-Airforce Information Service, Office of the Assistant Secretary of Defense; Herrn Ricou Browning, »Ivan Tors Studios Inc.«, und Herrn Dr. S. David Webb, Assistant Curator für Naturwissenschaften an der Universität Florida.

Der Verfasser dankt ebenso Herrn Dr. George F. Bond, Captain, M. C. US-Navy, Special Projects Office, dem »Vater« des Unternehmens Sealab; Herrn M. W. Leonow, Kulturattaché an der Sowjetrussischen Botschaft in Brüssel; dem Direktor des Neuseeländischen Informationsdienstes in Wellington; Herrn Dr. Tushingham, »Royal Ontario Museum« in Toronto; dem Direktor der Nationalmuseen in Tunis; den Kuratoren der Abtlg. Naturgeschichte am Britischen Museum in London; Herrn Gregor Konstantinopoulos, Hauptkonservator am Archäologischen Institut des Dodekanes auf Rhodos; Herrn Prof. Augusto Traversa, Italienisches Kulturinstitut in Brüssel, und Herrn Kommandant Vichot, Konservator am Marine-Museum, Paris.

Alle Rechte der Verbreitung einschließlich Film,
Funk und Fernsehen sowie der Fotokopie
und des auszugsweisen Nachdrucks vorbehalten.

© 1967 Editions Arts & Voyages, Bruxelles (Belgien)
Titel der französischen Originalausgabe: Dauphin, mon cousin
© für das deutsche Sprachgebiet
1970 BLV Verlagsgesellschaft mbH, München

Umschlagentwurf: Franz Wöllzenmüller
Titelbild: Robert Stenuit

Satz, Druck und Bindearbeit: R. Kiesel, Salzburg
Printed in Austria · ISBN 3 405 10879 9

Inhalt

*Delphine zu jagen bedeutet, die Götter zu beleidigen, und keiner darf
sich den Göttern hinfort mit einem Opfer nahen und ihre Altäre mit
bloßer Hand berühren, der absichtlich Anlaß für die Tötung von Delphinen gegeben hat. Sogar jene werden unrein, die mit ihm unter einem
Dach leben, denn die Götter halten den Mord an den Königen der
Meerestiefen für ebenso fluchwürdig wie den an einem Menschen.*

Der griechische Dichter Oppian in »Halieutica«
(2. Jh. n. Chr.)

*Für die Dauer von fünf Jahren — vom heutigen Tage an gerechnet —
ist es für jedermann untersagt, einen Delphin auf der Reede von
Hokianga zu fangen oder zu belästigen ... Wer gegen die vorliegende
Bestimmung verstößt, wird mit einer Geldstrafe bis zu £ 50,— belegt.*

Auszug aus einem Erlaß des Generalgouverneurs
von Neuseeland (»The New Zealand Gazette«,
8. März 1956)

*Der Fang von Delphinen ist ab sofort im gesamten Gebiet der UdSSR
verboten ... Ich glaube, daß es möglich sein wird, die Delphine zu
erhalten. Im Interesse der Wissenschaft sollte ihr Fang in allen Welt-
meeren eingestellt werden.*

M. Alexander Ischkow, Minister für Fischerei der
UdSSR (»Iswestija« 1966)

Vorwort

Nachdem die Wale, zumal in ihren anmutigsten Vertretern — den Delphinen —, in der Antike zu den Lieblingen der Götter und der Menschen zählten, haben die »ungeschlachten Meeresriesen« später als Rohstoffquelle einer allein auf sie gegründeten Industrie allenfalls noch wirtschaftliches Interesse gefunden.

Doch heute erleben die Delphine plötzlich ein glänzendes Comeback — als Fernseh- und Zirkusstars, als zoologische Attraktion in eigens hierfür geschaffenen »Ozeanarien«, als Studienobjekte wissenschaftlicher Laboratorien, bei Technikern und Militärs, bei Physiologen und Psychologen. Sie sind überall im Gespräch. Die Delphin-Artisten von Marineland in Florida spielen Baseball gegen ihre Lehrer, sie springen mit unübertroffener Präzision über Hindernisse, »singen« im Chor, tanzen Twist und schlagen einen doppelten Salto. Zukunftsforscher sehen sie ganz im Dienst des Menschen: als Meldegänger und Packesel auf dem Meeresgrund oder als Lotsen in der internationalen Schiffahrt.

Zahlreiche Wissenschaftler beschäftigten sich in den letzten beiden Jahrzehnten so intensiv mit Delphinen wie nie zuvor. Die alten Berichte wurden zumeist bestätigt. Aber die Forschungen ergaben auch, daß die Delphine noch viel rätselhaftere Eigenschaften haben, als ihnen die Römer und Griechen der Antike nachgesagt hatten. Die »Delphinologie« entwickelt sich zu einem eigenen Fach, und man findet nur schwer eine Parallele, daß sich noch einmal eine jahrhundertelang kaum beachtete Tiergruppe sozusagen über Nacht auf die Spitzenränge der Publikumsgunst katapultiert hätte, daß »langweilige Trangeschöpfe« unversehens auf der gleichen oder gar auf einer höheren Stufe eingeordnet werden wie Hund, Elefant oder Schimpanse, daß scheinbar nur noch das richtige Wörterbuch aufgeschlagen werden muß, um mit ihnen per Du zu sein.

Daß bei so jäher Umwertung da und dort über das Ziel hinausgeschossen wird, kann nicht wundernehmen. Aufgrund vieler haltungstechnischer Probleme sind lebende Wale als Zoo- oder Labortiere keineswegs überall verfügbar, und so haben sich bislang nur verhältnismäßig wenige Biologen, die in objektiver Untersuchung und Beurteilung tierischer Lebensäußerungen geschult sind, dafür aber um so zahlreichere Konstrukteure, Tauchsportler, Psychologen, Marine- und Raumfahrtspezialisten sowie Männer des show-business mit Delphinen befaßt, was auf das gegenwärtige »Image« des Delphins und die bisweilen sehr auseinanderstrebenden Meinungen und Standpunkte innerhalb der Delphinologie zweifellos nicht ohne Einfluß geblieben ist.

So stoßen auch in diesem Buch die Ansichten, beispielsweise über menschliche und außermenschliche Intelligenz, hart aufeinander. Mag dabei der eine oder andere textliche Schluß als recht weitreichend erscheinen, mag auch diese oder jene Folgerung aus dem Verhalten der Wale noch eines Abstriches oder eines Fragezeichens bedürfen — selbst für den nüchternsten Maßstab bleibt der Delphin immer eines unserer faszinierendsten Mitgeschöpfe.

Dr. rer. nat. Wolfgang Gewalt
Direktor des Zoologischen Gartens
Duisburg

Schmiegsame, silbergrau schimmernde Torpedos

Unter dem Meeresspiegel verkennt der Mensch seine Freunde. — Ich bin Taucher seit jeher und seit kurzem auch Ozeanaut, aber ich war allein in jener anderen Welt, ein Wanderer ohne Führer.

Heute nun träume ich davon, Kameraden im Meer zu finden, und wenn die Delphine meine Zudringlichkeit gestatten, möchte ich wohl versuchen, ihre Freundschaft zu gewinnen.

Ich glaube, es war eine Beobachtung von Dr. Dave Brown vom »Marineland Aquarium« in Kalifornien, die mich zum erstenmal auf den Gedanken brachte, Delphine als eine Art Leibwächter für den Menschen anzusehen: »Sie (die Delphine) schwimmen ganz außergewöhnlich schnell und rammen dem Hai ihre harten, knochigen Schnauzen in die empfindlichste Partie der Bauchregion. Da der Hai kein knöchernes, sondern nur ein knorpeliges Skelett hat, werden seine von keinem festen Brustkorb geschützten inneren Organe leicht zermalmt — vor allem die Leber —, und auf eben diese Weise machen die Delphine mit Haifischen rasch Schluß.«

Später, in Florida, schilderte man mir die Delphine als Intelligenzwesen, als Spaßmacher oder Komödianten, als gute Samariter oder als verwöhnte Stars. Ich selbst jedoch wußte bis zu diesem Tage so gut wie gar nichts von ihnen. Allen Tauchern ist bekannt, daß sich Delphine und Tümmler draußen im offenen Meer nicht so leicht dem Menschen anschließen. Stundenlang mögen sie unser Boot begleiten und vor seinem Bug herumspielen — sobald ein Taucher ins Wasser steigt — sst! — sind sie weg!

So beschloß ich also, die Bekanntschaft gezähmter Delphine im Seaquarium von Miami zu suchen. Dort — in einem riesigen Salzwasserbassin — ließ ich mich mit Badehose, Schwimmflossen und Tauchmaske zu ihnen hinabgleiten.

Ein Delphin könnte einen Menschen mit einem Schnauzenstoß erledigen oder ihn mit einem Biß seiner Kiefer zerstückeln, denn er verfügt über eine Doppelreihe kräftiger und spitzer Zähne, 88 Stück insgesamt, die haargenau ineinandergreifen. Aber niemals, tatsächlich *nie-*

mals hat je ein Delphin oder Tümmler einen Menschen angegriffen, nicht einmal in berechtigter Notwehr, wenn das Tier von Harpunen getroffen oder wenn sein Schädel im Namen der Wissenschaft mit Elektroden gespickt worden war. Im Gegenteil: in all den Legenden, in allen Überlieferungen der Griechen und Römer, der Skandinavier, Hindus und Polynesier sind die Delphine die hilfsbereiten Mitarbeiter der Fischer, geleiten sie die Seefahrer durch die tückischen Fallen der Felsriffe, eilen sie zur Rettung Schiffbrüchiger herbei, um sie an Land zu bringen, nehmen sie fröhlich teil an den Spielen der Kinder.

Als ich die Leiter hinabstieg und meinen Kopf unter Wasser tauchte, durchzuckte es mich dann auch im gleichen Moment: Liebe auf den ersten Blick! Das waren lebende Torpedos — geschmeidige, blitzschnelle, anmutige, elegant dahinschlängelnde Torpedos, von mausgrauem Seidenglanz auf dem Rücken und weiß-seidenglänzend am Bauch. Sie umringten mich augenblicklich, um mich genau zu untersuchen. Aufrecht im Kreise betrachteten sie mich von der Seite her mit lustigen Augen und einem verschmitzten Lächeln, das ihre langen, spitzen Köpfe gleichsam in zwei Hälften spaltete. Das Leuchten des in ihren Augen funkelnden Interesses war fast ein menschliches Leuchten, und man mußte es nicht zuvor in Büchern gelesen haben, um sofort zu empfinden, daß dies hier Säugetiere waren wie wir Menschen, unsere warmblütigen Vettern, die lebende Junge zur Welt bringen und sie voll »liebender« Sorgfalt in der Familie großziehen; Mitgeschöpfe, die immer wieder zur Oberfläche emportauchen müssen, um ihre Lungen aufs neue mit Luft zu füllen — gerade so, wie ich es jetzt hier mit meinem Schnorchel tue.

An ihren Flossen und Körpern versuchte ich eine Spur jener Gliedmaßen oder Hüften wiederzufinden, die, wie ich wußte, im Skelett mancher Wale noch als kleine, mit dem Becken verwachsene oder irgendwo im Fleisch verlorene Knochenreste von Schenkel- oder Schienbein existieren. Aber an diesen dem Umzug ins Meer so vollkommen angepaßten Muskelraketen gab es keinerlei Vorsprünge.

Die Paläontologen stimmen im allgemeinen in der Ansicht überein, daß die Delphine von einem ausgestorbenen Landsäugetier abstammen, das seine Nahrung anfänglich am Strand, später im Meer suchte, und das sich schließlich dahin entwickelte, ständig im Wasser zu leben. Um diese Tiere zu klassifizieren, haben die Zoologen die Ordnung der »Wale« (*Cetacea*) aufgestellt und in der besonderen Unterordnung »Zahnwale« *(Odontoceti)* alle jene Mitglieder zusammengefaßt, die Zähne besitzen: Delphine, Pottwale, Schwertwale usw. Schließlich schufen sie noch die Familie »Delphine« *(Delphinidae)*, um hier die Tümmler und Delphine verschiedenster Gattungen unterzubringen. Die Tiere, die mich gerade umringten, nennen sie *Tursiops truncatus* — Großer Tümmler, Atlantik-Delphin oder Bottle-nosed Dolphin.

Diese Großtümmler gab es hier in allen Altersklassen, in der Hauptsache erwachsene Tiere von 1½ bis 2 Meter Länge und 150 oder 200 Kilogramm Körpergewicht; daneben 2 oder 3 Junge, von denen eines noch säugte und etwas abseits von den anderen brav hinter seiner Mutter oder seinem Vater dreinschwamm.

Um das Eis zu brechen, halte ich dem Kecksten einen bunten Gummiring hin; er schüttelt den Kopf, und ich werfe den Ring ans andere Ende des Bassins. Ohne den kleinsten Wasserwirbel dreht sich der Delphin um seine eigene Achse, schießt in kraftvoller Schlängelbewegung wie ein Pfeil davon und ist schon wieder da — den Ring auf die Nase gestülpt, blinzelt er mich ein wenig spöttisch an. Jetzt gibt mir ein anderer Delphin ein Zeichen, ich werfe den Ring von neuem, und ein allgemeines Spiel beginnt! Im Tümmlerstil schwimme ich bald auf, bald unter dem Wasser, fühle mich selbst zum Delphin werden und freue mich wie ein Kind. Ich fotografiere die Tiere aus allen Lagen, und sie lächeln mir dazu freundlich ins Objektiv. Schon komme ich gar nicht mehr dazu, mit dem Gummiring zu werfen, denn kaum habe ich — abgelenkt von zwei Mitspielern — zur Bewegung ausgeholt, als sich auch bereits ein Spaßvogel hinter meinem Rücken heranpirscht und mir den Ring sanft aus den Händen nimmt.

Mit dem Ring zwischen den Zähnen fordert mich das junge Männchen zum Wettkampf heraus: tauchend weicht es zurück, wenn ich mich nähere, läßt sich fast greifen; wenn ich mein Tempo erhöhe, wird auch der Delphin schneller; strecke ich den Arm nach ihm aus, dreht er den Kopf weg. Jetzt meine ich, ihn endlich erwischt zu haben, aber im allerletzten Moment ist er doch noch einmal schneller und verharrt dann wie am Boden festgenagelt bis zum äußersten Rest seines Luftvorrates, während ich zum Atemschöpfen auftauchen muß. Und da taucht auch er auf und lacht aus voller Kehle!

Für diesmal hatte ich begriffen: nicht *ich* spielte mit den Delphinen, sondern die Delphine spielten — und zwar in der nettesten Weise — mit *mir* . . .

Anderthalb Jahre später kam ich zum Seaquarium zurück und hielt, über den Beckenrand gebeugt, Ausschau nach meinen Freunden. Ich erkannte sie fast alle wieder, einige aus der Erinnerung, die anderen nach meinen Fotos; der Säugling war größer geworden, folgte aber immer noch seiner Mutter, und der halbstarke Komiker von damals war nun fast erwachsen. Auf dem hin und her peitschenden Schwanz hoch aufgerichtet, sah er mich lange an, den Kopf aus dem Wasser gereckt und das Maul halb geöffnet. Ohne noch ein Auge für die übrigen Besucher zu haben, heftete er seinen Blick auf mich, dann holte er denselben Gummiring, mit dem wir einst gespielt hatten, streifte ihn sich über die Nase, schwamm zu mir her und schnellte ihn mir mit einer kurzen Drehung des Halses — hepp! — genau in die Hände. Er »lachte«, ich warf den Ring zurück, und damit nahmen wir unser Spiel so wieder auf, als hätten wir erst gestern aufgehört.

Ich glaube, in meinem ganzen Leben war ich noch nie so gerührt wie jetzt: war ich doch sicher, daß mich mein Freund Delphin — so unglaubwürdig das auch scheinen mag — nach anderthalbjähriger Pause zwischen allen anderen Besuchern wiedererkannt hatte.

Freund der Götter
und der Menschen

Hatte er mich wirklich nach so vielen Monaten wiedererkannt, mein Freund aus einer nur eintägigen Bekanntschaft? Und vor allem: durfte ich ihn überhaupt »Freund« nennen?

Ich persönlich glaube es, und wenn Skeptiker darüber lächeln, hat es doch schon früher andere Menschen und andere Delphine gegeben, die zu Freunden wurden.

Da war zum Beispiel Poseidons Sohn Taras, ein Halbgott, der von einem Delphin gerettet und aus den salzigen Fluten ans Ufer gebracht wurde. An der Stätte seiner glücklichen Landung gründete er eine Stadt, der er seinen Namen gab, und als die Taranteser darangingen, Münzen zu prägen, gravierten sie den Geldstücken das Bildnis des legendären Städtegründers ein, wie er auf seinem Delphin reitet.

Plutarch erzählt uns von Odysseus' Sohn Telemachos, der schon als des Schwimmens noch völlig unkundiges Kind ins Wasser fiel, worauf ein Delphin zu Hilfe eilte und ihn zum Strand zurücktrug. Dankbar ließ Odysseus darauf seinen Siegelring mit dem Bildnis eines Delphins schmücken, und auch auf seinem gebuckelten Schild ließ er einen Delphin einmeißeln. Freilich hat Plutarch seine berühmte Abhandlung »Über den Verstand der Tiere« erst einige Jahrhunderte nach der Zeit Odysseus' geschrieben, aber er vertritt voll und ganz die Sache Zacinthus' und führt im übrigen noch viele andere Fälle an, bevor er den Schluß zieht: »Einige unter den Landtieren meiden den Menschen, und andere, die sich — wie z. B. Hund, Pferd oder Elefant — ihm nähern, zeigen sich ihm gegenüber nur deswegen sanftmütig, weil er sie füttert. Dem Delphin hingegen hat die Natur als einzigem jene Gabe verliehen, nach der die größten Philosophen streben — die uneigennützige Freundschaft. Er bedarf keines einzigen Menschen und ist dennoch der großmütige Freund von allen und hat schon vielen von ihnen geholfen.«

Äsop waren diese Dinge bereits wohlbekannt, als er seine Fabel »Der Affe und der Delphin« verfaßte; sie waren so allgemein geläufig, daß man kaum darüber zu reden brauchte: ein Schiffbrüchiger zappelt im

Wasser, schon erscheint ein Delphin und bringt ihn gesund und munter an Land.

Sie zucken deswegen mit den Achseln? Nun, das haben viele andere vor Ihnen auch getan und bedauern es seit einigen Jahren.

Seltsames passierte auch einem Zeitgenossen Äsops, einem Mann im Blickpunkt der Öffentlichkeit — Arion persönlich, dem Schöpfer der Dithyramben, dem internationalen Star der Dicht- und Sangeskunst. Und es ist der Historiker Herodot und nicht irgendein versponnener Poet, der uns davon berichtet. Arion also, von der Insel Lesbos stammend, war zum Hofe des Periander nach Korinth gezogen, um weiteren Ruhm zu ernten. Als geheiligter Spitzenstar hatte er anschließend eine Überseetournee durch Groß-Griechenland und zu den Kolonien Italien und Sizilien angetreten. Beim sizilianischen Festival (einer Veranstaltung, die ein wenig dem heutigen San-Remo-Schlagerwettbewerb entsprechen mag, damals aber — geistig anspruchsvoll — eine Art Olympiade der Stimmkünste darstellte) heimste er sämtliche Preise ein, und von nun an wollte jeder ihn hören.

Schließlich kam der Zeitpunkt, wo der Dichter mit der Summe seiner Honorare, mit allen Trophäen und dem gesamten Gold seiner Preise in Tarentum ein korinthisches Schiff mietete, um in seine Heimat zurückzukehren.

Mitten auf dieser Reise überraschte ihn der große Coup: die von all dem an Bord mitgeführten Gold außer Sinnen geratene Besatzung trachtet ihm nach dem Leben — Arion soll verschwinden! Brutal wird ihm das Ultimatum gestellt: »Wenn du im Land deiner Väter beerdigt werden willst, mußt du augenblicklich von eigener Hand sterben; wenn nicht, wirst du ins Meer geworfen.«

Arion zögert, dann bittet er um eine letzte Gnade: in sein Bühnenkostüm gekleidet, möchte er noch einmal singen dürfen. Dieser Wunsch wird ihm gewährt, vor den entzückten Piraten stimmt der Dichter seine Leier und beginnt die Orthianische Hymne zu singen, einen langen Weihegesang sehr hoher Tonlage. So herrlich waren diese Klänge, daß sich ein Delphin ganz ergriffen zeigte. Und als Arion plötzlich — vorbei an den verblüfften Seeräubern — über Bord sprang, nahm ihn der Delphin auf seinen Rücken und trug ihn bei Kap Tainaron (heute: Kap Matapan) sicher an Land. Die Piraten wurden bei ihrer Ankunft im Hafen streng bestraft, während der dankbare Arion eilte, dem Tempel von Tainaron ein kleines bronzenes Opferbild zu stiften, das ihn auf dem Delphin reitend darstellt.

Eine Phantasiegeschichte? Herodot hörte sie zwei Jahrhunderte später auf Lesbos, man versicherte ihm das gleiche in Korinth, und als er sich selbst zum Tempel von Kap Tainaron begab, sah er dort die kleine bronzene Votiv-Figur.

Ein anderer Freund der Delphine war Korianos, dessen von Pylarchos überlieferte Abenteuer Plutarch erzählt: Einige Fischer aus Byzanz hatten in ihren Netzen einen Trupp Delphine gefangen und wollten sich gerade dranmachen, sie zu schlachten. Da trat Korianos dazwischen, ein Sterblicher aus Paros, der zufällig des Weges gekommen war. Er setzte sich für das Leben der Tiere ein, bezahlte die Fischer, befreite die Delphine aus den Maschen und ließ sie zurück ins Wasser bringen. Lange betrachteten ihn die Delphine, tauchten dann unter und verschwanden.

Einige Zeit später verschlang ein Sturm auf der Höhe von Naxos ein Boot, auf dem sich auch Korianos befand, und wer als einziger von sämtlichen Passagieren dem Untergang entkam, war — Korianos! Er entkam, weil ein Delphin ihn sich auf den Rücken lud und ans Ufer trug. Bei der Grotte von Sycinod, die man seitdem ihm zu Ehren Korianos-Grotte nennt, setzte er seinen Fuß an Land, und Plutarch schließt folgendermaßen: »... als Korianos starb, und als sich der Rauch seines Scheiterhaufens an der Küste erhob, versammelte sich schweigend eine Schar von Delphinen, um mit aus dem Wasser gereckten Köpfen den Bestattungsfeierlichkeiten beizuwohnen. Als das Feuer verlosch, verschwanden sie alle, und keiner von ihnen kehrte jemals zurück.«

In Jasos, nahe bei Helikarnas, lebte der Jüngling Dionysos, der jeden Tag nach der Schule zum Strand hinunterlief. Als er wieder einmal am Meer spielte, kam ein Delphin herbei, gab ihm allerlei Zeichen freundschaftlichen Entgegenkommens zu verstehen und rieb sich zutraulich an seiner Seite. Der zunächst recht erschrockene Knabe wurde allmählich mutiger, faßte sich ein Herz und erwiderte die freundlichen Gesten des Wales, der bald sein liebster Spielgefährte wurde. Als der Delphin eines Abends erneut zwischen Dionysos' Beinen hindurchschwamm, hob er den Knaben auf seinen Rücken und ließ ihn einen Ausflug ins Meer hinaus machen. Fortan war es das Lieblingsspiel des Jünglings, sich so von seinem Freund umhertragen zu lassen, und allabendlich — genau zur Stunde, wenn das Gymnasium seine Pforten schloß — konnte man nun den jungen Mann und den Delphin zum Rendezvous am Strand eilen sehen, der eine von den Hügeln herabsteigend, der andere aus den Wogen herbeischwimmend.

»Das war eine höchst wunderbare Sache«, schrieb Athenasios, »und die Einwohner von Jasos kamen in Scharen, um das seltsame Wunder mit eigenen Augen zu sehen.« Eines Tages jedoch versuchte der Delphin, seinem Freunde gar zu weit zu folgen, er strandete auf dem sandigen Ufer und starb.

Als Alexander der Große von diesem Fall erfuhr, sah er darin einen Beweis für die außergewöhnliche Gunst, die der Meeresgott Poseidon dem jungen Dionysos entgegenbrachte, denn die Delphine gelten als die Lieblingskinder dieses Gottes; daher ließ er Dionysos zum Großpriester Poseidons im Tempel zu Babylon weihen, als er dort die Hauptstadt seines asiatischen Königreiches errichtete.

Diese Geschichte steht nicht allein, denn Plinius der Ältere hörte zwei weitere, ganz ähnliche Berichte: Hermias, ein anderes Kind aus Jasos, war wenig später ebenfalls mit einem Delphin befreundet, der es auf seinem Rücken spazierentrug. Eines Tages aber warf eine heftige Bö Hermias herunter, und er ertrank, ehe sein Gefährte ihm Hilfe bringen konnte. Der verzweifelte Delphin brachte den toten Körper zum sandigen Strand zurück und legte sich dort nieder, um zu sterben. Die Einwohner von Jasos zogen daraus den Schluß, daß sich das Tier für den Tod des Kindes verantwortlich fühlte und sein Los zu teilen wünschte. Zur Erinnerung prägten auch sie ihren Münzen das Bildnis des Kindes auf dem Delphin ein.

Die andere Geschichte, die Plinius der Ältere überliefert, ist ähnlich und ereignete sich zur Zeit Augustus'. Plinius, der nicht direkter Augenzeuge gewesen war, bemerkt daher mitten in seiner Schilderung, der »Historia Naturalis«: ».. . ich sollte wirklich vor Scham erröten, dies alles hier zu erzählen, wenn es nicht schriftlich in den Werken von Maecenas, Fabian, Flavius Alfius und vielen anderen bezeugt wäre.«

Um in die Schule von Puteoli (dem heutigen Pozzuoli bei Neapel) zu gehen, mußte der Sohn eines armen Fischers aus Bajae jeden Tag einen anstrengenden Fußmarsch rund um den Lukrinischen See machen, eine durch einen Deich abgeschlossene fischreiche Meeresbucht. In diesem Gewässer lebte ein Delphin, und wenn das Kind ihn »Simo! Simo!«

rief (»Simo« bedeutet im Griechischen »Stupsnase« und ist der klassische Spitzname für Delphine, ähnlich wie man bei uns einen Hund »Struppi« nennt), kam das Tier herbei, so weit entfernt es auch gewesen sein mochte. Bald verloren sie alle Scheu voreinander, das Kind stieg ins Wasser und schwang sich auf Simos Rücken, und von nun an brachte Simo es jeden Tag nach Puteoli zur Schule und abends wieder zurück nach Hause und ersparte ihm auf diese Weise den großen Umweg um den See herum.»Und das ging so mehrere Jahre lang. Dann starb das Kind an irgendeiner Krankheit, aber der Delphin kam immer wieder zum gleichen Platz, um auf das Kind zu warten. Mit dem Ausdruck größten Schmerzes und allen Anzeichen tiefster Trauer verharrte er hier, um schließlich — woran niemand den geringsten Zweifel hegen kann — vor Gram und Bekümmernis zu sterben.«

Ähnliches ereignete sich auch bei Naupaktos im Golf von Korinth, wovon der sehr zuverlässige Philosoph Theophrastos berichtet, und ferner in Tarentum, wo sich die Delphine stets besonderer Wertschätzung erfreut haben. Es sind wirklich keine Einzelfälle, denn in einem Brief, den Plinius der Jüngere im Jahre 109 an seinen Freund Caninius schrieb, finden wir folgende Schilderung:

»Die Einwohner von Hippo (einer römischen Kolonie an der Bucht von Bizerta in Tunis) sind sehr eifrige Fischer, Segler und Schwimmer, besonders ihre Kinder. Eines von ihnen hatte sich bei einer Wasserpartie ins offene Meer hinaus sehr weit vom Ufer entfernt. Plötzlich naht ein Delphin, schwimmt vor ihm, hinter ihm, neben ihm, taucht dann unter das Kind und lädt es sich auf den Rücken. Er läßt es herunterfallen, taucht dann aber aufs neue und trägt es zu dessen großem Entsetzen auf die offene See hinaus! Bald jedoch schlägt er einen Bogen und bringt es an die Küste und zu seinen Gefährten zurück ...

Die Geschichte geht weiter. Als die Kinder am nächsten Morgen wieder beim Schwimmen waren, erschien abermals der Delphin und näherte sich dem Knaben, der mit den übrigen die Flucht ergriff. Da begann der Delphin, hoch aus dem Wasser zu springen, so als wollte er die Kinder auf sich aufmerksam machen; tauchte, um erneut aus den Wogen zu schnellen, mit den Flossen zu schlagen und den Körper zu einem S zu biegen. Dieses Spiel zeigte er auch am nächsten und allen folgenden Tagen, bis die Jünglinge von Hippo, die schließlich am Wasser geboren und aufgewachsen waren, sich ihrer Ängstlichkeit zu schämen begannen. Sie näherten sich also dem Tier, lockten es und spielten mit ihm, und als der Delphin sie zum Streicheln zu ermutigen schien, taten sie es. Jenes Kind, das den ersten Kontakt zu ihm geknüpft hatte, schwamm neben ihm, stieg dann auf seinen Rücken und ließ sich durchs Wasser tragen. Als es spürte, daß der Delphin ihm freundlich gesonnen war, begegnete auch es ihm mit Freundschaft, bald gab es auf der einen wie auf der anderen Seite keine Furcht mehr, und das Zutrauen des Kindes wuchs ganz in dem Maße, wie die Zahmheit des Delphins zunahm ... Zu bemerken ist noch, daß sich später ein weiterer Delphin — jedoch nur als Zuschauer — hinzugesellte. Er nahm weder direkt an den Spielen teil noch duldete er engere Annäherungsversuche, sondern er begleitete lediglich seinen Gefährten — gerade so, wie es die Kinder mit ihrem Spielkameraden taten ..."

Diese Geschichte wurde nicht allein Plinius erzählt, die Leute kamen vielmehr von weit her, um den Wunder-Delphin von Hippo zu sehen, der einmal sogar öffentliche Weihen erhielt: als er eines Tages bei der Verfolgung seiner Freunde aufs Ufer geriet und sich im Sande wälzte, ließ der Prokonsul Flavianus seinen Körper mit kostbaren Salben bestreichen, wie man es mit Götterstatuen zu tun pflegt; der Delphin schien allerdings weder diesen ehrenvollen Vorgang noch den Geruch der Salben zu schätzen, denn »er erschien danach mehrere Tage nicht wieder und sah krank und mitgenommen aus«.

Dann erholte er sich rasch und nahm das Spiel wieder auf, doch nun war er so berühmt geworden, daß er wißbegierige Naturforscher, Amts- und Würdenträger, kurzum: die Spitzen der Gesellschaft des gesamten Prokonsular-Bezirkes herbeilockte. Diese wichtigen Besucher mußten natürlich offiziell empfangen und auf Kosten der Stadt beköstigt und beherbergt werden, bis die Steuerzahler in ihrem übermäßigen Geiz sich schließlich dem finanziellen Ruin nahe erklärten und den Delphin — die angebliche Ursache all ihrer Nöte — heimlich umbringen ließen.

Kann man jetzt immer noch an Einzelfälle oder dichterische Phantasien glauben?

Delphine stehen dem Menschen jedoch nicht nur beim Spiel bei, sondern auch im Tode. Hesiod und andere berichten von Delphinen, die den Leichnam eines Mannes zurück zur Küste brachten, der ermordet und ins Meer geworfen war. Und Symeon Metaphrastes beschreibt, wie ein Delphin den zermarterten Körper des St. Lucian von Antiochia zum Strand von Nicomedia schaffte: »... und es war geradezu ein Wunder zu sehen, wie der Leichnam auf einem so runden und schlüpfrigen Körper ruhen bleiben konnte«.

Sind diese Geschichten wirklich wahr? Auch wenn man nur einen Teil der Legenden betrachtet und sich gar zu leichtfertiger Kritiken enthält — muß bei soviel übereinstimmenden Schilderungen nicht eine echte Grundlage bestehen? Waren all die griechischen und römischen Naturforscher, Historiker und Dichter ausgemachte Märchenerzähler? Und warum waren Phylarcas, Theophrastos, Aelion und Lucian so sehr von der Richtigkeit der Delphingeschichten überzeugt?

Jean de la Fontaine wollte jedenfalls nicht an die Delphinberichte glauben, als er bei seiner Übersetzung der berühmten Äsopschen Fabel im 17. Jahrhundert voller unverhohlener Ironie schrieb:

»Dieses Tier ist erklärter Freund von uns Menschen.

Plinius sagt es in seiner Geschichte — also müssen wir's glauben.«

Und in einem meiner Schulbücher, in dem ich als Kind die Fabel von dem Affen und dem Delphin entdeckte, hatte irgendein mehr von papierner Gelehrsamkeit als von lebendiger Vorstellungskraft erfüllter Kommentator in einer Fußnote vermerkt: »Diese Überlieferung ist ein Märchen, deshalb spottet der Fabeldichter voller Behagen darüber.«

Der Reverend Bingley, ein aktives Mitglied der Londoner Linnéschen Gesellschaft, glaubte noch weniger daran, als er im Jahre 1802 mit bedeutend weniger Behagen schrieb: »Es ist einfach unbegreiflich, wie derartig absurde Legenden entstehen konnten, denn die Delphine zeigen keinerlei Zeichen irgendeiner besonderen Neigung für das Menschengeschlecht. Wenn sie ein Schiff auf dem Ozean begleiten, dann geschieht das in der Hoffnung auf Beute, nicht aber, um rettende Hilfsdienste anzubieten.« Und der große deutsche Tierschriftsteller Alfred Brehm schrieb im 19. Jahrhundert weiterhin ohne Zögern: »Das sind nichts weiter als Märchen ohne jede wissenschaftliche Begründung.«

Dennoch haben diese absurden Legenden ein erstaunlich zähes Leben gehabt. Warum hätten es sonst alle Völker der Levante bis zur Renaissance »als etwas Grausames, höchst Verabscheuungswürdiges« betrachtet, einen Delphin zu verletzen? Warum wohl glaubten alle Küstenanwohner des Mittelmeeres, des Schwarzen Meeres und der Adria, große Schuld auf ihr Gewissen zu laden, wenn sie einen Delphin töteten? Der französische Naturforscher Belon erklärt es uns: »Weil es nicht *einen* unter ihnen gibt, der die Geschichte von Arion nicht so zu erzählen wüßte, als wenn sie sich gerade in unseren Tagen zugetragen hätte ... und weil die Delphine all denen, die ins Meer gefallen sind, die gleiche Zuneigung entgegenbringen wie diese ihnen, bevor sie ins Wasser stürzten. Deshalb werden sie niemals zulassen, daß jemand ertrinkt, sondern sie werden ihn sich auf den Rücken setzen und ans Ufer bringen. Das ist der Grund, warum jedermann sich hütet, einem Delphin Schaden zuzufügen.«

Während des letzten Krieges schob ein Delphin ein mitten im Pazifik treibendes Schlauchboot, in das sich sechs von den Japanern abgeschossene amerikanische Flieger gerettet hatten, bis auf den Sandstrand einer kleinen Insel; den amtlichen Bericht hierüber findet man in George Llanos Buch »Airman against the Sea«.

Scharfsinnige Leser werden bemerken, daß es auch Berichte von Schiffbrüchigen gibt, die von einem Delphin (vielleicht einmal) auf die offene See hinausgetragen wurden, oder daß man (vielleicht) auch Delphine gesehen hat, die lediglich aus Spielerei etwas vor sich herschoben, möglicherweise ein Stück Treibholz, möglicherweise sogar Matrosen von einer gottverlassenen Klippe. Die ausgesprochen scharfsinnigen Leser werden diesen Tatbestand konstatieren wie bestimmte Wissenschaftler, deren Gedanken nur in eng ausgerichteten Bahnen laufen, und denen wir nicht folgen wollen.

Deshalb mag Ihnen ein anderer Wissenschaftler antworten, nämlich Friedrich Cuvier — der Bruder des großen Cuvier, der Anfang des 19. Jahrhunderts sagte: »Bis jetzt sind die Delphine bei uns noch niemals Gegenstand irgendeiner mitteilenswerten Beobachtung oder eines uns überlieferten Experiments gewesen. Wir sind daher gezwungen, auf die Berichte der Antike zurückzugreifen. Gewiß hat nicht alles, was diese uns überliefert, den Charakter reiner Wahrheit, und ihre Abhandlungen über Tiere sind keineswegs das Ergebnis spezieller Untersuchungen, sondern sie sind die Frucht von Vorurteilen und oft recht unklaren Vorstellungen. Aber nicht alles in den alten Geschichten geht auf irrige Vorstellungen zurück; sie gründen sich zumindest auf reale Tatsachen, auch wenn diese zweifellos aufgebauscht oder falsch gedeutet werden ...«

Und noch einmal ist es Friedrich Cuvier, dessen abgewogenes und loyales Urteil beweist, daß er als erster begriffen hatte, daß es ohne unmittelbaren persönlichen Kontakt keine Freundschaft und kein wirkliches Verstehen gibt: »Wenn die Rolle der Delphine in der alten Mythologie dazu geeignet war, die Menschen der Antike irrezuleiten, so diente sie doch auch dazu, sie bei ihren Beobachtungen an den Tieren zu begünstigen. In dieser Hinsicht mußten sie uns gegenüber sogar deutlich bevorteilt sein. Für den modernen Seemann sind Delphine nichts weiter als Tiere mit einer dicken Speckschicht, welche als Handelsobjekt begehrt ist. Für die Griechen waren es dagegen in bestimmten Fällen fast heilige Wesen, ja manchmal sogar Boten der Götter: Apollo hatte ihre Gestalt angenommen. — Sobald heute Delphine in die Reichweite unserer Fischer geraten, beeilt man sich, sie zu harpunieren und umzubringen; trafen sie dagegen mit den Seefahrern des Altertums zusammen, wurden sie als günstige Vorboten gewürdigt, und es kam fast einer Gotteslästerung gleich, ihnen nach dem Leben zu trachten. In diesem Unterschied in der Art und Weise, den Delphinen zu begegnen, ist begründet, daß sich viele dieser Tiere früher an bestimmten Küstenabschnitten ganz zutraulich gaben, daß sie in bestimmten Buchten verweilten und sogar in Häfen eindrangen und dort Dauerquartier bezogen, wo man ihnen mit Güte entgegenkam. Das ist wohl das mindeste, was man — nach Abzug des gar zu offensichtlich Fabulösen — aus den Berichten der Alten folgern kann. Man kann sogar so weit gehen, anzunehmen, daß diese Tiere einen bestimmten Grad von Zutraulichkeit solchen Menschen gegenüber entwickeln konnten, welche sie häufig sehen, daß sie sich ihnen anschließen, sie an ihrer Stimme erkennen und ihnen gehorchen.«

So sind es jene Menschen, die am Meer, mit dem Meer und auf dem Meer leben, denen die Delphine die meisten Annäherungsversuche entgegenbringen; besonders Kindern — den Kindern des Mittelmeers zumal —, die Zeit und Lust haben, mit ihnen im lauen, klaren Wasser zu spielen, die kühn genug sind, ihnen zu folgen, und deren Verstand noch genügend unverbildet ist, um eine sich ihnen so offensichtlich darbietende Freundschaft in natürlicher Weise anzunehmen.

Heute leben wir wiederum in einer Epoche der Rückkehr zum Meer, zum Schwimmen, zum Tauchen und zum Segeln; unsere Badestrände sind wieder voll von Athleten, Alt-Griechenland ist fast wiederhergestellt.

Das amerikanische Magazin »Natural History« veröffentlichte im Jahre 1949 folgenden Bericht: Die Frau eines Rechtsanwalts — eine kultivierte und glaubwürdige Person — badete an einem Strand in

Florida. Plötzlich verlor sie durch eine Serie von Strudeln jeden Halt. Sie wehrte sich verzweifelt, wurde jedoch von einer Welle erfaßt und hinausgezogen, schluckte Wasser und fühlte sich bereits verloren. Sie berichtet: »Ich ließ schon alle Hoffnung fahren ... da stieß mich etwas heftig von hinten an, und ich landete auf dem Strand, die Nase im Sand und zu erschöpft, um zurückzuschauen. Als es mir endlich gelang, war niemand in meiner Nähe, doch im Wasser — sechs Meter vom Ufer entfernt — zog springend und schwimmend ein Delphin seine Kreise. Ein Mann, der sich jenseits der Absperrung am öffentlichen Badestrand aufgehalten hatte, kam herbeigelaufen und sagte, daß ich bereits wie eine Leiche ausgesehen und mich ein Delphin an Land gestoßen hätte ...«

Im März 1960 veröffentlichten die Zeitungen in Nassau und Miami die Schilderung von Yvonne Bliss aus Florida. Diese fünfzigjährige Dame war in der Nacht zum 29. Februar im Bahama-Kanal über Bord gefallen, ohne daß jemand auf dem Schiff ihr Verschwinden bemerkt hätte. Sie schwamm lange Zeit auf gut Glück in irgendeine Richtung, als plötzlich eine dunkle Gestalt neben ihr auftauchte. Sie dachte an einen Haifisch und schwamm entsetzt nach rechts, doch dann berührte etwas ihre linke Hüfte. Nun erkannte sie einen Delphin und stellte fest, daß sie — wenn sie rechts von ihm schwamm — von der Strömung getragen wurde, nicht mehr jede Welle voll ins Gesicht bekam und endlich auch kein Wasser mehr schluckte. Der Delphin fuhr fort, sie zu begleiten. »Später«, so berichtet Yvonne Bliss, »wechselte er hinter mich, und im weiteren Verlauf der Ereignisse wurde mir klar, daß ich mit der Strömung in tieferes, unruhigeres Wasser getrieben wäre, wenn der Delphin nicht so gehandelt hätte. Tatsächlich geleitete er mich dahin, wo das Wasser am flachsten war, und bald berührten meine Füße den Grund. Als ich an Land stand, verschwand mein Retter wie ein Pfeil.«

1945 verbrachte Sally Stone, eine kleine Amerikanerin, die gerade 13 Jahre alt geworden war, ihre Ferien an der Bucht von Long Island. Ihr größtes Vergnügen war, sich mit zwei oder drei Freunden von einem kleinen Segelboot durchs Wasser ziehen zu lassen. Eines Tages kam eine Gruppe Delphine herbei, um an diesem Spiel teilzunehmen. Sally — weit entfernt, sich einschüchtern zu lassen — ging darauf ein, und so begleiteten die Tiere sie, gaben ihr tausend freundschaftliche kleine Püffe und verließen sie erst wieder am Abend, als das Boot in den Hafen zurückkehrte. Am nächsten Morgen waren die Tiere wieder da und forderten das Mädchen auf, ihnen zu folgen; unaufhörlich springend und tauchend, schienen sie Sally beibringen zu wollen, abwechselnd unterzusinken und hoch aus dem Wasser zu schnellen wie sie. Sally schwamm wie ein Fisch und wurde rasch ihr Liebling. Mit einem Delphin an jeder Seite und einem dritten als Anführer vornweg, begann dieses Spiel nun jeden Tag unter freundlichem Streicheln, Springen und Bogenschlagen aufs neue, und jeden Abend folgte der ganze Trupp dem Boot bis zum Hafen — einem Hafen, wo sich sonst nie ein Delphin sehen ließ.

Als der Sommer zu Ende ging, reiste Sally heim. Im nächsten Jahr kam sie in den Ferien an den gleichen Ort zurück, und dort erwarteten sie schon am ersten Tag die gleichen sechs Delphine, erkannten sie wieder und nahmen das Spiel mit ihrer kleinen Freundin erneut da auf, wo sie aufgehört hatten. Nachdem sie immer vertrauter miteinander wurden, tauschte das Mädchen mit den Delphinen allerlei Zärtlichkeiten und Berührungen aus. So ergriff Sally die freiwillig hingehaltene Rückenfinne eines ihrer Freunde, der dann — sie gemächlich durchs Wasser ziehend — seine Kreise schwamm.

Der Biologe John Clark bestand darauf, daß Sally Stone — heute eine junge Dame — ihre Erlebnisse später niederschrieb. Aber wie viele andere kleine Mädchen, wie viele Buben auf der ganzen Welt mögen Ähnliches erlebt haben, ohne jemals die Erwachsenen zu informieren?

Das Abenteuer Sallys, die niemals Plutarch oder Plinius gelesen hatte, beglückt mich sehr, denn es beweist mehrere Dinge. Es beweist, daß die griechischen und römischen Chronisten keinen Unsinn geschrieben haben; ändert man nur die Daten sowie die Namen der Örtlichkeiten und der Personen, dann könnte diese Geschichte aus der Feder von Herodot oder Pausanias stammen. Was mich daran am meisten erfreut und bewegt hat, ist die Bestätigung, daß die Delphine — Sallys sechs Freunde — genau wie mein junger Faxenmacher aus Miami in der Lage waren, nach einjähriger Pause einen landbewohnenden Gefährten auf Anhieb wiederzuerkennen, daß sie sich gemeinsamer Spiele zu erinnern vermochten und die freundschaftlichen Beziehungen da wiederaufnahmen, wo sie geendet hatten.

Auch die Zeitschrift »Life« hat eine Delphingeschichte veröffentlicht, die man zunächst für eine Übersetzung aus dem klassischen Altertum halten könnte. Aber der Delphin heißt nicht »Simo«, sondern »Opo«. Der Ort der Handlung liegt weder in Griechenland noch in Kleinasien, sondern bei Opononi, einem bekannten Seebad Neuselands in der Bucht von Hokianga. Und das Datum: nicht 200 Jahre vor, sondern 1956 Jahre nach Chr. Die Zeitschrift berichtet: »... mit einer selbst für einen Delphin außergewöhnlichen Zahmheit begann Opo, der den Strand seit Anfang der Saison besuchte, mit einer Gruppe von Badenden zu spielen, und er gewöhnte sich rasch daran, täglich wiederzukommen. Kinder mochte Opo besonders gern. Wenn er am Strand entlangschwamm, wartete er darauf, daß eines von ihnen auf seinen Rücken kletterte, um einen Ausflug mitzumachen, der gewöhnlich mit einem lustigen Tauchmanöver endete. Wenn sich die Kinder im Wasser zum Spielen versammelten, gesellte Opo sich hinzu und war mit von der Partie; rasch wurde er ein Spezialist für Wasserballspielen ... Opo vergnügte sich oftmals sechs Stunden täglich in dieser Weise, die restliche Zeit des Tages verging mit der Nahrungssuche in den kleinen Buchten der Küste. Gegen Ende der Saison strandete Opo eines Tages tot zwischen den Felsklippen. Opononi legte Trauer an. Sämtliche Geschäfte schlossen für diesen Tag, und die Fahnen wurden halbmast gesetzt. Opo wurde feierlich neben dem Heim der Kriegsveteranen beigesetzt, und ein neuseeländischer Künstler machte sich an die ersten Entwürfe für ein Denkmal, das zur Erinnerung an diesen liebenswerten Delphin einmal am Strand von Opononi errichtet werden sollte ...«

Das neuseeländische Fremdenverkehrsbüro, das mir diesen Sachverhalt bestätigte, sandte mir auch freundlicherweise eine Reihe von Fotos, die Opo mit seinen Spielkameraden zeigen. Und der neuseeländische Schriftsteller Anthony Alpers, der sich nach Opos Tod sehr lebhaft für ihn interessierte, hielt sich zum Zweck ausführlicher Ermittlungen für längere Zeit am Ort auf. Wie er in Erfahrung brachte, erschien der Delphin erstmals 1955, und zwar handelte es sich um ein junges Tursiops-Weibchen. Zuerst hatten Segelsportler den Delphin bemerkt, weil er regelmäßig ihren Booten folgte, und dann entdeckte ein Segler, daß sich das Tier leidenschaftlich gern mit einem Ruder oder einem Besen den Rücken kratzen ließ. Allmählich kam es näher an den Strand heran, wo es bald mit Kindern und Erwachsenen vertraut wurde, die nach kurzer Zeit ohne Furcht Ball mit ihm spielten. Der Strand von Opononi wurde berühmt. Jedes Wochenende strömten rund 2000 Touristen am Ufer zusammen, um den alsbald so getauften »Fröhlichen Delphin« zu bewundern. Plakate mit der Inschrift »Willkommen in Opononi — aber schießen Sie nicht auf unseren ›Fröhlichen Delphin‹!« empfingen die Besucher; die Schlangen der Pkws wurden immer länger, der Verkehr brach zusammen.

Alpers konnte ein Mädchen ausfindig machen — Jill Baker —, das zur fraglichen Zeit 13 Jahre alt gewesen war und sich als Opos beste Freundin betrachtete. Sie schrieb für ihn den folgenden Bericht: »Ich glaube, das Delphinweibchen zeigte sich mir gegenüber deswegen so besonders freundlich, weil ich immer behutsam mit ihm umging und mich nicht darauf stürzte, wie es viele andere Badegäste taten. Selbst wenn es gerade mit anderen Leuten im Wasser herumspielte, ließ es sofort von ihnen ab und kam an meine Seite, wenn ich mich näherte. Ich erinnere mich, daß ich einmal weit am Strand entlanggewandert war, fern von der Gegend, wo Opo meistens herumtollte; kaum aber war ich ins Wasser gestiegen, als ich Opo auch schon direkt vor mir in die Höhe schnellen sah, so daß ich diesmal einen regelrechten Schreck bekam. Wenn ich mit gegrätschten Beinen im Wasser stand, schwamm der Delphin öfter hindurch, hob mich auf und trug mich ein kurzes Stück, bevor er mich wieder fallen ließ. Anfangs ließ er sich nicht gern berühren und wich meinen Händen aus; aber als er später begriffen hatte, daß ich ihm nichts Böses tun würde, kam er oft zu mir, um sich streicheln zu lassen. Außerdem konnte ich ihm oft für einige Augenblicke kleine Kinder auf den Rücken setzen.«

Andere Zeugen schilderten den Lokalblättern, »wie überaus geschickt Opo im Ballspielen war«, und daß manche Leute so verblüfft vom Anblick des zahmen Opo waren, daß sie — nur um ihn einmal zu berühren — in voller Kleidung ins Wasser eilten.

Der »Fröhliche Delphin« wurde so berühmt, daß die neuseeländische Regierung die allgemein erhobenen Forderungen akzeptierte, ihm gesetzlichen Schutz zu verleihen. Am 8. März 1956 veröffentlichte das Amtsblatt eine Anordnung des Rates des Generalgouverneurs, die bestimmte: »Für die Dauer von 5 Jahren — gerechnet vom Datum des Inkrafttretens der vorstehenden Verfügung an — ist es untersagt, irgendeinen Delphin in der Bucht von Hokianga zu fangen oder zu belästigen. Zuwiderhandlungen werden mit einer Geldstrafe bis zu 50,— £ geahndet.« (»New Zealand Gazette«)

Doch am gleichen Tag — dem 8. März 1956 — fand man Opos gestrandeten Leichnam zwischen den Klippen.

Pelorus Jack — so genannt, weil er die Gewässer des Pelorus-Sundes bewohnte — war ein Rissos-Delphin, eine plumpe, schnabellose Delphinart von hellgrauer Farbe. Über 24 Jahre lang, genau von 1888 bis 1912, begleitete er Tag für Tag die Schiffe, die den Fährdienst auf der Cook-Straße von Wellington nach Nelson zwischen den beiden Hauptinseln Neuseelands versahen. Er hatte einen genau bestimmten Bezirk, an dessen Grenzen er seinen Lotsendienst aufnahm bzw. abgab. Kein Schiff ließ er aus. Er war stets allein und spielte entweder — von der Bugwelle getragen — voraus des Vorderstevens, oder aber er scheuerte seine Flanken am Kiel.

Seine ständige Anwesenheit hatte ihn berühmt gemacht. Alle Matrosen verehrten ihn, und manche Reisenden fuhren nur deswegen mit dem Schiff, um ihn zu sehen und zu fotografieren. Lieder und Postkarten, Warenzeichen und Zeitungsartikel trugen seinen Namen in die ganze Welt. Die Maoris freilich erstaunte das Verhalten von Pelorus Jack nicht. Denn vor vielen Generationen, ehe ein Weißer seinen Fuß auf die Inseln setzte, hatte der Eingeborene Ruru durch verbotenen bösen Zauber einen Delphin umgebracht. Zur Strafe wurde er vom Medizinmann seines Stammes dazu verurteilt, bis in alle Ewigkeit selbst im Körper jenes Delphins, den er getötet hatte, zu leben und an jedes Schiff zu schwimmen, das vorüberfahren würde. Inzwischen haben moderne Dampfer die alten Einbäume ersetzt, aber Ewigkeit bleibt Ewigkeit.

Es ist sicher kein Zufall, daß diese beiden Delphingeschichten aus Neuseeland zu uns gekommen sind, denn wie die Völker des Stillen Ozeans oder des Mittelmeers sind auch die Maoris ein Seevolk. Sie sind gewohnt, in den klaren, warmen Fluten zu schwimmen und zu tauchen, und von Generation zu Generation haben sie das Meer auf ihren Einbäumen befahren. Und auch sie sind tausendmal Delphinen begegnet und an ihnen vorübergefahren, und wie bei den Griechen nehmen in ihrer Mythologie Delphine einen breiten Raum ein, wird von ihnen immer wieder erzählt.

Für die Maoris waren die Delphine sogenannte »Taniwha«, gütige Meeresgötter, und gerade so, wie Delphis den Bewohnern des Mittelmehrgebietes beistand, half »Taniwha« den Eingeborenen der Südsee. Die »Taniwha« eilen Fischern zu Hilfe, deren Boot umgeschlagen ist, sie lotsen die zerbrechlichen Balsaholz-Flöße durch die Unendlichkeit des Ozeans und tragen ermattete Schwimmer auf ihren Rücken.

Inmitten jener neuseeländischen Inseln ist es auch nicht Arion, sondern Te Whare, der von Bösewichtern ins Meer geworfen wird, aber unverändert bleibt es ein Delphin, der ihn zwar nicht zum Kap Tainaron, jedoch nach Maungakie-Kie trägt. Und statt des auf dem Delphinrücken reitenden Schuljungen aus Bajae haben wir hier den bösen Zauberer Kae oder auch den jungen Magier Te Tahi vom Stamm der Ngatawias. Als Te Tahi stirbt, kommen die Delphine und tragen seinen Leichnam fort, verwandeln ihn ebenfalls in einen Delphin und übertragen ihm die besondere Aufgabe, künftig Schiffbrüchigen auf hoher See Hilfe zu bringen.

Und heute ist nun — durch Kino und Fernsehen — die wunderbare Geschichte vom Delphin als Freund der Götter, der Kinder und Erwachsenen auch auf anderen Inseln etwas Allwöchentliches geworden. Die Flipper-Filme flimmern über die Bildschirme der ganzen Welt. Ungezählte Millionen Zuschauer kennen die unterseeischen Abenteuer des jungen Luke Halpin, der seinen treuen Flipper durch die Riffe der Bahamas reitet, und sie erleben voller Staunen das Schauspiel einer Freundschaft Kind—Delphin, die anderenfalls wohl unbegreiflich geblieben wäre — trotz all der Berichte, die uns Griechen, Römer und Polynesier seit 26 Jahrhunderten immer wieder überliefert haben.

Hoffen wir also, daß die Flipper-Filme dazu beitragen, ihn besser zu kennen, höherzuschätzen und wirksamer zu schützen — ihn, den guten, feinfühligen, klugen Delphin, »welchen die Natur«, wie Plutarch einst sagte, »als einzigem unter allen Geschöpfen jene Gabe verlieh, nach der die größten Philosophen streben: uneigennützige Freundschaft«.

Vom Meer aufs Land —
vom Land ins Meer

Die Wissenschaftler, Techniker und Militärexperten, die heute Delphine studieren, kommen aus dem Staunen nicht mehr heraus, und ihre Arbeit führt sie ununterbrochen zu neuen Überraschungen und Geheimnissen. Die Griechen jedoch, die den Geschöpfen des Meeres so viel näherstanden als wir, hatten keinen Anlaß, von den Fähigkeiten und Äußerungen der Delphine verblüfft zu sein; für sie waren die überlegenen Eigenschaften dieser Tiere anerkannte Tatsache.

Sechs Jahrhunderte v. Chr. hatten Homers Hymnen an Dionysos den Ursprung der Delphine schon deutlich genug erklärt, und Apollodoros bestätigte dies noch einmal im Jahre 200 vor unserer Zeitrechnung: »Eines Tages reiste Dionysos, der Gott des Weines und der Freude, als junger Sterblicher verkleidet. Er war allein und hatte auf einem tyrrhenischen Boot die Überfahrt nach Ikara gebucht, um nach Naxos zu segeln. Während der Fahrt belauschte er ein Gespräch: die Besatzung hatte den Plan gefaßt, ihn zu ergreifen und als Sklave nach Asien zu verkaufen! Unter Anrufung seiner göttlichen Kräfte verwandelte Dionysos die Ruder in Schlangen und schuf außerdem einen Weinstock, dessen Ranken den Mast umschlangen und das ganze Schiff überzogen, während von überallher der Ton vieler tausend Flöten zu hören war. Erschreckt von diesen wunderbaren Erscheinungen, stürzten sich die Piraten ins Meer, wo sie umgekommen wären, wenn Poseidon sie nicht in Delphine verwandelt und in seinem Königreich willkommengeheißen hätte.«

Und der Dichter Oppian, der — freilich ohne selbst allzu sehr daran zu glauben — die alte klassische Überlieferung aufgriff, die später auch Ovid und Propertius noch einmal zitieren sollten, folgerte zwei Jahrhunderte n. Chr.: »Sie erlebten alle Freuden der Meerestiefen, als sie — fischgewordene Menschen — in die Wogen tauchten und erstmals ihre Flossen erprobten. Niemals haben die Delphine vergessen, daß sie einst Menschen gewesen, und die Erinnerung daran bleibt ihrer Seele stets bewußt.«

Der berühmte Kelch von Exekias, der im Münchener Museum für

Alte Kunst aufbewahrt wird, scheint diese Szene zu illustrieren: Man sieht auf ihm den jungen Weingott in seinem von Reben überwucherten Boote ruhen, während ihn sechs frisch verwandelte Delphine begleiten.

Wenn die Delphine nicht vergessen, daß sie einstmals Menschen gewesen sind, dann vergessen sie erst recht nicht ihren Wohltäter und Gastgeber, den Gott mit dem Dreizack. Die Jungfrau Amphitrite, die Poseidon versprochen war, verbarg sich in einer Meeresgrotte, um einer ihr unerwünschten Ehe zu entgehen. Die Delphine jedoch verrieten sie, erzwangen ihre Rückkehr und führten sie zur Hochzeit. Wie Oppian uns berichtet, heftete Poseidon aus Dankbarkeit hierfür das Sternbild des Delphins an den Himmel, dessen zehn Sterne man noch heute mit bloßem Auge am nördlichen Himmel erkennen kann, obwohl der hellste von ihnen nur ein Stern 4. Ordnung ist. Später, als der Wellengott sehr, sehr diskret versuchte, die charmante Amymonea zu verführen, verwandelte er sich in einen Delphin, um ihr den Hof zu machen. Wenn er seines Prunkgefährtes überdrüssig ist, reitet er gerne auf einem Delphin. Durch Nonnus Panopolitanus wissen wir, daß Delphine es waren, die die kaum den Fluten entstiegene Aphrodite nach Cypern brachten. Und Plutarch erzählt uns die wunderbare Rettung Enelus', des Liebhabers der Metymna. Das junge Mädchen sollte der Amphitrite geopfert werden, doch ihr vor Schmerz nicht mehr seiner Sinne mächtige Liebhaber riß sie in seine Arme und stürzte sich mit ihr von der Höhe der Klippen hinunter. Natürlich waren die Delphine zur Stelle. Und Pausanias hat uns die folgende korinthische Legende übermittelt: »Die umnachtete Ino preßte ihr Kind Melicertes an sich und stürzte sich von den höchsten Felsklippen Molurias in die See. Nun hatte Ino aber einst Dionysos gepflegt, als dieser ein Kind war; der Gott erinnerte sich hieran, verwandelte sie in eine Meeresgöttin — Leucothea — und bat die Delphine, den Körper Melicertes' zurück ans Ufer zu bringen. An jener Stelle der Meerenge von Korinth, an der sie einst den kleinen Körper niederlegten, erinnert noch heute ein Altar an das Wunder.«

Aristoteles' Sache war es nicht, Gedichte zu machen oder die Familiengeschichten des Olymp abzuhandeln. Wenn er in seiner »Animalia Historia« (4. Jh. v. Chr.) ausführlich von Delphinen spricht, so gibt er damit ihre erste wissenschaftliche, ernsthafte und vollständige Beschreibung. Alles in allem verzeichnet er rund 40 Beobachtungen, die fast sämtlich exakt sind, obgleich von der gelehrten Welt des 19. Jahrhunderts ins Lächerliche gezogen.

Heute dürfen wir diese Spötter belächeln, denn von den beiden »Irrtümern« des Aristoteles befindet sich der eine (der Delphin stoße beim Ausatmen Wasser aus dem Blasloch, das er zusammen mit seiner Nahrung aufgenommen habe) in einem Abschnitt, von dem Fachleute jetzt stark annehmen, daß er durch Nachschreiber geändert und umgewandelt worden ist; der andere hat sich als ganz richtige Feststellung erwiesen, nachdem es in den »Ozeanarien« möglich wurde, die Delphine Tag und Nacht zu beobachten: Sie schlafen in der Tat entweder am Boden, um zum Luftholen regelmäßig aufzutauchen, oder aber direkt unter der Wasseroberfläche, wobei das Blasloch mit dem Wasserspiegel abschneidet und sie sehr wohl jenes »Schnarchen« hervorbringen, über das die Stubengelehrten sich einst lustig machten.

Plinius fügte einen Irrtum hinzu, der Schule machte: Er verpflanzte auf den Rücken des Delphins einen spitzen Dorn und schmückte daraufhin alle griechischen Legenden entsprechend aus: Der liebevolle Delphin wird seinen Stachel künftig längs des Rückens niederklappen, um das Knäblein nicht zu verletzen, das er trägt, und die in den Nil eindringenden Delphine veranstalten mit Stichen ihrer eingebildeten Rückenstacheln große Blutbäder unter den Krokodilen.

Der Franzose Belon war der erste, der im 16. Jahrhundert den wahren Sachverhalt wiederherstellte.

Aristoteles hatte genau erfaßt, was den Unterschied zwischen den Fischen einerseits — für ihn Meereswesen im allgemeinen Sinn, die er »Ichthys« nennt — und den Walen, Delphinen und Tümmlern andererseits ausmachte, die er als »Kete«, d. h. »Großfische« bezeichnet — das Wort, aus dem wir *Cetaceae* gemacht haben.

Er wußte, daß die »Großfische« Luft atmen, und zwar durch einen Atemgang, der bei den eigentlichen Walen auf der Stirn, bei den Delphinen etwas näher dem Rücken mündet und der zu Lungen führt, ähnlich den menschlichen Lungen. Er wußte auch, daß sie ersticken, wenn ein Netz sie zu lange am Grunde des Gewässers festhält, während sie für beträchtliche Dauer auf dem Trockenen leben können. Er wußte, daß sie keine Eier legen, sondern ein lebendes Kleines zur Welt bringen, genau wie ein Weib oder alle lebendgebärenden Vierbeiner.

Er wußte weiterhin, daß die weiblichen Delphine zwei Zitzen tragen und daß der Jungdelphin lange Zeit bei der Mutter bleibt, um zu saugen; daß der Delphin keinerlei sichtbare Riechorgane hat, aber dennoch über einen bemerkenswerten Geruchssinn verfügt (genaugenommen Geschmackssinn, was im Wasser jedoch gleich ist); daß ein aufs Trockene gezogener Delphin im Unterschied zu den Fischen »seufzt und ein Knarren hervorbringt, denn diese Kreatur hat in Anbetracht dessen, daß sie mit Lungen und Kehle versehen ist, eine Stimme. Die Zunge und vor allem die Lippen sind aber nicht beweglich genug, um deutliche Laute zu formen«. Er wußte, daß ein Delphin so hoch springen kann, »daß er über den Mast eines Schiffes hinwegschnellt, sollte ein solches in der Nähe sein«, und er wußte sogar, daß er sich beim Liebesspiel ähnlich dem Menschen verhält. Er berichtet, daß man einen Delphin dabei beobachtet habe, wie er ein totes oder sterbendes Junges stützend an der Wasseroberfläche hielt — eine oft bestätigte Eigenheit, die jedoch lange Zeit ungerechtfertigterweise bespöttelt wurde; und daß manchmal Walherden auf den Strand ziehen, um dort zu sterben, ohne daß man wisse, aus welchem Grund. Und man weiß heute noch nicht, warum.

Bekanntlich hat Aristoteles fast keine Sektionen vorgenommen. Erst im 16. Jahrhundert haben in Frankreich zwei Wissenschaftler — Guillaume Rondelet und Pierre Belon — zum erstenmal Wale seziert. Bis dahin hatten sich die Gelehrten darauf beschränkt, von den Alten abzuschreiben, wobei sie bei jeder Wiederholung ein paar neue Irrtümer hinzufügten.

Die heutigen Paläontologen haben — es wird höchste Zeit, daran zu erinnern! — andere Ansichten über die Herkunft der Delphine als die Dichter im alten Hellas. Sie haben das Verhalten der Delphine sorgfältig überprüft, haben in ihren Skeletten wie in einem offenen Buche gelesen und haben schließlich auch ihre Embryonalentwicklung verfolgt. Man kann ja am Skelett eines Tieres die einzelnen Abschnitte seines stammesgeschichtlichen Werdeganges, seiner Evolution, wiederfinden, und in seinem Embryonalleben sieht man als verkürzten Abriß die ganze Entwicklungsgeschichte seiner Art wie in einem Familienarchiv.

Am Skelett des Delphins findet man noch vier Beine, Hüften, einen gegliederten Hals mit sieben Wirbeln — kurz gesagt: die ganze Ausstattung eines Landsäugetieres, z. B. eines Hundes. Die Vorderbeine haben sich zusammengeschoben, aber alle Gliederungen sind noch erhalten, einschließlich der fünf vollständigen Finger, die lediglich von einem schaufelförmigen »fleischernen Fausthandschuh« überzogen werden. Von den Hinterbeinen sind nur die Hüften übriggeblieben — als zwei kleine Knochenreste. Heute sind die winzigen, im Verschwinden begriffenen Knochenüberbleibsel beredte Zeugen, ebenso aussagekräftig wie das Fehlen eines Knochengerüstes in der Schwanzfluke und in der Rückenfinne. Die beiden letztgenannten Körperteile sind reine Anpassungen ans Wasserleben der Wale, die nur aus Fasergewebe und Fett bestehen, also Neubildungen sind.

Der moderne Evolutionsforscher zieht daher folgenden Schluß: Mit ihren im Verschwinden begriffenen Landtier-Merkmalen und den neuhinzugekommenen ozeanischen Merkmalen erweisen sich die Wale als alte, ehemals landbewohnende Säuger, die sich nun ihrer neuen Umwelt völlig angepaßt haben.

Belon war der erste, der durch seine Sektionen die verborgenen Besonderheiten am Skelett des Delphins entdeckt hat. Er erklärt dazu: »Was die anatomischen Studien betrifft, die ich beschrieben habe, so möchte ich wohl zu verstehen geben, daß ich sie nicht im geheimen, sondern öffentlich vorgenommen habe, und zwar im letzten Jahr im Medizinischen Collegium, als Mr. Goupil im Griechischen den Dioskouri las, mit vielen Besuchern und einem Auditorium; und an der besagten anatomischen Zergliederung nahm eine große Anzahl wohlunterrichteter Medizinstudenten teil. Und ich meine, daß sich nicht einer unter denen, die anwesend waren, finden wird, der nicht sagt, daß ich nicht sehr viel mehr haarklein dort gezeigt habe, als ich es in dem vorliegenden Buche beschreibe.«

Wie alle, die Delphine näher kennen, zeigte sich Belon von ihnen bezaubert. Neben dieser Bezauberung aber stand eine außerordentlich gewissenhafte Genauigkeit bei der anatomischen Erforschung dieser Tiere. Nie werden charakteristische Merkmale ausgelassen, durch welche die Wale mit den Landsäugetieren in Verbindung stehen. Wir können sicher sein: Belon hat das Geheimnis der Evolution der Cetaceen vorausgeahnt — auch wenn er zu einer Zeit, wo die Welt und die Tiere aus sieben Schöpfungstagen, so wie sie waren, hervorgegangen sein sollten, nicht wagte, die entsprechenden Schlußfolgerungen

Abb. 1 Illustrationen aus den »Libri de Piscibus marinis« von Guillaume Rondelet (Lyon 1555); eines der ersten modernen naturwissenschaftlichen Werke (Königliche Bibliothek, Brüssel)

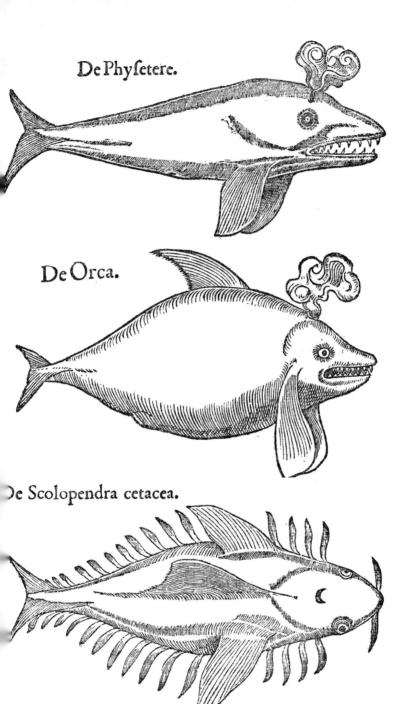

De Physetere.

De Orca.

De Scolopendra cetacea.

zu ziehen. Bewundernd stellt Belon fest: »Was uns an der Anatomie des Delphins jedoch am erstaunlichsten und kunstvollsten erscheint, ist das Gehirn mit seinen einzelnen Teilen, die in allen Abschnitten mit denen des Menschen übereinstimmen.«

1555 veröffentlichte Sir Rondelet, Leibarzt des Kardinals von Tournon und Medizinischer Ordinarius von Montpellier, seine »Libri de piscibus marini«. Wie bei Belon findet man darin sehr genaue Porträts der Wale von den französischen Küsten, ausgezeichnete Fischzeichnungen, aber auch einige Meerjungfrauen aus Norwegen sowie Nonnen- und Bischofsfische aus Köln — Fabelwesen von halb Fisch-, halb Geistlichengestalt —, die er nach Beschreibungen eines »deutschen Arztes Gisbert« rekonstruiert und dabei klug hinzugefügt, daß er ihre Existenz weder zusichern noch ableugnen könne.

Nach diesen Autoren aber war es in der Delphinologie fast zwei Jahrhunderte lang still. Die Nachfolger erwiesen sich wieder einmal als Plagiatoren und Kompilatoren, so daß man wenig oder gar nichts Neues bei Gesner, Aldrovando, Worinius, Charleton, Sibbald oder Willoughby entdeckt.

Im Jahre 1735 schuf der große schwedische Naturforscher Carl von Linné endlich jene Klassifikation des Tierreichs, die mit wenigen Abänderungen noch heute maßgebend ist. Er ordnete die Klasse der Säugetiere, gliederte hier die Cetaceen ein (wozu er allerdings auch die Seekühe rechnete!) und gab dem Delphin den wissenschaftlichen Namen *Delphinus delphis*. Nach ihm veröffentlichten Buffon, Bonaterre, die Brüder Cuvier, Geoffroy, St.-Hilaire und Lacépède die erste ausführliche und neuzeitliche Beschreibung der Cetaceen, aber sie bringt wenig Neues gegenüber dem, was bereits Belon festgestellt hatte. Und bis zum Ende des 19. Jahrhunderts lehrte noch die »Große Encyclopaedie« unverändert, daß »die Vorläufer der Cetaceae immer Meeresgeschöpfe gewesen sind, im Gegensatz zu den Flossenfüßern (Ohrenrobben, Hundsrobben und Walrossen)«.

Mit den Theorien von Lamarck, Darwin und Wallace bot dann schließlich die Evolutionslehre jene Grundlagen, die es heute den Zoologen gestatten, uns die Geschichte eines über Millionen von Jahren ausgedehnten Hin und Zurück vom Meer aufs Land und vom Land ins Meer zu erklären.

Alles Leben kommt aus dem Meer. Am Anfang war der Ozean, ein warmes Riesengewässer voller gelöster Salze und unendlich vieler anderer Stoffe, aus dem die weißglühenden Lavaströme des Präkambriums — des ältesten Erdzeitalters — mit gewaltigen Schaum- und Dampfstrudeln emporschossen, um sich da und dort zu schlammigen Krusten zu verfestigen. In dieser Welt wirbelnder Wasser, dampfender Moräste und Aschenwüsten traten Kohlenstoffverbindungen tausend-, hunderttausend- und hunderttausendmillionenmal in immer wieder anderen Gruppierungen auf. Dabei lagerten sich organische Stoffe eines Tages zu einer neuen Substanz zusammen, bestimmte Aminosäuren vereinigten sich über einen Katalysator, und plötzlich hatte sich etwas entwickelt, was lebende Materie war und was wir heute Bakterien, Protozoen oder Einzeller nennen. Ein mikroskopisch kleines Stäbchen, eine winzige Spirale, ein beiläufiges Nichts, das aber die Besonderheit aufwies, sich zur Vermehrung teilen zu können, d. h. sterben konnte, ohne aufhören zu leben und ohne einen Leichnam zu hinterlassen, das im Gegenteil hierbei ein neues und völlig gleichartiges Lebewesen hervorbrachte.

In der langen Periode des Präkambriums entwickelten sich diese einzelligen Lebewesen ganz erheblich, sie spezialisierten sich ohne Unterbrechung. Einige Formen benutzen die Sonnenenergie und Substanzen wie das Chlorophyll, um aus lebloser Materie Eiweißkörper sowie Kohlenwasserstoffe (Zucker und Stärke) herzustellen und dabei schließlich zu Algen zu werden, der untersten Stufe des heutigen Pflanzenreiches, aber zugleich auch Ursprung unserer gesamten Vegetation.

Im Kambrium — vor etwa 500 Millionen Jahren — erschienen die ersten echten Tiere, die bereits den Preis für ihre höhere Entwicklungsstufe zu zahlen haben: den Tod des Individuums. Zunächst waren es beispielsweise raschwüchsige Krebsverwandte, die eine Länge von 45 cm erreichten. Noch immer waren die Meere warm, und die Erde bestand nur aus rauchenden Vulkanen.

Im Ordovician — vor 400 Millionen Jahren — bedeckte das Meer noch den größten Teil Europas. Die Erdkruste befand sich in ständiger Bewegung, und nur im Wasser herrschte wimmelndes Leben. Es erschienen die Würmer, von denen bestimmte Vertreter einen biegsamen Längsstab im Rücken trugen, aus dem sich später unmerklich die Wirbelsäule entwickeln sollte. Aus diesen längsstabgestützten Würmern entstanden die Fische, schon recht komplizierte Lebewesen, die aber immer noch Wasser brauchen, um zu existieren und ihre Brut zur

Entwicklung zu bringen, denn alles Leben kommt aus dem Meer ...

Vor 360 Millionen Jahren begannen die Fische des Silur-Zeitalters, panzerartige Schutzhüllen zu entwickeln. Es entstanden Korallen und bestimmte Algen, widerstandsfähig genug, beim Zurückweichen des Wassers zu überdauern, sie eroberten als erste das feste Land.

Im Devon besiedeln auch die Tiere das Land, auf dem sie in kurzen regelmäßigen Abständen der Trockenheit ausgesetzt sind. Tausendfüßler und Spinnen treten auf. Unter den unzähligen Fischen, die beim Zurückweichen des Meeres ebenfalls auf dem Trockenen zurückblieben, erhalten sich einige durch Spezialisierungen, die ihnen ein Leben an der Luft ermöglichen: z. B. sackförmige Kiemen, die den Sauerstoff aus atmosphärischer Luft aufnehmen können, eine gegen Sonnenbestrahlung widerstandsfähige Haut oder bewegliche, nervenreiche Flossen, die zur Bewegung auf festem Boden dienen können. In den Tropen gibt es noch heute verschiedene *Allround*-Fische, die einige Zeit auf dem Trockenen leben, auf Schlammbänke kriechen oder sogar auf Bäume klettern.

Andere Fische erhielten durch Mutationen wirkliche Anpassungseinrichtungen für das Landleben, z. B. Lungen und Beine. Sie entwickelten sich zu Amphibien, zu Tieren, die fern von Gewässern leben können, sich allerdings nur im Wasser fortzupflanzen vermögen, denn alles Leben kommt aus dem Meer ... So ist es noch heute der Fall etwa bei den Fröschen und Salamandern.

In der Karbonzeit entwickelten sich bei den »primitiven« Insekten nun Flügel, die Amphibien vermehrten sich, und einige von ihnen kamen zu einem entscheidenden Fortschritt: Sie legten jetzt auch ihre Eier auf dem Land ab. Doch da sie trotzdem nicht ganz auf das Meer verzichten konnten, schufen sie für ihre Jungen mit den Eiern sozusagen jeweils ein eigenes kleines Wasserreservoir, wo sie die erste Zeit ihres Daseins so wie früher verbrachten. So waren die Reptilien entstanden. Da der Same des Männchens nicht mehr durch das Wasser zum Eierstock des Weibchens getragen wird, »erfinden« sie die beiderseitigen Beziehungen der Geschlechter. Die Insekten vervollkommnen sich; Käfer, Fliegen und Termiten erscheinen in Massen. Saurier erobern den Planeten, und ein spezialisierter Reptilienzweig entwickelt sich in Richtung der Vögel; Vögel, die ihren Jungen ebenfalls einen schützenden und nährenden »Miniatur-Ozean« in der Eierschale bieten.

Für Vögel und Reptilien bricht ein Zeitalter des Gigantismus an. Schon wenige 10 Millionen Jahre später wird der *Diplodocus* ein Gewicht von 35 Tonnen und eine Länge von 25 Metern erreichen! Wie Drachen zerfleischen zur Kreidezeit die mächtigen Dinosaurier einander auf dem Land wie im Meer, und die Vögel beginnen den Himmel zu bevölkern.

Im Eozän sind die gewaltigen Dinosaurier überall ausgestorben. Und einige Reptilien erfahren eine ganz bestimmte Verwandlung: Ihr Körper wird in der Jurazeit dem eines kleinen Flußpferdes oder dem einer großen langhaarigen Ratte zum Verwechseln ähnlich. Noch zwei letzte Umwandlungen. Diese Tiere tragen ihre Jungen — statt sie in einer Eierschale abzusetzen — in flüssigkeitsgefüllten Hüllen im eigenen Leib, dem wiederum schützenden »Ozean« für das Junge bis zur Geburt. Denn alles Leben kommt aus dem Meer... Außerdem sind sie mit Zitzen versehen, um ihren Jungen zwar nicht mehr gelben Dotter, aber die von ihnen produzierte Milch als nährenden Lebensstoff zu geben. Und damit sind wir bei den Säugetieren.

Das Erscheinen dieser Säugetiere ist mit einer weiteren unerhörten und höchst vorteilhaften Neuigkeit verbunden: durch das verlängerte Zusammensein des Jungtieres mit seiner Mutter, bedingt durch die tägliche Milchaufnahme beim Säugen, beobachtet das Junge genau das Verhalten der erwachsenen Artgenossen, sammelt Erfahrungen und fährt damit auch fort, wenn es einmal entwöhnt ist. Diese Fähigkeit des Lernens bewirkt das Entstehen von gewissen »Überlieferungen«, »Traditionen« und »Kulturen«.

Abb. 2 Die Creodonta — urtümlich-primitive, fleischfressende Säugetiere — gelten als die wahrscheinlichen Vorfahren der Wale. Das Skelett des hier abgebildeten Creodonten, eines Hyaenodons, wurde in eozänischen Schichten in Wyoming/Nordamerika gefunden. Es war 30 cm hoch. Nach einer Rekonstruktion aus dem Britischen Museum.

Unter diesen frischgebackenen Säugetieren, die ohne nennenswerte Änderung des Äußeren aus Jura-Reptilien hervorgegangen waren, gab es eine Gruppe kleiner Vierfüßer mit langer Schnauze und spitzen Eckzähnen, die den Hauptteil ihres Lebens in den Baumkronen zubrachten. Weil sie für ein erfolgreiches Bestehen des Daseinskampfes besonders gut ausgerüstet waren und weil ihre Sippe tatsächlich Erfolg *hatte,* werden sie in der Literatur als *Eutheria* bezeichnet, d. h. »gute, kleine Tiere«. Von ihnen stammen die *Creodonta* ab — untersetzte, plumpe, niedrig gebaute, landbewohnende Säuger, Halb-Sohlengänger mit krallenbewehrten Pfoten und einem großen Schädel, der ein nur kümmerliches Gehirn birgt. Wegen ihres Gebisses hat man sie früher den Beuteltieren zuordnen wollen, heute stellt man sie jedoch eher den primitiven Raubtieren zur Seite. Wahrscheinlich wegen ihres unzureichenden Gehirns sind die meisten von ihnen zwischen Eozän und Miozän ausgestorben, nicht aber die 125 Millionen Jahre alten »Guten Creodonta«, nicht jene, die die Zoologie *Eucreodonta* nennt. Sie waren zu einer Höherentwicklung ihres Gehirns eher befähigt, und so sollten diese Eucreodonta — von Umwandlung zu Umwandlung fortschreitend — einmal die Urgroßväter der heutigen Raubtiere, der Katzen, Hunde, Bären usw. werden.
Und schließlich im Miozän begannen die »Herrentiere« *(Primates)* jenen »glänzenden Siegeszug«, den wir alle kennen . . .
Wir wissen heute, daß alle diese Umwandlungen auf dem Wege stufenweiser Veränderungen, Mutationen, vor sich gehen, hervorgerufen durch Neukombinationen von Genen. Wenn solche Veränderungen für die gerade gegebenen Umstände und die Meisterung des *Kampfes ums Dasein* günstig waren, bedeuteten sie für das geborene Tier und seine Nachkommen einen Vorteil gegenüber den anderen. Zweifellos kamen aber im Lauf der Zeitalter auf *eine* vorteilhafte Mutation und auf *ein* dadurch begünstigtes Tier Millionen und Abermillionen von Nicht-Erfolgreichen, die wieder verschwunden sind, ohne eine Spur zu hinterlassen.
Und was haben unsere Delphine mit alledem zu tun?
Nun, wenn auch alle Wal-Forscher (Cetologen) darin übereinstimmen, daß die Wale aufgrund ihrer Skelettbefunde und ihrer Embryonalentwicklung von einer landgebundenen Ursprungsform herzuleiten sind, so waren sie sich doch über die Identität dieses landbewohnenden Vorfahren lange Zeit nicht einig.

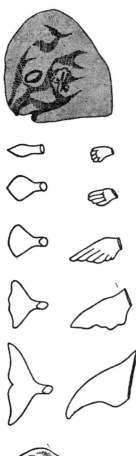

Abb. 3 Die Entwicklung des Embryos (Ontogenie) wiederholt in geraffter Form die ganze Stammesgeschichte (Phylogenie) der betreffenden Tierart. Dieser berühmte Satz Haeckels mag hier als ungefährer Hinweis auf Entwicklungsrichtungen gelten. — So bildet der Kopf des winzigen Wal-Keimlings (nebenstehend) zunächst noch einen Winkel mit der Wirbelsäule und besitzt auch noch äußere Ohrmuscheln — zwei Merkmale, die beim Übergang ins Wasser stören würden. — Im weiteren Verlauf der Embryonalentwicklung wandelt sich die »Hand« des Wales, die anfangs ganz derjenigen eines gleichalten Menschenembryos ähnelt, in eine Flosse (Flipper) um.

Neugebildete Fasergewebe verbreitern das Schwanzende zu einer sehr leistungsfähigen horizontalen Ruderplatte; gleichzeitig verlagern sich Muskelpartien der Oberseite bauchwärts, wodurch der Hebelarm seine größte Wirksamkeit erhält.

Embryo eines Wales (links) und eines Menschen (rechts) — die verblüffende Ähnlichkeit erklärt sich dadurch, daß beide auf eine — freilich Abermillionen Jahre zurückliegende — gemeinsame Ahnenform zurückgehen (Britisches Museum, London).

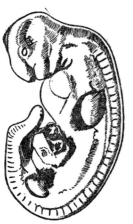

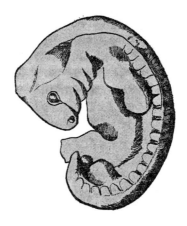

Im 19. Jahrhundert kamen die »Pro-Mammalia« ins Gespräch, ohne daß allerdings je recht klar wurde, was mit diesem Begriff gemeint ist. Später — im Jahre 1908 — entschieden sich einige Forscher für die Wasser-Reptilien und daraufhin für eine Art primitiver Insektenfresser. Heute stehen nur noch drei ernst zu nehmende Theorien zur Diskussion: eine raubtierartige Herkunftsform, eine huftierartige Herkunftsform und die spezielle Hypothese des holländischen Cetologen E. Slijper.

Die Beweise für die erste Theorie stützen sich vor allem auf die Übereinstimmungen im Bau der Kiefer und Zähne bei den *Archeoceti*, einem ausgestorbenen Zweig fossiler Wale, und bei den *Creodonta*, weiterhin beispielsweise auf die auffallend große Ähnlichkeit der inneren Organe.

Zur Unterstützung der zweiten Theorie gibt es nur einige recht vage Anhaltspunkte für Ähnlichkeiten, die heute fast einmütig abgelehnt werden.

Slijper seinerseits hat nun beide Theorien insofern in Einklang miteinander gebracht, als seiner Auffassung nach der rätselhafte Wal-Vorfahr *vor* die Zeit zurückzudatieren ist, in der sich Raubtiere und Huftiere voneinander trennten.

Wie es sich damit aber auch verhalten mag, die heute von der Mehrzahl der Zoologen und Evolutionswissenschaftlern anerkannte Version ist folgende: Vor schätzungsweise 125 Millionen Jahren gab es bestimmte Creodonta, die — vielleicht durch Überflutung ihrer Jagdgründe oder durch zu scharfe Konkurrenz auf dem Lande — gezwungen worden waren, ihre Nahrung in den Flüssen, Sümpfen und Lagunen zu suchen. Dort waren die Fische, Krebse und Schnecken eigentlich leichter zu erbeuten als zuvor die Mäuse, und außerdem war man im Wasser vor den großen Fleischfressern und vielleicht auch vor den Stichen der Moskitos sicher. Einige unserer neuerdings ständig durch-

Bild oben: Einzigartige Akrobaten sind die Delphine in den Marine-Studios, Marineland, Florida, USA. Hier springen zwei der flinken Tiere genau gleichzeitig über einen Stab, ohne ihn zu berühren (Foto: Bavaria).

Bild unten: Coolangatla ist ein beliebter Ausflugsort an der australischen Küste bei Brisbane, Queensland. Die regelmäßigen Delphindressuren finden begeisterte Zuschauer (Bilderdienst Süddeutscher Verlag).

Folgende Bilddoppelseite: In Marineland, eine der vielen Meerestier-Schauen, die in den USA so gewaltige Erfolge haben, werden Tursiops-Tümmler von einem Helmtaucher gefüttert (Marineland of the Pacific).

näßten Ex-Landbewohner mögen sich eines Tages durch plötzliche Mutationen mit höher als üblich auf dem Kopf gelegenen Nasenlöchern beschert gesehen haben, vielleicht auch mit einem kürzeren, glatteren Fell oder mit stärker anliegenden Ohren, deren geringere Größe weniger Wasserwiderstand bot ... Diese zufälligen, unter den gegebenen Umständen aber höchst nützlichen Merkmale halfen ihnen, zu überleben.

Auf dem Land waren die Creodonta wie Windhunde oder Eichhörnchen galoppiert, und mit der gleichen schnellen, wellenartigen Bewegung schwammen sie nun auch. Dabei gewährte die natürliche Auslesen denen einen Vorzug, deren am Ende waagerecht abgeflachter Schwanz eine größere Tragfläche hatte und sich zur Wurzel hin in der Vertikalen verjüngte; dadurch erhielten sie nämlich ein »doppeltes Leitwerk« — ein waagerechtes Tiefenruder und ein senkrechtes, für kurze Wendungen brauchbares Seitenruder. Außerdem wurde auf diese Weise der Antriebsmotor ganz nach hinten verlagert, wodurch sich der Hebelarm vorteilhaft verlängerte.

Die Tiere vererbten dieses Ruder auf ihre Jungen, und das setzte sich Millionen und Abermillionen Jahre hindurch fort. Solche Exemplare, die durch einen langen, zum übrigen Körper im rechten Winkel stehenden Hals behindert wurden, verschwanden, während andere, bei denen ein die Körperachse nur wenig und in gerader Richtung verlängernder Hals Jagd und Flucht erleichterte, überlebten. Anfangs hatten sie noch Pfoten mit Schwimmhäuten, die später dann mit einer Art fleischerner Fausthandschuhe überzogen wurden, die als Paddel dienten. Die zu nutzlosen Bremsanhängen gewordenen Hinterbeine verschwanden zusammen mit den Tieren, die im Daseinskampf gehemmt waren (geblieben sind die Reste von Oberschenkel- und manchmal auch Schienbein, die man als letzte knöcherne Zeugen tief versteckt im Fleisch einiger Wale findet).

Auf dem Rücken bestimmter Ex-Creodonta, die jetzt haarlos und stromlinienförmig geworden waren, bildete sich eine Hautfalte in Form einer Stabilisierungsflosse — eine besonders vorteilhafte Neu-

Von der Beluga-Expedition des Zoos Duisburg (Hudsonbai/Kanad. Arktis): Bild oben: Weißwalherde (»Schule«) unter dem Suchflugzeug.

Bild unten: Heimtransport des auf Matratzen gebetteten Weibchens Allua, das nach rd. 10 000 km langer Flugreise, wie sein Gefährte Moby, gesund im Duisburger Walarium eintraf (Fotos: Dr. Gewalt/L. Reimann).

erwerbung, die geradeso wie die Schwanzflosse (Fluke) aus Binde-
gewebe besteht, verstärkt mit elastischen Fasern.

Abb. 4 Beispiel konvergenter Anpassung der Körperform bei drei Klassen
meerbewohnender Wirbeltiere, die gleichartigen Lebensbedingungen unterworfen sind: Hai (= Fisch), Ichthyosaurier † (= Reptil), Delphin (= Säuger)

Zunächst gingen sie nur zum Jagen ins Wasser und kamen zum Ver-
zehren der Beute wieder aufs Land zurück, ein Zustand, wie wir ihn
z. B. noch beim Fischotter finden. Nach und nach gewannen dann jene
Tiere die Oberhand, die unter Wasser fressen konnten, ohne zum
Ufer zurückzukehren. In ihrer Rachenhöhle war die normale Verbindung mit den Luftwegen aufgehoben, so daß sie gleichzeitig fressen
und atmen konnten. Da sie in dieser Hinsicht gesichert waren, hielten
sie sich länger und länger im Wasser auf, kamen jedoch noch immer
zum Übernachten aufs Land zurück, wo sie sich auch paarten, ihre
Jungen zur Welt brachten und aufzogen, die ihrerseits erst lernen
mußten, im Wasser zu bestehen. Jene Tiere, die solche Extremitäten
behielten, die auch an Land zu gebrauchen waren, wurden See-Löwen
oder See-Hunde und sind es geblieben, weil der erreichte Zustand des
»Flossenfüßers« völlig den Notwendigkeiten ihrer speziellen Daseins-
bedingungen entsprach.

Alle Wassersäuger stimmen zumindest in den großen Gesetzmäßigkeiten ihrer Entwicklungsmerkmale, ihrer Baupläne völlig überein. Da ist zunächst ein reflexgesteuertes Verschlußsystem, das die Nasenlöcher automatisch abdichtet, wenn sie in Berührung mit Wasser kommen. Da ist eine mehr oder weniger weitgehende Anpassung des Kreislaufes an das Tauchen, und zwar in allen Fällen eine deutliche Verlangsamung der Herzschlagfrequenz. Da sind ferner Schutzeinrichtungen gegen die Kälte, die für ein warmblütiges Tier unentbehrlich sind, das auch in einem flüssigen Medium lebt, wo ihm fünfundzwanzigmal schneller tausendmal mehr Kalorien entzogen werden als in kalter Luft. Als entsprechende Schutzeinrichtung wirkt eine isolierende Fettschicht bei den Walen (Bartenwale sind mit einer bis zu 30 cm starken Specklage »gepanzert«) oder ein wasserabweisendes Fell bei den Robben. Und da ist an wichtigster Stelle eine völlige hydrodynamische Ummodellierung des Körpers.

Um aber die unermeßlichen Reichtümer der Tiefe wirklich auszuschöpfen und um ein vollwertiger Meeresbewohner zu werden, mußte man sich endgültig und ohne den Gedanken an eine spätere Rückkehr in der neuen nassen Welt niederlassen, mußte dort nicht nur fressen und schlafen können, sondern auch noch den letzten Schritt tun und das letzte Band zum Land zerschneiden — man mußte nämlich auch seine Nachkommenschaft unter Wasser zeugen, zur Welt bringen, nähren und aufziehen.

Damit das Neugeborene seinen Eintritt in die nasse Welt übersteht, sind natürlich erneut besondere Anpassungen nötig. Dazu gehört, daß es fertig ausgebildet wie ein erwachsener Delphin zur Welt kommt und daß es sich ebenfalls schon selbst verteidigen kann — Resultat einer 8 bis 14 Monate dauernden Tragzeit. Die Geburt erfolgt mit dem Schwanz voran, so daß bei einer Komplikation nicht die Gefahr des Ertrinkens oder Erstickens besteht. Aus den gleichen Gründen ist ja bei den Landtieren die Geburtslage gerade entgegengesetzt. Sobald das Junge nun geboren ist, stößt das Muttertier es zum ersten Atemholen an die Wasseroberfläche. Da die Lebensbedingungen härter sind, ist die Milch des Delphinweibchens gehaltvoller als z. B. Frauenmilch; sie enthält fünfmal mehr Eiweiß (12%) und ganz erheblich mehr Fett (40—50%). Der junge Delphin verdoppelt sein Gewicht innerhalb von zwei Monaten, das ist dreimal schneller als bei einem Menschenbaby. Das Junge, das dem Muttertier im wahrsten Sinn des

Wortes »wie ein Schatten« folgt, saugt ein Jahr lang in regelmäßigen Abständen an den beiden Zitzen, d. h. es läßt sich durch den Druck besonderer Muskeln, welche die Zitzen zusammenpressen, einen großen Schluck Milch ins Maul spritzen. Da nur ein einziges Junges geboren wird — Zwillinge sind seltene Ausnahmen —, muß es am Leben erhalten werden, soll die Art nicht erlöschen. Die Mutter schützt es daher mit ebenso großer »Liebe« und Ausdauer wie eine menschliche Mutter ihr Kind. Und aus dem gleichen Grund kümmert sich eine »Patin«, die schon während der Geburt assistiert hatte, um das Delphinjunge, wenn die »richtige« Mutter stirbt oder ihr Junges zeitweise verläßt — so als ob es ihr eigenes wäre.

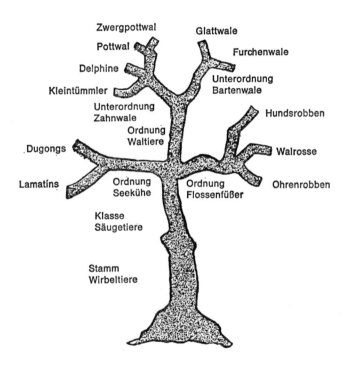

Abb. 5   Die heutigen Wassersäugetiere (vereinfachtes Schema)

Diese letzte Stufe haben nur die Wale und die Seekühe erreicht. Als Pflanzenfresser finden die Seekühe ihre Nahrung ohne Schwierigkeiten im Flachwasser; sie brauchen weder lange zu suchen noch sich viel und rasch zu bewegen. Ihre Größe, ihre Seßhaftigkeit und ihre dicke Haut schützen sie vor jedem Feind — ausgenommen vor dem Menschen, der sie überall rasch ausrottet —, wahrscheinlich haben sich Lamantins und Dugongs deswegen ihre Langsamkeit, Plumpheit und vielleicht auch ihre geringe Intelligenz leisten können. Alle beide stammen von einem urtümlichen Probosciden (Rüsseltier) ab; wie ihr Vetter, der Elefant, besitzen die Männchen kleine elfenbeinerne Stoßzähne unter den dicken Lippen, und es war die Silhouette der Seekuhweibchen mit ihren zwei Frauenbrüsten, die zum Ursprung der Legende von den Sirenen und Nixen wurde.

Von den anderen Wassersäugetieren aber, die Fische jagten oder Plankton fischten, also von jenen, die zu Zahnwalen bzw. zu Bartenwalen wurden, forderte der Lebenskampf in der Hochsee ungleich größere Fähigkeiten. Leider kennen wir keine direkten Spuren, keine

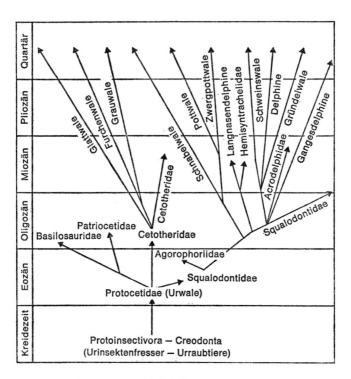

Abb. 6 Schema der stammesgeschichtlichen Entwicklung der *Cetaceae* (nach Slijper)

Skelettfunde und keine Versteinerungen von den ersten Stufen ihrer Entwicklung.

Die ältesten bekanntgewordenen Reste von primitiven Ur-Walen oder *Archaeoceti* stammen aus dem Eozän. Sie rühren von den sog. *Protocetidae* her, den Primitivsten der Primitiven, und was man fand, war nur spärlich: ein Unterkiefer und ein paar Schädelbruchstücke.

In der folgenden Ära tauchen die *Basilosauridae*, eine Weiterentwicklung der Archaeoceti, auf. Der größte von ihnen war das Zeuglodon, ein eozänischer Basilosaurus, dessen Reste in den unteren Alluvialschichten Nordamerikas lagern. Das Zeuglodon hatte einen sehr langgestreckten (1,60 m) Säugerschädel mit kleinem Gehirn, haifischartigen Zähnen (zweiwurzelige Backenzähne, einwurzelige Schneidezähne); seine Nasenöffnungen verlagerten sich nach hinten, und sein Gehörapparat war bereits sehr kompliziert.

Die Länge des Tieres betrug 20 Meter, und der schlangenförmige Körper trug vier salamanderartige Paddelflossen, kurz und gut: ein Loch-Ness-Ungeheuer wie aus den comik-strips. Weder ganz Robbe noch ganz Wal ist das Zeuglodon wahrscheinlich kein Bindeglied zwischen gemeinsamen Vorfahren und den heutigen Walen, sondern im Gegenteil eine erloschene Seitenlinie. Am meisten Ähnlichkeit besitzt er mit den erheblich kleineren *Durodontidae*.

Abb. 7   Rekonstruktion eines Basilosaurus (Nordamerika, ca. 35 Millionen Jahre alt)

In den oberen Schichten des Miozäns und Pliozäns, die einst den Meeresboden darstellten, findet man sowohl in Europa wie in Amerika Kiefer, Zähne und Wirbel der sog. *Squalodontidae* — noch immer recht urtümliche Vorläufer unserer Wale, deren Schädelknochen aber bereits »modern« zusammengeschoben waren. Sie besaßen furchtbare, sägeartige Haifischzähne und entsprachen in ihrer Lebensweise zweifellos weitgehend den Schwert- oder Mörderwalen von heute. Es gab zwei Gruppen von ihnen, wobei die *Agorophidae* auf Amerika beschränkt, die *Squalodontidae* aber überall vertreten waren.

Eine andere Gruppe jedoch — die *Platanistoidae* — können wir als direkte Vorfahren unserer verschiedenen Süßwasserdelphin-Arten bezeichnen.

Die Süßwasserdelphine sind »die Stillen im Lande«, häusliche Wesen sozusagen, die niemals das Abenteuer in der wilden, offenen See gesucht haben. Diesem Prinzip sind sie treu geblieben, obwohl sie auch ruhigen Gewässern nur wenig angepaßt sind und nie länger als 30 Sekunden tauchen können. In gewisser Hinsicht sind die Süßwasserdelphine »lebende Fossilien«, denn *Inia geoffrensis* beispielsweise — der heilige weiße Delphin des Amazonas und des Orinoko — trägt auf seiner Schnauze noch Schnurrhaare wie ein Creodont; seine Flossen, unter deren Haut man noch die fünf Zehen des Landsäugetiers zu erraten vermag, sind eckig, breit und ungeschickt, und der buckelige Kopf geht nicht stromlinienförmig in den Körper über, sondern sitzt winkelig auf einem beweglichen Hals.

Der Susu oder Gangesdelphin *(Platanista gangetica),* der die Niederungen des Brahmaputra, Indus und Ganges bewohnt, besitzt in seinem Verdauungstrakt sogar noch einen Blinddarm. Das schwarzgefärbte Tier ist blind, da seinem Auge die Linse fehlt, und es ernährt sich, indem es mit der zu einem Schnabel ausgezogenen Schnauze im Schlamm gründelt und dabei Krebse und Bodenfische aufnimmt. Sein Blasloch liegt weit hinten und verlängert sich rinnenförmig zum Rücken hin.

Der Chinesische Flußdelphin *(Lipotes vexillifer)* wird gegen 2 Meter lang und bewohnt den Jangtse-kiang mit seinen Nebenflüssen sowie den Tung-ting-See. Bei ihm ist die Rückenfinne erst angedeutet, und zwar in Form einer einfachen Hautfalte längs des Rückgrates. Sein Schnabel ist aufwärts gekrümmt.

Im Rio de la Plata findet man den kleinsten aller Wale, den *Stenodelphis blainvillei;* mit einer Länge von nur 1½ Metern und einem Gewicht von kaum 65 kg ist er zweitausendmal kleiner als der Riese der Sippe, der Blauwal.

Noch ein paar andere Gruppen: die *Physeteroidae,* von denen man nicht allzuviel weiß und die entweder direkte Vorfahren oder ausgerottete Vettern des Pottwales *(Physeter macrocephalus)* und des Zwergpottwales *(Kogia breviceps)* sind; die unüberschaubare Zahl der *Delphinoidae,* die Vorläufer unserer vielen heutigen Delphin-Arten; *Archeodelphis patrius,* die alte Ahnenform der Tümmler; die sieben fossilen Gattungen der *Balaenopteridae* und die vier fossilen Gattungen der *Balaenidae*.

Unter den heutigen Walen sind die *Mystacoceti* — also die Bartenwale mit den beiden Gruppen der Glattwale *(Balaenidae)* und der Furchenwale *(Balaenoperidae)* — die ältesten Vertreter. Sie besitzen keine Zähne (genauer: die erwachsenen Exemplare sind zahnlos, bei den Embryonen finden sich noch winzige Zahnanlagen, die jedoch vor der Geburt gänzlich zurückgebildet werden), aber dafür eine Reihe von Barten, Filteranlagen, deren Anzahl je nach Art 300—400 Stück in jeder Hälfte des Oberkiefers beträgt. Die in Form eines Kammes angeordneten Barten, die man sich als annähernd dreieckige, am Rand ausgefranste Hornplatten vorzustellen hat, dienen dazu, das Plankton auszusieben, von dem sich diese Wale ausschließlich ernähren. Wichtigster Bestandteil der planktonischen Nahrung ist das sog. Krill, eine Masse von Kleinkrebsen, die bestimmte Teile der antarktischen Gewässer fast zu einer „Suppe" eindickt. Der Bartenwal schwimmt in dieser »Suppe« mit weit geöffnetem Maul, saugt sie mit mächtigen Zügen durch das Sieb seiner Barten und drückt dann das überschüssige Wasser mit der Zunge heraus, während jedesmal eine »Ernte« von mehreren Kilogramm Krill an den Barten hängenbleibt und verschluckt werden kann.

Sozusagen in Erinnerung an die beiden Nasenlöcher früherer Landtierzeiten besitzen die Bartenwale noch ein Paar Blaslöcher, die die Form einer Längsrinne haben. Ihr Gehirn ist im Verhältnis sehr viel kleiner als bei den fischfressenden Zahnwalen.

Mit einem Gewicht von 130 Tonnen und einer Länge von 30 Metern ist der Blauwal *(Balaenoptera musculus)* das größte und schwerste Tier, das jemals auf unserer Welt existiert hat. Abgesehen von einigen anatomischen Sektionen und den Erzählungen der Walfänger wissen wir nur recht wenig von ihm. Augenscheinlich erschweren seine Größe und sein Lebensraum — die unendliche See — es außerordentlich, zur direkten Beobachtung in engeren Kontakt mit ihm zu treten, wie wir es mit den Delphinen tun. Daher werden diese außergewöhnlichen Geschöpfe, die wie so viele andere Walarten bereits der Ausrottung entgegengehen, wahrscheinlich verschwunden sein, ehe wir sie näher kennenlernen.

Die Zahnwale sind physisch und psychisch ungleich besser ausgerüstet, um sich gegenüber dem Menschen zu behaupten, wahrscheinlich, weil ihr Lebenskampf härter ist. Bei ihnen war es nie damit getan, das Maul nur aufzusperren, um es zu füllen. Die Bartenwale sind, wenn man so will, die »Wiederkäuer des Meeres«, und ein Wiederkäuer muß lediglich mit einer Wiese fertigwerden können. Die Zahnwale dagegen sind Fleisch- bzw. Fischfresser, und es gäbe sie nicht mehr, wenn sie nicht besser bewaffnet, pfiffiger, schneller und stärker wären als jene Wesen, die sie töten müssen, um von ihnen zu leben. Ihre Beute — bei den Delphinen und Tümmlern hauptsächlich Fische, bei den Pottwalen große Kraken und bei den Schwertwalen Robben und sogar kleine Cetaceen — müssen sie in der Weite des Ozeans zunächst finden, dann einholen, ergreifen und überwältigen.

Im oft getrübten Meerwasser half ihnen der Gesichtssinn dabei nur wenig. Zwar war die Hornhaut ihres Auges bereits durch ein besonderes öliges Sekret, das von einer zu diesem Zweck umgewandelten Tränendrüse ausgeschieden wird, gegen die Einwirkungen des Salzwassers geschützt, aber unter Wasser sieht man kaum besser als im Nebel. Der Geruchssinn kann in den Fluten offensichtlich erst recht nichts nützen, denn mit Ausnahme in den frühesten Embryonalstadien sind die Riechlappen und -nerven verschwunden.

Was aber bleibt dann noch für den Gebrauch in einer flüssigen Umwelt übrig? Übrig bleiben der Geschmackssinn und der Gehörsinn, und von diesen beiden hängen die Wale in der Tat vollständig ab, wenn es darum geht, Artgenossen zu finden, Feinden zu entkommen, Beute aufzuspüren oder Anhaltspunkte für die eigene Navigation zu erhalten. Die heutigen Wale besitzen längs des Unterkiefers und mitunter auch am Zungengrund Reihen hochempfindlicher Geschmackspapillen, und ähnlich wie ein Hund die Ausdünstungen einer Spur wittert, »schmeckt« der Wal sie. Meeressäuger urinieren häufig; Pottwale und Belugas besitzen sogar noch besondere Praeanaldrüsen, deren Ausscheidungen direkt ins Wasser abgegeben werden; diese aromatischen Sekrete, deren Moschusduft wir auch in der Ambra wiederfinden (Ambra ist eine krankhafte Absonderung im Verdauungstrakt des Pottwales, die man vielleicht mit Nierensteinen vergleichen kann und die man manchmal in großen Klumpen antrifft), mögen sich im Wasser ausbreiten und dazu dienen, die Spur für nachfolgende Artgenossen zu markieren. Allerdings verflüchtigen sich die erkennbaren chemischen Bestandteile dieser Drüsenausscheidungen recht schnell, und der wichtigste und entscheidende Sinn der Wale ist daher das Gehör.

Es ist hochinteressant zu studieren, in welcher Weise sich das Ohr der Landsäuger an das flüssige Medium angepaßt hat. Da an der Luft der größte Teil der Schallwellen durch Reflektionen verlorengeht, hatten sich die Landtiere aller nur denkbaren Hilfsmittel bedient, um die Intensität der Töne zu steigern; dazu gehörten äußere, z. T. bewegliche Ohrmuscheln, ein hochempfindliches Trommelfell und ein kompliziertes System von knöchernen Hämmerchen und Hebeln mit der Aufgabe, die zu den Nerven zu übertragenden Schwingungen zu verstärken. — Bei der Rückkehr ins Wasser mußten alle diese Errungenschaften wieder abgeschafft werden, da sich die Schallwellen dort viermal schneller fortpflanzen, sechzigfach stärker und viel weiter hörbar sind, allerdings bei einer sechzigfach verringerten Schwingungszahl. Fraser und Purves haben am Britischen Museum das Zusammenspiel der Gehörknöchelchen Hammer, Amboß und Steigbügel bei den Walen untersucht. Durch elektronische Messungen konnten sie folgendes feststellen: Das Funktionssystem führt Korrekturen aus, um den in die Gehörschnecke übermittelten Ton so umzuwandeln, daß er vom üblichen akustischen Empfangsapparat der Säuger verarbeitet werden kann.

Ein anderes Problem: Unter Wasser treffen die Schallwellen von allen Seiten her auf den Schädel, wodurch die Schall-Lokalisierung bzw. ein richtungsmäßiges Orten der Schallquelle gestört wird. Jedenfalls trifft das für den Menschen zu, nicht aber für die Wale, deren Gehörsinn den besonderen physikalischen Verhältnissen in diesem neuen Milieu vorzüglich angepaßt ist. Sie besitzen tatsächlich zwei völlig getrennte Horch-Einrichtungen — zwei Ohren, die sowohl vom Wasser wie auch voneinander durch Luftkammern und schaumgefüllte Hohlräume isoliert sind. Bei diesen Hohlräumen handelt es sich um Aussackungen der Paukenhöhle, die das Innere Ohr und das Mittelohr umschließen.

So setzt sich der Unterwasserschall nicht einfach quer durch den Schädel fort, sondern er erreicht nur auf direktem Weg durch den äußeren und mittleren Gehörgang jedes Innenohr einzeln und unabhängig für sich. Wenn man einen Delphin aufmerksam betrachtet, sieht man auf jeder Seite in etwa 10 Zentimeter Entfernung hinter dem Auge ein kleines, kaum stecknadelkopfgroßes Loch — die Öffnung des äußeren Ohres bzw. des flüssigkeitsgefüllten Ganges, der den Schall zum Mittelohr führt. Und wenn man einen Delphinschädel seziert, wird man dort einen Gehörnerv von gewaltigem Durchmesser finden, der zu den mächtig entwickelten Hörzentren des Gehirns leitet. Das Ohr ist viel massiver und kompakter als bei anderen Säugetieren — eine Anpassung, die für die Übermittlung hoher Frequenzen nötig ist.

Um Fische in ihrem eigenen Reich einzuholen, muß man schneller schwimmen als sie. Die Wale verdanken ihre hohe Geschwindigkeit einer Muskulatur großer Leistungsfähigkeit, die ein Drittel oder sogar die Hälfte des Gesamtgewichtes der Tiere ausmacht. Gestützt werden diese Muskeln von einem leichten Skelett, dessen schwammige Knochen bis zu 51% von Fett durchtränkt sind. Nicht ihr Skelett, sondern das Wasser ist es also, das sie trägt! Darüber hinaus genießen die Delphine noch den Vorteil einer hydrodynamisch perfekten Form und den Vorteil einer einzigartigen Besonderheit ihrer Außenhaut, von der wir nachher ausführlicher sprechen.

Im Magen eines 14 Meter langen Pottwales fand man einen Riesenkraken *(Architheuths princeps)*, der einschließlich seiner Fangarme 10×50 Meter groß war. Das bedeutet, daß die Wale 1000 Meter und mehr tauchen, um die gewaltigen Tintenfische oder Riesenkraken zu jagen, und das bedeutet auch, daß sie bis zu einer halben Stunde und länger den Atem anhalten und nachher ohne Dekompressions-Beschwerden wieder an die Oberfläche kommen, und zwar nach dem zwanzigsten Tieftauchen noch ebenso sicher und gut wie nach dem ersten. Dies setzt aber ganz besondere physiologische Anpassungen voraus.

Um Ungeheuer wie diese Riesenkraken zu töten, sind natürlich mächtige Kiefer nötig, und um schlüpfrige Fische zu fangen und festzuhalten, waren zwei Reihen spitzer Zähne höchst nützlich. Und um endlich die bestausgestatteten, schnellsten und gewitztesten von allen — die Delphine — zu überwältigen, dazu mußten die Schwertwale sie auf ihrem eigenen Gebiet schlagen.

Zwei Augen plus
zwei Ohren = vier Augen

Die Welt des Delphins ist keine Welt der Landschaftsbilder und Düfte, sondern sie ist eine Welt des Schalles. Durch den Schall findet er sein vertrautes Revier, seinen Partner, seinen Anführer, seine Feinde und seine Beute.

Denn der Lärm in der sogenannten »Welt des Schweigens« ist manchmal ohrenbetäubend. Bevor die malayischen Fischer ihre Netze auswerfen, stecken sie ihren Kopf unter Wasser, um die Geräusche der Fische zu hören. Taucher, die durch einen Schwarm von Trommlerfischen oder von Grunzern *(Haemulon)* schwimmen, können deutlich jene Töne hören, die den Namen dieser Fische rechtfertigen; sie vernehmen das Raspeln von hunderttausend Krabben, und wenn sie ihre Tragkörbe mit Langusten füllen, hören sie das zornige Knacken der Scheren.

Während des letzten Krieges unterhielt die die US Navy ein Netzwerk von Unterwassermikrophonen an allen strategischen Punkten der Küste, um sich etwa nähernde feindliche U-Boote zu entdecken. Der Eingang der Chesapeak-Bucht, die Mündung des nach Washington führenden Potomac-River, war mit Horchgeräten bestückt. Eines Tages im Frühjahr 1942 hallten die Lautsprecher der Abhorchstationen an Land von einem Lärm »wie von hundert Preßlufthämmern beim Aufbrechen von Straßenpflaster« wider. Riesenaufregung, Alarm und verstörte Telephonanrufe überallhin, bis endlich ein paar alte Fischersleute aus der Gegend hinzukamen und alle beruhigen konnten: da war keine unterseeische Armada im Anrücken, sondern es kamen lediglich ein paar Millionen Umberfische *(Sciaenidae)* in die Buch zurück, nachdem sie im offenen Meer gelaicht hatten. Die letzten Zweifel der Flottenstrategen wurden behoben, als sie ihre Tonaufzeichnungen mit den Knarrlauten einiger gefangener Fische im Aquarium verglichen.

Einige tonerzeugende Fische spannen und entspannen ihre Muskeln in rascher Folge, so daß sich die Vibration als hörbares Echo auf ihre Schwimmblasen überträgt. Der Trommler- oder Umberfisch besitzt ganz spezielle Muskeln, geradezu Muskel-Trommelstöcke, mit denen er auf seiner Schwimmblase Schlagzeug spielt. Andere Fische benutzen die Flossen zur Lautgebung, und wieder andere knirschen einfach mit den Zähnen.

Diese Vibrationslaute tiefer Tonlagen werden von den anderen Fischen mit Hilfe des Seitenlinienorgans wahrgenommen. Aber welchen Zweck haben die Geräusche? Man weiß es nicht. Jungfischen mögen Eigenlaute vielleicht erlauben, selbst in trübem Wasser beieinanderzubleiben, und den erwachsenen Fischen könnten sie dazu dienen, sich zur Laichzeit zusammenzufinden.

Aber die Fische sind nur Geräuscherzeuger, sind nur die »Krachmacher« der keineswegs immer »schweigenden Welt«, die doch durchaus auch ihre klanglichen Virtuosen hat. Als ich mit meinen Delphinen unter Wasser umherschwamm, hörte ich sie, vom Spiel ganz erregt, mit den Kiefern klappen, mit den Zähnen schnattern, vernahm verschiedenartige Pfiffe, Raspel- und Schleifgeräusche, Bellen, mäuseartiges Quieken, spöttisches Lachen, ein kurzes oder stufenweise anschwellendes Grollen und sogar ein erschreckendes Krachen wie von zersplitternden Baumstämmen.

In seiner Schilderung der Abenteuer Arions wies Herodot 450 v. Chr. ausdrücklich darauf hin, daß der bedrängte Sänger die Aufmerksamkeit des hilfreichen Delphins dadurch erregte, daß er eine Orthianische Hymne, einen an die Gottheiten gerichteten Weihegesang mit besonders hohen und schrillen Tönen, anstimmte.

Hundert Jahre später konnte Aristoteles ausführliche Delphinbeobachtungen durchführen, als er auf der Insel Lesbos wohnte. Er notierte darüber in seiner »Geschichte der Tiere«: »Obwohl sie keine sichtbaren Ohren haben, sind die Delphine außergewöhnlich gut befähigt, unter Wasser Töne wahrzunehmen ... Wenn man sie aus dem Wasser zieht, geben sie Seufzer und schrille Schreie von sich, denn diese Kreatur, die Lungen und einen Kehlkopf besitzt, verfügt über eine Stimme. Die Zunge allerdings ist unbeweglich, und es fehlt auch an Lippen, so daß keine artikulierten Laute hervorgebracht werden können.«

Inzwischen haben viele Seeleute festgestellt, daß sich Delphine häufig durch schrille Töne oder Schleifgeräusche zu den Schiffen locken lassen. Wie Lacépède ausführt, »... könnte man sagen, daß der Delphin ein gewisses Vergnügen bezeigt, regelmäßig wiederholten Tönen zu lauschen, wie sie z. B. von Pumpen und anderen hydraulischen Maschinen hervorgebracht werden und welche monoton und für das empfindliche Ohr eines begabten Musikers sehr unschön klingen. Plötzlicher, heftiger Lärm indessen erschreckt den Delphin.«

Für die Walfänger des letzten Jahrhunderts endlich erinnerten die Geräusche »an das Knarren von neuem Leder«, wenn sie aus dem Körper eines harpunierten, tauchend zu flüchten versuchenden Pottwals über die straff gespannte Fangleine wie durch ein Telefon zu ihnen drangen.

Unsere Seeleute könnten dem noch hinzufügen, daß die schrillen Pfeifsignale, die an Bord nach alter Tradition über alle Decks hallen, um z. B. zu den Mahlzeiten zu rufen, nur selten verfehlen, die Neugier der eventuell anwesenden Delphine zu erregen.

Heute nun, nachdem im letzten Krieg Unterwasserakustik und das Sonar eine entscheidende Rolle bei der U-Boot-Bekämpfung spielten, haben wir etwas gelernt, was für Herodot und selbst Cuvier unbekannt war: Delphine stoßen Schreie aus. Delphine hören die Rufe anderer Delphine, und sie nehmen auch die Echos ihrer eigenen Rufe wahr. Und seitdem wir diese Zusammenhänge kennen und durch Experimente bestätigen konnten, wissen wir auch, in welcher Weise der im Wasser ohnehin nur selten brauchbare Gesichtssinn bei den Zahnwalen im Laufe ihrer Evolution ersetzt worden ist.

Erste Vermutungen in dieser Richtung kamen dem Konservator der Marinelandstudios in Florida, McBride, der bei seinen Bemühungen, einige Delphine einzufangen, noch einmal das entdeckte, was alle Fischer längst wußten: Delphine lassen sich weder bei Tag noch bei Nacht mit den feinmaschigsten Netzen fangen, obwohl sie manchmal aus eigenem Antrieb in diese Netze eindringen, falls es dort leckere Fische zu stibitzen gibt. Wenn man sie mit Gewalt in Netze treiben und einkesseln will, schwimmen sie darüber hinweg, sobald ein in den Maschen verwickeltes Tier die Tragleine mit den Korkschwimmern nur einmal ein wenig hinabgezogen hat — selbst nachts oder in völlig trübem Wasser. Verwundert darüber, wie die Delphine in dieser Weise auch die kleinste Lücke in einer Netzwand zu entdecken vermochten, schrieb McBride 1947: »Dieses Verhalten läßt an das Echolot-Peilverfahren denken, das in ganz ähnlicher Weise die Fledermäuse dazu befähigt, im Finstern Hindernissen auszuweichen.«

Wenn der Mensch vor der Aufgabe steht, ohne Sicht zu fliegen oder zu navigieren, benutzt er Apparate, zu deren Bau ihn die Fledermäuse inspiriert haben: das Radar, das Radiowellen ausstrahlt, um deren Echo wieder aufzufangen und auszuwerten, oder das Sonar, von den Engländern auch Asdic genannt, das in ganz entsprechender Weise mit Schallwellen arbeitet. Heute wird meist Ultraschall gewählt, d. h. Töne von so hoher Frequenz, daß sie vom menschlichen Ohr nicht wahrgenommen werden können. Da sich Radiowellen unter Wasser nicht fortpflanzen, verwendet man das Radar in der Luft, das Sonar im Wasser.

Sonare sind heute bei allen U-Booten und U-Boot-Jägern zum Aufspüren und Orten in Gebrauch.

Beim Arbeiten mit dem Sonar wird eine regelmäßige Folge von Schallwellen fächerförmig ausgesandt. Da die Geschwindigkeit des Schalles im Wasser wohlbekannt und fast konstant ist, kann man den Abstand zum Ortungsobjekt (U-Boot, Wrack, Wal) leicht bestimmen, indem man die Zeitdifferenz zwischen der Aussendung des Tones und dem Rückempfang seines Echos mißt. Eine elektronische Rechenanlage liefert sofort das Resultat, und aus den Besonderheiten des aufgefangenen Echos kann man sogar noch die Art und Beschaffenheit des Ortungsobjektes ermitteln; ein Schlammhaufen beispielsweise wirft ein schwächeres, »verschwommeneres« Echo zurück als ein Felsblock, wenn solche Identifizierungen auch immer etwas unsicher bleiben. Selbst Temperaturunterschiede, die Dichte oder die chemische Zusammensetzung des Meerwassers können die Echos dämpfen, entstellen oder stören.

Gleichartige Apparate, allerdings mit einem senkrecht nach unten orientierten Richtschirm, benutzen heute alle Schiffe, um die Wassertiefe und die Beschaffenheit des Meeresbodens zu ermitteln; sie sind als Echolote bekannt, und ein ganz ähnliches Gerät, das Fischschwärme zwischen verschiedenen Wasserschichten ortet, ist als »Fisch-Finder« auf den Heringsdampfern in Gebrauch.

Alle diese Apparaturen sind noch recht unvollkommen, und es wäre höchst wichtig — für den Ozeanografen sowohl wie für den U-Boot-Jäger oder den U-Boot-Retter —, sie zu verbessern.

Sobald die amerikanische Marine Wind von den sonarartigen Fähigkeiten der Delphine bekommen hatte, setzte sie ihre besten Agenten an, um nähere Informationen zu beschaffen. Das Büro für Seefahrtforschung finanzierte die Untersuchungen, auch die Militärischen Versuchsanstalten für Elektronik und Hydroakustik sowie für Sperrwaffentechnik arbeiteten mit, und private Stiftungen, Industrielabors und Universitätsinstitute setzten ihre besten Fachleute — Elektrotechniker, Horchspezialisten, Biologen, Physiker, Ingenieure und Mathematiker — ein, um die Geheimnisse des delphinischen Sonars zu entschlüsseln und, wenn möglich, nachzuahmen.

In den USA, wo der Jahresetat allein für dieses Teilgebiet der Walforschung fast 1 Million Dollar beträgt, beteiligten sich an dieser Suche am eifrigsten Dr. Wintrop N. Kellog von der Universität Florida, Dr. William Scheville von Woods Hole, das Ehepaar Tavolga, John Dreher von der Fa. Lockheed/Kalifornien und Dr. Kenneth Norris von der Universität Kalifornien, später Oceanic Foundation/Hawaii; in Frankreich waren es Dr. René Guy Busnel im Laboratorium für Akustik in Jouy-en-Josas, in Dänemark sein Assistent Dr. Albin Dziedzic, in Holland Prof. Slijper von der Universität Amsterdam sowie die Drs. Reyzenbach de Haan und Dudock van Heel; in der UdSSR Dr. Sergej Kleinenberg und sein Kollege Jablokow, in England die Drs. Fc. Fraser und P. E. Purves vom Britischen Museum.

Ihre Arbeiten sowie die zahlreicher anderer Forscher aus der westlichen Welt, Rußland oder Japan, sind 1959 auf der Versammlung der Königlichen Gesellschaft zu London, 1961 auf dem Kongreß für Bioakustik in London, 1963 auf der Tagung für Walforschung in Washington, 1965 auf dem Symposium für Unterseeische Bioakustik in New York und im gleichen Jahr vor demselben Gremium in Italien referiert, diskutiert und veröffentlicht worden.

Zum Schluß ist es jedoch nur recht und billig, die wertvollsten Mitarbeiter all dieser Forscher zu erwähnen: die Delphine selber. Unter ihnen verdient vor allem der Name von Alice der Nachwelt überliefert zu werden, denn dieses vor Florida geborene Großtümmler-Weibchen, das in Marineland/Florida erzogen wurde und dort seine wissenschaftliche Laufbahn begann, hat seine Karriere bei den Spezialisten des Marine-Forschungszentrums für Raketentechnik in Point Mugu fortgesetzt und befindet sich augenblicklich auf Hawaii, wo es bei den Experimenten von Dr. Norris am Ozeanischen Institut mitwirkt.

Bei den unzähligen Untersuchungen stellte sich rasch heraus, daß die Ausstattung des Delphins in vielfacher Hinsicht erheblich wirkungsvoller und vollendeter als alles das ist, womit der Mensch seine Fahrzeuge — modernste Atom-U-Boote inbegriffen — ausrüstet.

1950 konnte Winthrop Kellog experimentell vorführen, was McBride nur vermutet hatte: ein Delphin vermag sich vollkommen sicher im Raum zu bewegen und zu jagen, ohne irgend etwas zu sehen. Wenn er das Bassin mit einem Unterwasserzaun absperrte, schwammen seine Versuchstiere sofort und ohne Zögern zu der einzigen Öffnung, die er in dem Hindernis ausgespart hatte. Sie wichen auch völlig sicher transparenten Hindernissen aus Plexiglas aus, selbst wenn ihnen die Augen mit undurchsichtigen Gummisaugnäpfen verschlossen worden waren, und unter den gleichen Bedingungen fanden sie ebenso schnell und mühelos einen ins Wasser ihres Bassins geworfenen Fisch. Eine »Maschinengewehrgarbe« von Bip-bip-bip-bip-Tönen beantwortete das »Platsch« des hingeworfenen Fisches und verstummte nicht wieder, bis der Fisch geortet und untersucht worden war. Wenn man den Fisch ohne Geräusch ins Becken gab, fanden sie ihn etwas später, nämlich dann, wenn ihre routinemäßig ausgesandten Orientierungssignale ihn erfaßt hatten.

In Ruheperioden sendet der Delphin ganz gewohnheitsmäßig mit gewissen Abständen seine Bip-bip-bip-Ortungstöne aus, manchmal fünf pro Sekunde, bei anderen Gelegenheiten nur einen einzigen innerhalb von 20 Sekunden. Sobald ihn ein Ton oder Echo in Alarm versetzt, stößt er eine Folge verschiedener, immer schneller werdender Signale aus (mehrere hundert pro Sekunde), und zwar in dem Maße, wie sich das unbekannte Objekt nähert. Dabei ist sein Gehör so fein, daß ein aus 2 Meter Höhe ausgegossener Löffel Wasser oder sogar nur der Fall eines einzigen Schrotkornes genügen, um Alarm auszulösen und das Aussenden ganzer Bündel von schnellen Suchtönen zu veranlassen.

Ein elektronisches Sonar sendet auf einer einzigen Frequenz und empfängt dementsprechend auch nur eine einzige Sorte von Informationen; jenes Sonar aber, das von der Delphinmama für ihren Sprößling fabriziert wurde, sendet gleichzeitig Signale von ganz verschiedener Schwingungszahl aus, von niedrigen Frequenzen, die von Unterwassermikrophonen aufgefaßt werden können und die für unser Ohr wie »Klicks!« oder ein Knarren klingen, bis zu Tönen im Ultraschallbereich, deren Frequenz um das Zehnfache über der Grenze des menschlichen Hörvermögens liegt, d. h. von etwa 100 bis 150 000

Schwingungen pro Sekunde. Mit dieser phantastischen Breite der Skala seiner Tonemissionen empfängt der Delphin eine Vielfalt von Informationen, wie sie einem getauchten U-Boot etwa ganz unerreichbar bleiben. In der Praxis sind die Töne niedriger Frequenz und großer Wellenlänge für Ortungen auf ausgedehnte Entfernungen geeignet (eine halbe Meile weit beim Delpin, 6 bis 7 Meilen beim Pottwal), da sie sich im Wasser lange fortpflanzen, ohne abgeschwächt zu werden. Kurzwellige Töne höherer Frequenz gestatten dagegen, aus der Nähe eine ausgezeichnete Unterscheidung von Einzelheiten vorzunehmen.

Mit gefangenen Delphinen hat Kellog gezeigt, daß sie aus der Ferne Fische verschiedener Größe unterscheiden können und daß sie auch mit verbundenen Augen zwischen Fischen verschiedener Arten — z. B. Meeräschen und Sprotten — auswählen, je nachdem, ob deren Geschmack ihnen zusagt oder nicht. Er konnte ferner demonstrieren, daß sie ohne geringstes Zögern einen echten Fisch von einem fischförmigen, wassergefüllten Plastikbeutel unterscheiden können.

Das Sonar der Wale, dieses in der Tat außergewöhnliche Instrument, zeigt ihnen also nicht nur die Entfernung, sondern auch die Gestalt, die Beschaffenheit, die Beweglichkeit, kurz sämtliche mechanischen Eigenschaften des Objektes, von dem die Signale zurückgeworfen werden. Mit anderen Worten: es beschafft allein alle die Informationen, die der Mensch nur durch die mühsame Kombination von Gesichtssinn, Tastsinn und Geschmackssinn erhält.

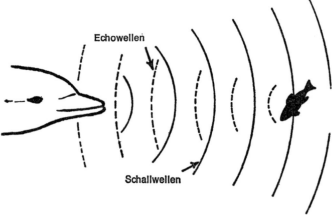

Abb. 8   Das Sonar des Delphins

Die Präzision dieser Einrichtung ist erstaunlich: Der Delphin Alice hatte gelernt, gegen eine aus einigen Meeräschen bestehende Belohnung mit Dr. Norris ein Spiel zu spielen, das darin bestand, mit verbundenen Augen zwischen zwei Stahlkugeln zu wählen und denjenigen Hebel zu betätigen, an dem die größere der beiden Kugeln aufgehängt war. Ohne sich einmal zu irren oder zu zögern, wählte Alice zwanzigmal hintereinander zwischen zwei Kugeln von $1\frac{1}{2}$—2 und dann von 2—$2\frac{1}{2}$ Zoll Durchmesser. Noch eindrucksvoller war, daß das Delphinweibchen selbst dort, wo die Experimentatoren mit bloßem Auge selber keine Unterschiede mehr feststellen konnten und zu einer Schublehre greifen mußten, um Kugeln von $2\frac{1}{4}$ Zoll und solche von $2\frac{1}{2}$ Zoll Durchmesser exakt auseinanderzuhalten, in neun von zehn Fällen die richtige Wahl traf.

Die Identifikationsfähigkeit der Einrichtung ist nicht weniger verblüffend: Bei seinen Fangversuchen hatte McBride festgestellt, daß die Grenzen des Ortungsvermögens des Sonars von Atlantik-Delphinen so gezogen sind, daß die Tiere das Echo von Netzen aus feinstem Tüll bis hinauf zu solchen von 20 cm Maschenweite wahrzunehmen vermögen. Wenn die Maschen noch größer sind, verwickeln die Tiere sich oft darin, da ihre Bip-bip-bip-Töne hindurchgehen, zumindest dann — wie William Scheville ergänzt —, wenn nicht ein Vorhang feiner Luftblasen aus dem frisch ins Wasser gebrachten Netz aufsteigt, denn in diesem Fall würde der Luftblasenvorhang die Echos reflektieren.

Die französischen Biologen, die am Ozeanographischen Institut Anton Bruun in Stribb in Dänemark arbeiten, haben gezeigt, daß auch die Tümmler (Phocaena phocaena) Hindernisse orten, die aus einfachen dünnen Drähten hergestellt sind — vorausgesetzt, daß die Drähte mehr als $^1/_5$ mm Durchmesser haben.

Bau und Funktionsweise dieser Einrichtung sind Themen, über die sich die Spezialisten auf jedem Symposium gegenseitig mit Kritiken, einander widersprechenden Demonstrationen und schließlich Sarkasmen überhäufen.

Ohne auf Einzelheiten dieses wissenschaftlichen Streites einzugehen, können wir sagen, daß die Schallsignale der Delphine von einem System innerer Hohlräume und Ventile hervorgebracht werden, das in geschlossenem Kreislauf und mit großer Geschwindigkeit Luft zusammenpreßt, die dem Atemstrom entnommen wird. Die Töne werden durch zwei kleine hornförmige Organe ausgesandt, die beiderseits der Nasengänge liegen. Durch knöcherne Reflektoren, die sich in der Stirnregion des Schädels befinden, können sie zu zwei schmalen Bündeln zusammengefaßt werden, wie es der verstellbare Richtspiegel unserer elektrischen Suchgeräte tun würde. Die Ton-Emissionen der Wale erhalten dabei eine Zielgenauigkeit, wie sie mit den plumpen Gerätschaften des Menschen nicht annähernd zu erreichen ist. Besonders bei der Beluga (Weißwal) kann man deutlich beobachten, wie die »Melone« — d. h. die rundbuckelige Vorwölbung, die die Stirn des Tieres einnimmt — je nach den besonderen Tönen, die gerade produziert werden, ihre Form verändert.

Bald tastet der schwimmende Delphin den Horizont mit regelmäßigen Kopfbewegungen (20—30°) ab, um das vor ihm liegende Unbekannte zu erforschen oder die Grenzen eines Hindernisses zu ergründen, bald konzentriert er sich auf einen bestimmten strategischen Punkt, z. B. eine Beute oder irgendeine Gefahr.

Nach Dr. Norris faßt der Delphin die verschiedenen von ihm ausgesandten Töne mit verschiedenen Stellen seines Kopfes wieder auf, und zwar sollen das Innere Ohr sowie mehrere Stellen des Kiefers die Empfangsstationen sein. Tatsächlich schien Alice größte Schwierigkeiten zu haben, Testaufgaben zu lösen, die sie sonst spielend erledigte, wenn Norris ihr den Unterkiefer mit einer Lage Schaumgummi verhüllt hatte; sie versuchte dann, die Schwierigkeiten dadurch zu überwinden, daß sie Töne so großer Lautstärke und so tiefer Lage ausstieß, daß Norris sie außerhalb des Wassers hören konnte. Das biologische Sonar ist demnach ein Instrument mit Stereo-Klang-Ausstrahlung und mit einem ebenso differenzierten Echoempfang. Aus der Anatomie wissen wir, daß ein Ton vom Empfangsorgan unmittelbar zum Gehirn geleitet wird; mit derselben Geschwindigkeit, mit der er sich im Wasser fortpflanzt, gelangt er durch zwei kleine, mit einer öligen Flüssigkeit gefüllte Kanäle dorthin. Und dieses bemerkenswerte Instrument, wie Dr. Sydney Galler vom Büro für Seefahrtforschung noch einmal voller Neid betont, »... ist außerdem ein Wunder der Mikro-Verkleinerungstechnik, denn es wiegt nur ein paar Pfund«. Niemandem ist es jemals gelungen, es zu stören, abzulenken oder einen Fehler an ihm zu finden. Man hat z. B. Schallsignale, die denen der Delphine glichen, ja sogar Tonbandaufnahmen ihrer eigenen Ortungslaute in das Bassin übertragen, um sie zu täuschen oder zu verwirren; die Delphine haben davon jedoch keinerlei Notiz genommen und sind wie üblich froh ihrer Wege geschwommen. Was unsere Elektronik-Spezialisten vollends entmutigen muß, ist schließlich noch die Tatsache, daß der Delphin außer seinem unfehlbaren und überall benutzten Sonar weiterhin — für klare Gewässer — über ein hervorragendes Sehvermögen verfügt, und daß er auch außerhalb des Wassers deutlich sehen kann.

Nach Jahren ununterbrochener Forschungen kann Winthrop Kellog in seinem Resümee die Bewunderung für die Kompliziertheit des von ihm studierten Apparates sowie des computerartigen Systems, das pausenlos Informationen verarbeitet, nicht verbergen.

Wenn wir uns unterhalten, hören wir für uns bestimmte Töne, von unserem Gesprächspartner nur an uns und in genau der unserem Hörvermögen entsprechenden Lautstärke »gesendet«. Das Echo dieser Töne hören wir — von seltenen Ausnahmen abgesehen — niemals. Für den Delphin dagegen gilt es, *nur* Echos zu interpretieren, und noch dazu Echos, die er unter hundert anderen herausfinden muß. Jeder Ton, den er ausstößt, wird durch mehrere Hindernisse zurückgeworfen, durch den Meeresspiegel auf den Meeresgrund, und dann mehrmals vom Boden zur Oberfläche und von der Oberfläche zum Boden hin und her, von anderen Delphinen aus seiner Umgebung oder von Fischen — so, daß jedes Echo, das schließlich zurückkommt, direkt oder indirekt mit tausend anderen Geräuschen des Meeres vermischt ist, mit dem Lärm brechender Wogen, den Tönen anderer Delphine usw. usw. ...

Um in diesem widerhallenden Wirrwarr ein bestimmtes Signal isolieren zu können, um Entfernung, Richtung, Geschwindigkeit des Ortswechsels, Größe, Gestalt und Oberflächenbeschaffenheit des reflektierenden Objektes ermitteln zu können, ist ein genaues Ordnungssystem nötig, d. h. ein Gehirn von einer phantastischen Vielseitigkeit. Um zu gleicher Zeit mehrere verschiedene Schallsignale verschiedener Frequenzen unterscheiden, entziffern und analysieren zu können, um gleichzeitig die örtliche Lage des Objektes in Beziehung zu den Mitgliedern der Gruppe festzustellen, um hieraus die Taktik für das passende Jagdverfahren auszuarbeiten und sich mit den Gruppennachbarn darüber abzustimmen, um endlich die besten Fische auszuwählen und zudem noch einem Netz auszuweichen, für die Delphine die natürlichste Sache der Welt — das erfordert in der Tat ein

Gehirn, das die komplizierten elektronischen Computer übertrifft, das in dieser Hinsicht auch das menschliche Gehirn in den Schatten stellt und das unser Vorstellungsvermögen ganz einfach übersteigt.

Die Bartenwale scheinen keine Sonar-Einrichtung zu besitzen, obwohl sie über ein feines Gehör verfügen; jedenfalls hat man noch niemals Töne registriert, die mit Sicherheit von einem Bartenwal herstammten. Unter den Zahnwalen scheint das Vokabular an Schallsignalen bei den in der Hochsee lebenden Arten weniger umfangreich zu sein als bei küstenbewohnenden Arten. Das hängt damit zusammen, daß die Küstengewässer oft unruhig sind und daß es hier oft einen komplizierten, felsreichen Verlauf der Uferlinie gibt. Das gefährliche Spiel der Strömungen, Untiefen und Löcher werfen zigtausend Echos zurück, was eine sorgfältige Navigation erfordert.

Heute haben alle Forscher erkannt, daß die Zukunft der Sonar-Untersuchungen an Walen nicht in den Bassins der Institute liegt, sondern daß man — will man Meeresgeschöpfe ernsthaft studieren — dies vielmehr bevorzugt in ihrer natürlichen Umgebung, also draußen im Meer, tun muß. In der Gefangenschaft sind die Tiere nicht in der Lage, ihr normales Vokabular zu benutzen und die volle Reichweite ihres Sonars einzusetzen. Im übrigen stören die von den Wänden des Beckens zurückgeworfenen Echos jede Aufzeichnung.

Es gibt mehrere Wege, um in der offenen See freilebende Wale zu studieren und zu belauschen.

Die erste Methode: vom Boot aus. Das ist eine recht schwierige Methode, denn man muß die Wale zunächst finden, dann sehr nahe heranfahren, das Fahrzeug muß geräuschlos sein, die Unterwassermikrophone müssen in beträchtlicher Entfernung vom Boot verankert werden, man braucht eine sichere Stromquelle, leistungsfähige Verstärker und ein sehr empfindliches Aufnahmegerät. Alle diese Apparaturen gibt es, aber ihre Benutzung in der Praxis leidet unter vielen Zwischenfällen. Pottwale z. B. sind so zutraulich, daß man an sie dicht heranfahren kann, wodurch es William Scheville gelang, ihre Schwimmsignale von einigen Meilen Entfernung bis zur unmittelbaren Annäherung aufzuzeichnen; er fing sogar ihre »Unterhaltungen« auf, bei denen jeder Satz mit einem bestimmten Tonzeichen beendet wird, einem ganz persönlichen Schlußsignal, an dem man den Sprecher erkennen kann. Die Delphine dagegen sind mißtrauischer. Sobald ein Boot in ihrer Nähe anhält, verschwinden sie.

Die zweite Methode: unter denselben Bedingungen in der offenen See *gezähmte* Tiere zu untersuchen, die bei den Experimenten spontan mitarbeiten! Dieser Weg wird augenblicklich im Auftrag der amerikanischen Marine vor den Bahamas beschritten, wo die Delphine Dolly und Dinah mit den auf dem Forschungsschiff »Sea Hunter« stationierten Wissenschaftlern zusammenwirken.

Die dritte Methode stellt eine Abwandlung der vorhergehenden dar: Die »Sea Hunter« ist nebenbei noch Mutterschiff für ein kleines Forschungs-Unterseeboot, »Perry Submarine«, mit dessen Hilfe die Experten es unternehmen können, dem Delphin mit allen Instrumenten unter Wasser zu folgen — notfalls bis in 180 m Tiefe —, um die Töne und die Echos so aufzuzeichnen, wie sie durch die unteren Wasserschichten modifiziert worden sind.

Die vierte Methode schließlich ist nur bei außergewöhnlich klarem Wasser möglich. In Bimini, wo man unter dem Meeresspiegel 20—30 Meter weit sehen kann, arbeitet heute eine in 18 Metern Tiefe starr eingebaute Batterie von Kameras und Tonaufnahmegeräten Tag und Nacht, um Bild und Töne vorbeischwimmender Meerestiere gleichzeitig zu erfassen. Leider haben die bei Bimini versenkten Kameras in siebenmonatiger Wache keinen einzigen Wal vor ihren Objektiven vorbeiziehen sehen, während die Tonaufzeichner oft ihre fernen Geräusche registrierten. Deshalb bleibt nur eine Kompromißlösung übrig: Man müßte die Kamera-Mikrophon-Batterie in die Ecke eines riesigen Käfigs oder in eine kleine, abgeschlossene Bucht versetzen, wo die Bedingungen den natürlichen Verhältnissen mehr entsprechen als in einem Bassin.

Zu all diesen Untersuchungen, die ständig eifriger betrieben werden — zu militärischen oder zu rein wissenschaftlichen Zwecken — hat das Nationale Gesundheits-Institut der Vereinigten Staaten jüngst noch eine humanitäre Note hinzugefügt: 400 000 Blinde wenden noch heute ein unglaublich primitives System der Echo-Lokalisation an, wenn sie sich fortbewegen wollen — einen weißen Krückstock, mit dem sie bei jedem Schritt vor sich auf den Boden klopfen. Sollten die Delphine unseren Elektronen-Spezialisten nicht zeigen können, wie man den Blinden ein etwas verfeinertes persönliches Sonar zu konstruieren hätte?

Werden wir eines Tages
mit Delphinen sprechen?

Unter den vielen Tönen, die das reiche Vokabular des Delphins ausmachen, sind einige — vor allem jene, die an das Knarren einer
schlecht geölten Tür erinnern — rein zweckgebunden; wie wir schon
wissen, sind es die Ortungstöne für das Sonar-Verfahren. Natürlich
können die Laute darüber hinaus auch noch mit einer Fülle von Mitteilungen für andere Delphine verbunden sein — vielleicht von der
Art jener Mitteilungen, wie sie ein Mann aus dem Sonar eines hüb-
schen Mädchens, also ihren Augen, herauslesen kann.

Doch was ist mit den übrigen Tönen? Im Jahre 1962 führte Dr. John
Dreher, früher Akustik-Spezialist und jetzt Wal-Forscher, Untersuchungen am Pazifischen Grauwal durch. Dazu hatte er in einem
Meeresarm südlich von San Diego eine umfangreiche unterseeische
Versuchsanordnung aufgebaut, die aus Aluminiumstäben, Hydrophonen u. a. bestand. Plötzlich bemerkte er in etwa 500 Meter Entfernung vor der Barriere seiner Geräte eine Schule von 5 Delphinen,
die geradewegs darauf losschwammen. Sobald er die Hydrophone eingeschaltet hatte, übertrugen sie die Knarrtöne der Sonar-Peilung auf
die Lautsprecher — routinemäßige Lautserien mit regelmäßigen Intervallen. Als die Delphine auf etwa 400 Meter herangekommen waren,
stoppten sie und scharten sich offenbar enger zusammen, während ihre
Töne verstummten. Dann löste sich ein einzelner Delphin aus der
Gruppe, und wie ein beauftragter Kundschafter machte er sich dran,
das Hindernis von nahem ganz methodisch zu untersuchen — vom
rechten bis zum linken Ende der unter Wasser montierten Geräte.
Anschließend schwamm er zu der ihn offenbar erwartenden Gruppe
zurück, und nun gaben die Mikrophone Geräuschfolgen wieder, die

*Bild oben: Schädel eines Wal-Urahnen, eines Creodonten (im Verhältnis zu
den beiden folgenden Bildern stark vergrößert).*

*Bild Mitte: Schädel eines ausgestorbenen Archaeoceten aus dem Eozän, eines
urtümlichen Mitgliedes aus der Ahnenreihe der Wale, charakterisiert durch
haifischartige Zähne und einen über 5 m langen Fischotterschwanz.*

Bild unten: Schädel eines heutigen Delphins (Britisches Museum, London).

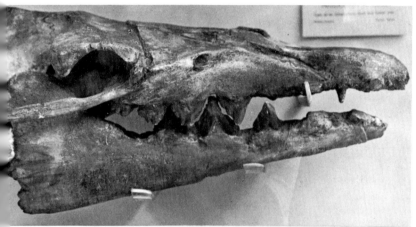

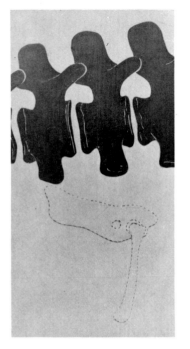

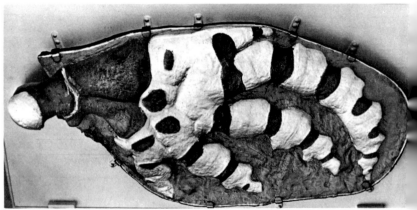

Bild oben: Reste eines rückgebildeten Becken- und Oberschenkelknochens sowie Skelett der Flosse eines Archaeoceten, die der »Hand« eines Landsäugers noch sehr nahesteht.

Bild unten: Flipper-Skelett eines heutigen Schwertwales (Fotos: R. Stenuit; Britisches Museum, London).

wie eine allgemeine Diskussion klangen. Noch dreimal wiederholten sich die Erkundungsvorstöße des »Aufklärers« mit dem nachfolgenden »Gruppendialog«, dann wurde augenscheinlich durch die Majorität oder vielleicht auch durch den Anführer entschieden, daß die seltsamen Stangen und Kästen wohl keine Gefahr bedeuteten, denn die Delphinschule nahm ihren Kurs wieder auf und schwamm ruhig hindurch.

Durch diese Begebenheit angeregt, beschloß Dr. Javis Bastian, Psychologe an der Universität Kalifornien, das ganze unter ähnlichen Bedingungen als wissenschaftliches Experiment im Laboratorium zu wiederholen. Das seiner Ansicht nach beste Verfahren hierzu war, zwei Delphine in eine Not- oder Konfliktsituation zu bringen, in der sie gezwungen sein würden, eine stimmliche Verbindung herzustellen, d. h. miteinander zu sprechen.

Insgesamt waren drei Etappen nötig, um dem Männchen Buzz und dem Weibchen Doris beizubringen, was man von ihnen erwartete.

Als erstes zeigte Dr. Bastian den Tieren zwei unter Wasser angebrachte Hebel, die sich durch einfaches Anstoßen betätigen ließen und einen Mechanismus in Gang setzten, der Makrelen austeilte. Um diese Belohnung wirklich zu erhalten, mußte der rechte Hebel immer dann bedient werden, wenn eine Lampe ein kontinuierliches Lichtsignal gab, der linke Hebel dagegen nur bei an- und ausgehendem Licht. Bis dahin war das ganze ein Kinderspiel.

In der zweiten Etappe wurde eine neue Versuchsregelung eingeführt: Wenn jetzt das Licht — kontinuierlich oder mit Unterbrechungen — aufleuchtete, mußte Doris warten, bis Buzz den richtigen Hebel niederdrückte; betätigte sie selbst als erste den Hebel, gab es keinen Fisch. — Nun, auch das war für die Delphine noch immer eine simple Angelegenheit und nach wenigen Proben begriffen.

In der dritten Etappe zog Dr. Bastian jedoch eine undurchsichtige Trennwand zwischen die beiden Tiere, so daß sie sich zwar noch ausgezeichnet hören konnten, es aber unmöglich war, sich oder das Lichtzeichen des anderen zu sehen.

Was würde jetzt wohl geschehen, wenn der Forscher Doris ein Signal gab, das für Buzz unsichtbar war und auf das sie selbst nicht reagieren konnte, bevor Buzz »seinen« Hebel betätigt hatte? Und woher sollte Buzz diesmal wissen, welches der richtige Hebel war?

Dr. Bastian schaltete vor Doris das Dauerlicht an, und Doris wartete, wie sie es gelernt hatte. Dann hörte man jedoch, wie sie einen tiefen Ton ausstieß, worauf Buzz sofort den rechten Hebel — den richtigen — niederdrückte; nun betätigte Doris »ihren« Hebel und bekam ihren Fisch! Das Experiment wurde fünfzigmal wiederholt, und fünfzigmal reagierte der von Doris ferninformierte Buzz in der richtigen Weise.

Inzwischen ist die wissenschaftliche Literatur von ähnlichen Beispielen voll, und in den Berichten der Fischer, Seeleute und Walfänger kehren entsprechende Beobachtungen so zahlreich wieder, daß man danach unmöglich zweifeln kann, daß die Delphine und andere Zahnwale sowohl eine abgestufte Sprache als auch eine soziale Organisation besitzen.

Während einer Fangreise in der Antarktis empfing eine norwegische Walfangflotte kürzlich über Funk den Hilferuf einiger Hochseefischer: Eine Herde von mehreren tausend Schwertwalen war in ihre Fanggründe eingebrochen und dezimierte die Fische derart, daß die Leute praktisch nichts mehr in ihre Netze bekamen. (Der Schwert-, Mörderoder Killerwal, *Orcinus orca,* ist ein Zahnwal aus der unmittelbaren Verwandtschaft des Delphins, über 7 Meter lang und sehr gefräßig.)

Die Walfänger schickten drei Boote, jedes mit einer Harpunenkanone bestückt. Ein Boot gab dann einen einzigen Schuß ab, wobei die mit einem Explosivkopf ausgestattete Harpune einen Schwertwal verwundete oder tötete. Hierauf waren binnen einer halben Stunde alle Wale in der Nähe der kanonenbewaffneten Fahrzeuge vom Meeresspiegel verschwunden — neben den gewöhnlichen Fischerbooten jedoch zeigten sie sich so munter und gefräßig wie eh und je! Dabei waren Fischer- und Kanonenboote völlig gleiche Schiffstypen, umgebaute Korvetten aus dem letzten Krieg, also mit der gleichen Überwassersilhouette, dem gleichen Kiel, den gleichen Maschinen und daher den gleichen Geräuschen. Einziger Unterschied: eine kleine Harpunenkanone auf dem Vorschiff.

Demnach hatte offenbar der verwundete Wal oder andere Schwertwale, die als Zeugen dabeigewesen waren, unverzüglich Alarm geschlagen, die Gefahr und sogar die gefährliche Entfernung genau beschrieben.

Hieraus folgerten die Fischer, die Walfänger und später auch die Wissenschaftler des Walfang-Institutes in Oslo, daß die Schwertwale über ausreichende Intelligenz verfügen, um sofort den Zusammenhang zwischen einer Kanone und der bei einem von ihnen eingetretenen Verwundung zu erfassen, daß sie ferner gute Augen mit einem wohlentwickelten Beobachtungs- und Unterscheidungsvermögen besitzen, um unter den fast identischen Schiffen diejenigen, die durch einen kleinen zusätzlichen Apparat auf dem Bug gefährlich waren, inmitten der harmlosen Boote herauszukennen, daß sie schließlich über Verständigungsmittel verfügen, mit denen sie nicht nur Informationen und genaue Beschreibungen, sondern auch Ratschläge weitergeben können, die von allen verstanden und befolgt werden.

Wäre es unter diesen Umständen nicht möglich, den Erfahrungsschatz oder die »Kultur« eines besonders ausgewählten Tieres zu entwickeln und in ganz bestimmte Bahnen zu lenken? Und zwar so, daß man das Tier in engsten Kontakt mit dem Menschen bringt, es laufend mit neuen Situationen konfrontiert, die ihm jedesmal einen neuen Begriff vermitteln, um schließlich zu erreichen, daß es eine Art gemeinsamer Sprache lernt. Und wenn das gelungen ist: Könnte das Tier seine neuen Kenntnisse nicht auf eigene Weise weiter unter den anderen Sippenmitgliedern verbreiten?

Daß man sich eines Tages mit einem nicht-menschlichen Wesen verständigen, von ihm Frage und Antwort erhalten könnte, ist wohl das Faszinierendste, was ich mir vorstellen kann, und unserem Begriffsvermögen würden völlig neue Dimensionen erschlossen. Kein anderes Forschungsobjekt könnte mehr bieten, denn — um es philosophisch und wissenschaftlich zu sagen — dieser Weg würde wahrhaftig bedeuten, in eine andere Welt hinüberzuwechseln und gleichzeitig eine neue Welt, unsere Welt, für das Tier zu öffnen.

Die Autoren utopischer Romane haben das längst begriffen, wenn sie uns ohne Unterbrechung ihre Marsmenschen-Abenteuer auftischen, doch vor die Wahl gestellt, mich entweder für Marsmenschen oder aber für Delphine zu entscheiden, würde ich ohne Zögern auf die Delphine tippen. Sicher in erster Linie deshalb, weil ich sie gern habe; aber es kommt hinzu, daß jene Welt, die sie uns erschließen können, der Ozean ist, in den einzudringen ich schon so oft unter so vielen Mühen, allein und ohne Hilfe versucht habe. Es ist jener Ozean, der 7/10 unserer nicht ganz treffend sogenannten »Erde« bedeckt, jener Ozean voller offener Fragen und ungenutzter Schätze, in den die Menschheit eben erst die Füße zu tauchen beginnt, während sie bereits den Mond erobert hat.

Außerdem ist es klüger und realistischer, den Delphinen einen Vorzug vor den Marsmenschen zu geben. In den utopischen Romanen werden zwar stets die Marsmenschen mit einem außergewöhnlichen Verstand ausgestattet, und in den Comic strips sind stets *sie* mit einem riesigen Kopf gezeichnet, denn immer sind *sie* es, die uns einen Besuch mit ihren Fliegenden Super-Untertassen abstatten. Aber solche Vorstellungen entbehren jeder Grundlage, und wenn der Mensch eines Tages auch auf dem Mars landet, könnte es durchaus sein, daß er dort womöglich nur ein paar Flechten vorfindet, während die Arbeiten von McBride und Hebb die Intelligenz der Delphine schon 1948 auf den höchsten Rang innerhalb des Tierreichs — noch vor Schimpanse und Gorilla — eingestuft haben.

Delphine wachsen mit einem Gehirn heran, das größer als unseres ist und dabei genauso zahlreiche Zellgruppen und Windungen besitzt. Wenigstens ist das die Meinung der Pro-Delphinisten, wobei zugegeben werden muß, daß in unserer kleinmütigen Welt nicht alle Wissenschaftler meine Bewunderung für die Delphine teilen. Nachdem die Delphinologie in den Vereinigten Staaten seit etwa 15 Jahren in Mode gekommen ist, haben sich die Gruppen der Zoologen, der Neurophysiologen, der Psychologen und Linguistiker in zwei Lager gespalten: das der *Pro-Delphinologen,* die für, und das der *Kontra-Delphinologen,* die gegen die Annahme einer überdurchschnittlich hohen Intelligenz bei den Zahnwalen sind. In Veröffentlichungen, Vorträgen und auf Kongressen bekämpfen sich die »Pros« und »Kontras« aus Amerika, Holland, Frankreich, Japan und Skandinavien nun mit der ganzen verbohrten Hartnäckigkeit, mit der sich die verschiedenen Parteien schon seit den Frühtagen der Menschheit in den Haaren zu liegen pflegen.

Was mich betrifft, versteht sich wohl von selbst, daß ich ein »Pro« bin. Ich bin ein »Pro«, obwohl ich noch nie in meinem Leben auch nur das kleinste Stück Gehirn seziert, nie einen Hypothalamus gewogen und niemals Neuralzellen eines Stirnlappens unter dem Mikroskop gezählt habe. Da ich kein Mann der Wissenschaft bin, gefährde ich sicher nicht meine Karriere durch das Geständnis, daß ich hauptsächlich aus gefühlsmäßigen Gründen Partei ergriffen habe.

Das Gehirn des Delphins ist heute der große Zankapfel, und zwar das Organ an sich, sein Umfang, sein Gewicht, die Dichte seiner Zellen, seine Differenzierung und auch die Frage der Beziehungen, die man zwischen dem Entwicklungsgrad dieses oder jenes Teils des Säugerhirns und dem Entwicklungsgrad der Intelligenz annehmen will oder nicht.

Das äußere Bild des Organs ist oft mit zwei aneinandergelegten Boxhandschuhen verglichen worden. Es handelt sich beim Delphin um ein in die Breite gezogenes Gehirn, das nicht wie unseres in der Bewegungsrichtung — also nach vorn hin — abgeplattet ist. Hiervon abgesehen, hatten alle Untersucher, die jemals ein Walgehirn sezierten, nichts Eiligeres zu tun, als zunächst einmal alle von ihren Vorgängern erhobenen Befunde voller Verachtung beiseitezuschieben, ehe sie ihre eigenen Folgerungen darlegten.

Um 1550 trieb die Neugier den gelehrten französischen Arzt und Naturforscher Rondelet, den Verfasser der »Libri de Piscibus Marinis«, dazu, den Schädel eines Delphins zu öffnen. Schon vorher aber hatte Pierre Belon aus Le Mans sein Werk »Histoire Naturelle des Estranges Poissons Marins« herausgebracht, in dem er unter Hinweis darauf, »daß die gesamte Anatomie des Delphingehirns in allen Teilen der des Menschen entspricht«, eine auf eigenen Sektionen beruhende und im großen ganzen richtige Beschreibung gibt: »Das Bewunderungswürdigste und Kunstvollste, was wir bei der anatomischen Untersuchung des Delphins gefunden haben, ist das Gehirn mit seinen verschiedenen Teilen. Die paarweise verlaufenden Nerven, die man die sieben Conjugatos nennt, treten viel deutlicher in Erscheinung als bei uns. Und wenn die Schädelknochen von der Haut freigelegt sind, scheint darunter der Kopf eines Menschen zum Vorschein zu kommen: denn wer den Schnabel eines Delphins oder eines Tümmlers abschnitte, der würde dadurch einen runden Schädel erhalten, der in allen Teilen und aus jeder Richtung betrachtet menschenähnlicher wäre als der Kopf irgend eines anderen Tieres. Er hat dieselben Knochennähte wie ein Menschenschädel. Unter sonstigen Kennzeichen sind die Steinknochen besonders charakteristisch, die man Lithoydi nennt; sie liegen zu beiden Seiten, und unter ihnen führt der Gehörnerv ins Schädelinnere. Diese Knochen sind hart und kompakt wie Felssteine. — Ich habe schon weiter oben von den Nerven gesprochen, die zu den Gehörgängen führen, die so dünn und winzig sind, daß man sie kaum erkennen kann. Denn wenn die Natur dem Delphin auch Ohrmuscheln verweigert hat, so hat sie ihm doch diese kleinen Gehörgangsöffnungen gelassen. — Das Gehirn ist von den Hirnhäuten oder -hüllen umgeben, die ziemlich stark sind. Die Ventrikel und Windungen entsprechen denen des Menschen, und wie dort ist der hintere Hirnteil vom Vorderhirn getrennt, von welchem aus der Opticus, Scolicoides und andere Nerven paarweise austreten; die einen führen durch den vorderen Abschnitt zur Nase, zu den Augen und zur Zunge, die anderen richten sich seitwärts, d. h. zu den Ohren und zum Gang der sechsten Conjugatio. Sie alle hängen mit den Hirnhäuten zusammen, und da der Kopf sehr blutreich ist, treten die Venen und Arterien hier sehr deutlich hervor.«

Zwei Jahrhunderte später wandten sich die großen Naturforscher im Zeitalter der Aufklärung — Buffon, Geoffrey St. Hilaire und Cuvier — einer delikaten Frage zu. Aus den nachgelassenen »Studien zur Vergleichenden Anatomie« des Bürgers (vorher: Baron Georg von) Cuvier zitierte Graf Lacépède (pardon — Bürger Lacépède, denn er veröffentlichte seine »Naturgeschichte der Delphine« im 12. Jahre der Republik zu Paris) folgenden Beitrag: »Das Verhältnis von Gehirngewicht zu Körpergewicht beträgt bei einigen Delphinen etwa 1:25, wie das bei den meisten Menschen und auch einigen Meerkatzen und Kapuzineraffen der Fall ist, während es sich beim Biber bisweilen auf 1:290 und beim Elefanten auf 1:500 beläuft. Ferner haben die bekannten Anatomen und Physiologen Soemmering und Ebel dargelegt, daß das Verstandeszentrum einen um so deutlicheren Vorrang gegenüber den äußeren Sinnen besitzt bzw. dem Tier eine um so bedeutendere Intelligenz verleiht, je mehr der an der breitesten Stelle gemessene Durchmesser des Gehirns den Durchmesser des an der Schädelbasis gemessenen verlängerten Rückenmarks übertrifft. — Der Durchmesser des Gehirns verhält sich zum Durchmesser des verlängerten Rückenmarks nun beim Menschen wie 182:26, beim Hutaffen wie 182:43, beim Hund wie 182:69 — und beim Delphin wie 182:14.

Wir sollten auch erwähnen, daß das Gehirn des Delphins zahlreiche und fast ebenso ausgeprägte Windungen zeigt wie das des Menschen, daß es zwei sehr dicke Hemisphären hat und das Kleinhirn überdeckt, abgerundet und fast zweimal breiter als lang ist, und daß es endlich mehr als die meisten anderen Vierfüßerbrägen dem Gehirn des Menschen ähnelt.«

Und seiner Überzeugung entsprechend fügte er hier hinzu: »Angesichts der Größe und Form des Delphingehirns werden nicht nur einige der Vermutungen wahrscheinlicher, die man hinsichtlich der Intelligenz dieses Tieres angestellt hat, sondern dadurch scheinen auch verschiedene Schlüsse bestätigt zu sein, die sich auf seine hohe Empfindsamkeit beziehen . . .«

Mit diesen Zeilen irrte der große Cuvier, aber er irrte in guter Gesellschaft. Die heutigen Physiologen, Neurologen und Zoologen behandeln nicht nur das Werk jener zwölf oder fünfzehn Forscher, die dieses Organ im 19. und 20. Jahrhundert untersuchten, mit spöttischer Verachtung, sondern sie verfahren oft ebenso mit ihren heutigen Kollegen (die ihnen mit gleicher Münze heimzahlen).

Wählen wir als Beispiel je einen Spitzenreiter aus dem Lager der »Pros« und aus dem Lager der »Kontras«.

Ein Pionier der *Pro-Seite* ist der amerikanische Neurophysiologe Dr. Lilly, Mitglied einer eindrucksvollen Zahl wissenschaftlicher Gesellschaften, Komitees und Vereine, Erfinder verschiedener Instrumente und Verfasser unzähliger Veröffentlichungen. In den Vereinigten Staaten ist er berühmt geworden (*zu* berühmt für einen Wissenschaftler, wie einige seiner weniger im Rampenlicht stehenden Kollegen sanft zu verstehen geben), seit ihn die Journalisten — sehr gegen seinen Willen übrigens — zum »Mann, der die Fische sprechen läßt«, abgestempelt haben. Zu Dr. Lillys Publikationen zählen Bücher wie »Man and Dolphin« (1961), das die ersten Jahre seiner sehr bemerkenswerten Untersuchungen schildert, sowie das 1967 erschienene »The Mind of the Dolphin«, das eine faszinierende Beschreibung zweier einzigartiger Wesen gibt: des Delphins und des Verfassers.

Wie alle anderen Autoren beginnt Lilly damit, die Ergebnisse seiner Vorgänger anzuzweifeln, da diese nach seiner Darstellung nicht über frisches, direkt dem lebenden Tier entnommenes und formol-präpariertes Untersuchungsmaterial verfügten und daher von Gewebsproben ausgingen, die bereits durch Zersetzung verändert waren. Aufgrund seiner eigenen Sektionen von fünf frischen Organen versichert er demgegenüber, daß Tursiops über ein »Gehirn Erster Klasse« verfüge, das ebenso reich entwickelt sei wie das des Menschen, gut ausgebildete Schläfen- und Hinterhauptslappen besitze und dessen gleichmäßig sechsschichtige Cortex[1] sogar mehr Falten, Spalten, Windungen und Zellen aufweise. Er fügt hinzu, daß die Anzahl der Zellen etwa den

---

[1] Die Cortex oder Hirnrinde ist beim Menschen stärker als bei anderen Tieren entwickelt, und diese Entwicklung scheint eng mit dem Intelligenzgrad und der Anpassungsfähigkeit des menschlichen Verhaltens verknüpft zu sein.

Verhältnissen beim Menschen entspricht und daß die Kerne des Thalamus[1] in Größe und Beschaffenheit mit denen des Menschen übereinstimmen. Mit anderen Worten: Wenn alle Thalamus-Kerne — »Assoziationskerne« — vorhanden sind, könnte das bedeuten, daß der Delphin auch die mit diesen Kernen in Verbindung stehenden Assoziations-Zentren der Großhirnrinde in gleicher Weise wie wir besitzt. — Das Cerebellum[2] endlich ist außergewöhnlich groß.

Lilly meint also kurz folgendes: Eine vergleichbare Entwicklung der Hirnrinde spricht auch für eine vergleichbare überlegene Intelligenz.

Nun aber zur *Kontra-Seite*. Auf dem Internationalen Symposium für Walforschung in Washington erklärte Dr. Lawrence Krüger, Professor für Anatomie am Hirnforschungsinstitut der Universität Kalifornien, im Jahre 1963: »Bei der Durchsicht der Veröffentlichungen über diesen Gegenstand (das Gehirn des Delphins) sieht man sich mit zahlreichen einander widersprechenden Feststellungen konfrontiert, von denen einige an eine Beleidigung der Wissenschaft grenzen.« Auch er geißelt zunächst das Vorgehen seiner sämtlichen Vorgänger, da sie ihre Befunde aufgrund schlecht präparierten und daher entstellten Materials erhoben hätten. Ein typisches Detail am Rande: Als erste Diskussionsbemerkung nach dem Vortrag von Prof. Krüger stellte ein Mitglied der *Pro-Partei* Krügers Präparationsverfahren von den chemischen Grundlagen her in Frage und zweifelte damit auch die von Krüger gezogenen Schlüsse an.

Am auffälligsten sei am Walgehirn, fährt Prof. Krüger fort, die Größe der beiden Hemisphären (Großhirnhälften) und die bemerkenswert starke Faltung der Hirnrinde, und bis zu diesem Punkt bestehe wohl allgemeine Einigkeit. Aber er fügt dann unmittelbar hinzu, daß die Anzahl der Nervenzellen in der Hirnrinde gering und die Differenzierung dieser Zellen nur dürftig sei, und wenn die Cortex durch reichliche Fältelung eine so große Oberfläche habe, dann eben deshalb, weil sie zugleich sehr dünn — viel dünner jedenfalls als beim Menschen — sei. Diese Cortex sei in ihrer Schichtung sogar bedeutend weniger differenziert als die des Kaninchens und sogar die

[1] Der in der Basis des Gehirns gelegene Thalamus (= »Zwischenhirn«) ist beim Menschen ein nervöses Schaltzentrum, das Bewußtsein, Stimmung und Gemütsbewegungen beeinflußt.
[2] Das unter dem Gehirn liegende Cerebellum (= »Kleinhirn«) ist das nervöse Steuerzentrum, vor allem für die Regulierung des Gleichgewichtes und für Muskelkontraktionen.

aller anderen Säugetiere, obwohl nach heutiger Auffassung gerade die Vielfalt der Cortex-Schichtungen als das sicherste Kriterium für den vorhandenen Intelligenzgrad gilt.

Bevor Prof. Krüger die Intelligenz des Delphins endgültig unterhalb des Kaninchens einstuft, schlägt er allerdings vor, die Sache auch noch aus einem anderen Blickwinkel zu betrachten: ob nicht vielleicht die große Oberfläche und die Fülle der Windungen der Hirnrinde ihre geringe Schichtenmannigfaltigkeit ausgleicht? Wir wissen, sagt er, daß der für Sinneswahrnehmungen brauchbare Anteil der Cortex-Oberfläche, also derjenige Teil der Hirnrinde, der das Sehen, Fühlen usw. regelt, der dem Tier erlaubt, seine Nahrung zu finden und seinen Feinden auszuweichen, beim Tier im Verhältnis viel umfangreicher ist als beim Menschen (90% beim Kaninchen, 50% bei der Katze, 25% beim Affen, 10% beim Menschen). Der verbleibende Rest stellt die »Assoziations-Zonen« dar, in denen das Gedächtnis und die verschiedenen höher entwickelten Formen der Begriffsbildung und des Verstandes angesiedelt sind. In dieser Hinsicht kommt der Delphin den höchststehenden Menschenaffen und den Elefanten gleich. Da aber drei der am höchsten spezialisierten Säugerordnungen (Wale, Affen, Elefanten) so große Assoziations-Zonen in ihrer Cortex besitzen, ist der Beweis schlüssig, daß die intelligenzmäßige Überlegenheit des Menschen durch die allein seinem Gehirn vorbehaltene extrem große Schichtendifferenzierung bedingt ist. Abschließend stuft Krüger die Darbietungen der Star-Delphine in den Ozeanarien auf den Rang von Vorführungen dressierter Hunde zurück. Wenn man ihm glauben will, sind sie nur »sehr gute Beispiele für das Geschick der Trainer, besonders schauwirksame Elemente des normalen Delphinverhaltens zu einer Zirkusnummer auszubauen«. Und er empfiehlt: »Ausgehend von der Grundlage der strukturellen Spezialisierung der Cortex und von vergleichenden Beobachtungen des Verhaltens sollte die Position des Delphins innerhalb der Rangfolge der intelligenten Säuger kritischer und leidenschaftsloser überprüft werden, als es zur Zeit geschieht.«

Damit wollen wir »Pros« und »Kontras« sich selbst überlassen und zu konkreten Zahlen zurückkehren: Das Gehirn eines erwachsenen Tursiops von etwa 2½ Meter Länge wiegt durchschnittlich 1700 Gramm, das eines 1,80 Meter großen Menschen 1500 Gramm, das eines 1,40 Meter großen Schimpansen 340 Gramm gegenüber 31 Gramm bei einer Katze, beispielsweise, oder 0,4 Gramm bei einer Maus. Diese absoluten Gewichte besagen, für sich allein betrachtet, freilich nicht viel, denn sonst müßten der Elefant mit seinem gut 6 Kilogramm schweren Gehirn oder der Pottwal mit 9 Kilogramm Hirngewicht die eigentlichen Intellektuellen dieser Welt sein.

Wie wir schon sahen, hatten Lacépède und in neuerer Zeit auch Carlson und Johnson vorgeschlagen, die relative Größe bestimmter Abschnitte des Rückenmarks mit der Masse des Gehirns zu vergleichen, da hierdurch bestimmt würde, in welchem Umfang Zentren höherer Funktionen über solche der einfachen Gebrauchsreaktionen dominieren. Ein im Verhältnis zum verlängerten Rückenmark stark entwickeltes Gehirn kennzeichnet also eine hohe psychische Qualifikation. Da der Delphin jedoch keine Hintergliedmaßen besitzt, kann man ihn in dieser Hinsicht nicht mit echten Vierfüßlern vergleichen, bei denen das Rückenmark größere Abschnitte zu steuern hat.

Die wie üblich in zwei Lager gespaltenen Spezialisten empfehlen heute, entweder vom Verhältnis *Gehirngewicht : Gesamtgewicht* oder vom Verhältnis *Gehirngewicht : Körperlänge* auszugehen — zwei Werte, die wenigstens annähernd die Bedeutung des Kommando-Zentrums im Verhältnis zur Masse der davon gesteuerten Körperbezirke widerspiegeln.

Für unseren Delphin wollen wir die zweite Methode wählen. So vermeiden wir, einen Vierfüßler wie den Menschen mit einem Tier ohne Hinterextremitäten — dem Delphin — zu vergleichen. Anatomische Beschaffenheit und im Zusammenhang damit auch die Organisation des Nervensystems weichen trotz gleicher Körperlänge stark voneinander ab. Unser Vergleich ergibt dann: Beim Menschen macht das Gehirngewicht 2% des Gesamtgewichts aus, beim Delphin 1,2% und beim Schimpansen 0,7%; das ist nicht übel! Lilly allerdings, weit davon entfernt, sich auf die Zwiespältigkeiten solcher Verhältniszahlen einzulassen, stützt sich auf eine einfachere Arbeitshypothese: danach wird das absolute Gewicht von der Stufe an bedeutsam, wo es eine »kritische Masse« erreicht — zumindest bei solchen Säugern, die sich gewichtsmäßig mit dem Menschen vergleichen lassen. Und in der Tat, wenn wir an unsere ausgestorbenen Vettern denken, die Vormenschen, die schon den Gebrauch von Werkzeugen und von Feuer kannten, dann stellen wir fest, daß sich der Delphin seiner gehirnmäßigen Ausstattung nach sehr wohl vergleichen läßt mit dem Südafrikanischen Australopithecus mit seinem schimpansenartigen Gehirn (350 g), mit dem Java-Pithecanthropus (650 g = Hirngewicht eines 5 Monate alten Babys vom Homo sapiens), mit dem bereits den Gebrauch des Feuers kennenden Sinanthropus (900 g = Hirngewicht eines einjährigen Homo-sapiens-Kindes), mit dem Neandertaler (950 g = Hirngewicht eines 1½jährigen Kindes) und selbst mit dem Crô-Magnon-Menschen, der uns bereits außerordentlich ähnelt.

Folgen wir den Vergleichen Lillys weiter, so finden wir: Nach den Statistiken der Kinderkliniken beginnt der Säugling mit etwa 5 oder 6 Monaten Töne nachzuahmen, wenn sein Gehirn ungefähr 650 g wiegt. Mit 9 Monaten und etwa 770 g Hirngewicht wird das erste artikulierte Wort hervorgebracht, und mit 12 oder 13 Lebensmonaten beginnt sich der Schatz des verständlichen Vokabulars zu vervielfachen. Mit 18 Monaten benennt das Kleinkind von ihm erkannte Gegenstände und Bilder (1030 g Gehirngewicht), mit 21 Monaten und 1060 g Hirngewicht setzt es Worte zusammen, und mit 2 Lebensjahren beherrscht es alle Grundelemente der Sprache: es bildet vollständige Sätze und fügt sie richtig und sinnentsprechend zusammen. Dann werden nur noch die Feinheiten der Grammatik verbessert und der Wortschatz erweitert — ein Vorgang, der mit der außerordentlichen Vermehrung der Nervenzellen und ihrer zahllosen neuen Verknüpfungen untereinander einhergeht.

All dieses findet sich bei den höheren Säugetieren, gleichgültig, ob meer- oder landbewohnend, sobald eine kritische Masse von mehr als 1 Kilogramm grauer Hirnsubstanz vorhanden ist; unterhalb dieses Wertes kommt es nicht zur Ausbildung einer komplizierten und organisierten Sprache wie etwa der menschlichen. — Indem er die übliche Lehrmeinung auf den Kopf stellte, gab Lilly daher denjenigen seiner Kollegen, die ihm bei seinen Arbeiten mit dem Delphin Vermenschlichung vorwarfen, folgende Antwort: »Wenn ein Tier ein fast mit dem unsrigen vergleichbares Gehirn besitzt, dann ist es nicht mehr ausschließlich Tier, und daher behandle ich es auch nicht ausschließlich wie ein Tier.«

Wenn also die Delphine durch ihr Verhalten beweisen, daß sie eine komplizierte Sprache besitzen, und wenn sie weiterhin — wie die »Pros« versichern — das nötige verstandesmäßige Rüstzeug besitzen, um eine Sprache menschlichen Typs zu meistern, dann erscheint die Idee, ein Gespräch mit ihnen in Gang zu bringen, durchaus vernünftig. In den Vereinigten Staaten werden diesem Vorhaben jedenfalls seit etwa 10 Jahren durch Forschungszentren der Wissenschaft, der Industrie und der Streitkräfte Zeit und Geld in riesigem Umfang geopfert; die Schwierigkeiten in der Praxis sind jedoch außerordentlich groß.

Da sind zunächst rein technische Schwierigkeiten: In ihrer eigenen natürlichen Umwelt sind weder der Mensch noch der Delphin stumm oder taub, aber sie werden es, und zwar in erheblichem Maße, wenn sie in den Lebensraum des anderen eindringen. Man muß daher die durch die Wasseroberfläche dargestellte Barriere durchbrechen, was den Betrieb eines ganzen Arsenals von Unterwasser-Mikrophonen (Hydrophonen) und Überwasser-Lautsprechern bzw. in umgekehrter Richtung von Überwasser-Mirkrophonen und Unterwasser-Lautsprechern erfordert.

Biologische Schwierigkeiten: Der Delphin besitzt keine Stimmbänder und kann daher menschliche Laute kaum korrekt wiedergeben. Ebenso pflegen auch wir im allgemeinen nicht solche Töne auszustoßen, wie sie der Delphin mit dem geschlossenen Kreislauf von Luftkammern und -gängen hervorbringt, mit denen sein Schädel ausgestattet ist. Und die für den Forscher vielleicht schwerwiegendste Einschränkung liegt noch darin, daß die Skala der vom Delphin ausgesandten Schallfrequenzen überaus breit ist (von 2000 bis 170 000 Schwingungen pro Sekunde), während unsere menschliche Skala im Vergleich dazu höchst begrenzt ist (16 bis 15 000 pro Sekunde).

Nur ein kleiner Teil dieser Skala ist uns gemeinsam. Dieser Teil hat für uns »sehr hohe Frequenzen«, für den Delphin sind sie jedoch gerade besonders niedrig. Die Ultra-Schalltöne, die der Delphin vermutlich durch Kehlkopfkontraktionen hervorbringt, können wir daher nicht wahrnehmen, so daß wir wieder einmal unsere Zuflucht zu elektronischen Instrumenten nehmen müssen, die leistungsfähiger als unsere Ohren sind; Instrumente, die die Töne des Delphins graphisch aufzeichnen und sie nachher in einer Art »Übersetzung« wiedergeben. Oder aber wir müssen eine spezielle Tonaufnahmetechnik wählen, mit der die hohen Frequenzen in tiefere Bereiche abgesenkt werden können.

Und schließlich müssen wir uns noch entscheiden: Soll der Mensch den Delphinen Englisch beibringen (wir befinden uns in den USA!), oder soll er selber »Delphinisch« lernen? Oder sollte man zwar englisch zu ihm sprechen, ihn aber in Delphinisch abhören? Oder hätte man womöglich eine neue Kunstsprache zu entwickeln, eine Art zwischenartliches Esperanto?

Die erste Methode — dem Delphin Englisch beizubringen — ist die Methode, die Dr. Lilly anwendet. Sie bedeutet, den Delphinen zunächst das Englische verständlich zu machen, d. h. sie dahin zu bringen, eine vom Menschen gesprochene Mitteilung mit der entsprechenden begrifflichen Bedeutung zu verknüpfen. Im Anschluß hieran müßte man sie veranlassen, selbst zu sprechen.

Im Jahre 1955 begann eine Gruppe von acht Neurophysiologen, zu denen auch Dr. Lilly gehörte, eine Serie aufeinander abgestimmter Versuche an einigen Atlantik-Delphinen im Marineland-Aquarium/ Florida. Diese erste Kontaktaufnahme zwischen Wissenschaftlern und Tümmlern sollte jedoch unglücklich enden. Am Anfang hatten die Forscher sich vorgenommen, die motorischen Zonen und die verschiedenen nervösen Zentren im Gehirn der Delphine genau zu bestimmen und zu lokalisieren: das Sehzentrum, das Hör- und das Tastzentrum, die Regulationszentren für Wärme und Kälte, das Erregbarkeitszentrum usw. Solche kartographische Bestandsaufnahme ist normalerweise der erste Schritt bei allen Untersuchungen über das Nervensystem oder über Fragen zum Verhalten eines Tieres. Man besitzt z. B. schon seit langem detaillierte Pläne des Gehirns von der Ratte, von der Katze oder vom Schimpansen. Mit Hilfe dieser Pläne ist es möglich, nur bestimmte Gehirnpartien eines narkotisierten Versuchstieres elektrisch zu reizen. Die von der anvisierten Stelle ausgesandten Elektro-Potentiale, die sozusagen die Antwort auf jede untersuchte Form von Reizungen sind, werden exakt gemessen. Der Forscher kann so in zuverlässiger Weise auch auf sein Versuchstier einwirken. Diese neue Methode ist wesentlich bequemer und zweckdienlicher, als etwa Reaktionen wie Speichelfluß oder Kältezittern nur schätzen zu wollen.

Zur üblichen Operationsmethode gehört das Narkotisieren der Versuchstiere, jedoch zeigte sich schon rasch: Wale vertragen keine Narkose. — Sobald die Narkose beim ersten Delphin zu wirken begann, mußten die verblüfften Experimentatoren sehen, wie seine Atmung plötzlich in Unordnung geriet, sich stockend verlangsamte und rasch endgültig aussetzte, zusammen mit dem Herzschlag. Der Tod trat qualvoll durch Ersticken ein. Nachdem an weiteren Tieren Versuche mit immer schwächeren Dosen von Nembutal und Paraldehyd, zwei vom menschlichen Körper gut vertragene Betäubungsmittel, unternommen worden waren, verstand Lilly, was sich hier zugetragen hatte. Der erste Fehler war, daß man die Delphine für den Versuch aufs Trockene geholt hatte. Nun drückte nämlich das Gewicht des nicht mehr vom Wasser getragenen Körpers auf die Lungen und preßte sie völlig zusammen, und das bewußtlos gemachte Tier konnte nicht mehr durch verstärktes Atmen dagegen ankämpfen. Ferner hatte die Narkose den Sphinkter des Naso-Pharynx zum Erschlaffen gebracht (einen ringförmigen Schließmuskel an der Verbindungsstelle der Atemwege und des Schlundes, der normalerweise den Kehlkopf gegen das Eindringen von Wasser verschließt, Magengase jedoch austreten läßt), was ein Entweichen von Atemluft aus der Kehle zur Folge hatte. Die durch das Blasloch eingeatmete Luft ging also zum Maul wieder heraus, anstatt in die Lungen zu gelangen. Diese Zusammenhänge wurden jedoch erst nach dem Tod des fünften Delphins erkannt.

Im Jahre 1957 kehrte Dr. Lilly nach Marineland zurück, um am Gehirn des Delphins eine Methode zu erproben, die ihm bei Affengehirnen bereits gute Ergebnisse geliefert hatte. Diese Methode, in der Tierpsychologie und -sinnesphysiologie viel benutzt, um einem Versuchstier etwas beizubringen bzw. seine Lernfähigkeit zu testen, ist die der Dompteure und Dressurtrainer — das einfache System von Belohnung und Strafe, ein System, das so alt ist wie die Welt selber, und das auch unsere moderne Gesellschaft noch ausübt.

Allerdings ist es im Grunde eine recht unvollkommene Methode. Die ausgesetzte Belohnung — z. B. eine Erdnuß — ist möglicherweise nicht die wirksamste Belohnung, die es gäbe; vielleicht hätte das Tier größere Anstrengungen für eine andere Nuß-Sorte unternommen, auf die es ganz versessen ist, die es aber bei uns nicht gibt. Überhaupt ist es kompliziert, die Wirksamkeit der Lockreize oder »Stimulantien« abzustufen, und daher ist es auch schwierig, die vom Versuchstier gezeigten Bemühungen zu messen und zu vergleichen. Vielleicht gibt es eine ganze Skala von Belohnungen und angenehmen Empfindungen, die wir gar nicht erfassen können; ein sattes oder vom Spiel ermüdetes Tier läßt in seinem Interesse nach und hört auf, mitzuarbeiten; die Furcht vor Strafen stumpft ab, wenn sich das Tier daran gewöhnt oder ein heimliches Mittel gefunden hat, sie zu mildern.

Um nun eine größere Wirksamkeit zu erzielen und um die Stärke der Lockreize kontrollieren und messen zu können, kann man — wie es in einigen Laboratorien seit Jahren praktiziert wird — Belohnung oder Strafe »kurzschließen«, d. h. man kann die lust- und schmerzspendenden Objekte wegfallen lassen und stattdessen im Hirninneren direkt das spezielle Nervenzentrum reizen, das der Sitz von Wohloder Unbehagen ist. — Gehirne besitzen eine Vielfalt von Systemen, deren Aufgaben und Arbeitsweise uns oft noch unbekannt sind. Die einfachsten Systeme sind die des Begehrens und die der Weigerung, und sie wollte Lilly im Hirn der Wale auf direktem Wege reizen. Das Technische dabei ist heute schon Routine geworden: Man hat lediglich mit vorsichtigen Hammerschlägen kleine Metallröhrchen an genau bestimmten Stellen durch die Schädelkapsel zu treiben, damit gezielt Elektroden in die gewünschten Hirnpartien eingeführt werden können. Dann leitet man elektrische Ströme in geeigneter Stärke und genau bemessener Dauer ein und kann auf diese Weise nun künstlich Empfindungen, wie beispielsweise Hunger oder Sättigung, sexuelles Bedürfnis oder sexuelle Befriedigung, hervorrufen. Der natürlicherweise in den Nerven auftretende Strom wird durch die Stromzuleitung von außen ersetzt, das ist alles. Und wenn das ein wenig barbarisch erscheinen mag, trifft das in Wirklichkeit doch nicht zu, denn der Schädel des Versuchstieres wird durch eine lokale Betäubung schmerzunempfindlich gemacht. Menschliche Versuchspersonen vermochten auf diese Weise das unerhörte Erlebnis von Freude oder Leid im Reinzustand zu erleben, wie es in einigen utopischen Tragikomödien geschildert wird: bald in abstrakter Form, bald auf bestimmte Körperabschnitte begrenzt, dazu nach Wahl Empfindungen allgemeiner Angst, von blindem Zorn oder erbitterter, sinnloser Feindschaft usw. — Nach der gleichen Methode kann man übrigens gewisse Hirnzentren auch durch Injektionen von chemischen Substanzen reizen und damit bestimmte Reaktionen künstlich auslösen.

Zurück zu den Delphinen. Um das Versuchsprojekt mit den Tieren fortzusetzen, mußte zunächst einmal für den Delphin eine dreidimensionale Kartographie des Gehirns mit der genauen Lokalisation der einzelnen Empfindungszentren eingerichtet werden. 1955 scheiterte man an den Narkoseunfällen. Dieses Mal war Lilly erfolgreich, indem er lediglich eine örtliche Betäubung anwandte.

Nachdem er dann über wirksame Mittel zur direkten Beeinflussung seiner Versuchstiere verfügte, begann er ihnen beizubringen, das zu tun, was er von ihnen verlangte. Er verlangte aber nicht das Betätigen irgendeines roten Hebels, wie es dressierte Ratten taten, auch nicht irgendeine Zirkusdressur à la fahrradfahrender Affe, sondern Dr. Lilly verlangte, daß die Delphine sprachen, daß sie ihm wenigstens einige jener Laute wiederholten, die die englische Sprache darstellen.

Lilly wußte aus Erfahrung, daß Ratten oder Rhesusaffen mühelos lernen, den elektrischen Kontakt einzuschalten, der ihr Gehirn in angenehmer Weise reizt. Ein Affe beispielsweise wird seinen Hebel voller Begeisterung dreimal pro Sekunde und 16 Stunden lang hintereinander betätigen, alle Zeichen vollendeten Wohlbefindens von sich geben, sogar an Gewicht zunehmen und überaus liebenswürdig sein. Im umgekehrten Falle aber — wenn er mehrmals in Hirnabschnitten gereizt worden ist, die Schmerzempfindungen hervorrufen — wird der gleiche Affe in gespanntester Aufmerksamkeit 48 Stunden hintereinander mit der Hand, dem Fuß oder der Zunge am Schalthebel wachen und bereit sein, ihn beim ersten Anzeichen eines Schmerzgefühls herunterzudrücken. Ein solches Tier wird schnell unzugänglich, unglücklich, appetitlos und mager und würde ohne Zweifel eingehen, setzt man das Experiment fort.

Als Lilly jedoch versucht hatte, die Spielregeln so zu verändern, daß der gleiche Affe nicht mehr einen Schalthebel betätigen, sondern einen Laut ausstoßen sollte, um die von ihm gewünschte Empfindung auszulösen, erwies sich der Affe als unfähig dazu, selbst nach monatelangen, Tag für Tag fortgesetzten Wiederholungen des Versuches.

Offensichtlich ist die Lautgebung bei einem Tier in den meisten Fällen eng mit einer biologischen Situation verknüpft: Alarmrufe und Schmerzlaute, Drohgebell und Zufriedenheitsgackern beispielsweise lassen sich im allgemeinen nicht von den momentanen Ereignissen trennen, können also nicht »abstrakt« verwendet werden (obwohl andererseits etwa aus der Hundedressur zahlreiche Beispiele »abstrakter« Lautgebung auf Kommando und ohne Bezug zur biologischen Situation bekannt sind).

Wie würde sich nun ein Delphin verhalten? Diese Frage beschäftigte Lilly, als er einen jungen Tursiops in einen Wasserbehälter setzte, der so mit Schaumgummi ausgepolstert war, daß er ein genau passendes »Futteral« für den Körper des Tieres bildete. Nach und nach pflanzte

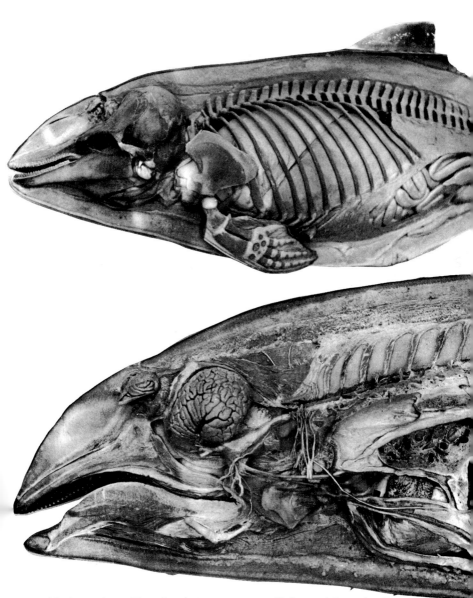

Bild oben: Kleiner Tümmler, freipräpariert, um Skelett und Lage der Organe zu zeigen; der Kleine Tümmler hat keinen »Schnabel«.

Bild unten: Ein bis zur Mittellinie seziertes Exemplar des Tümmlers. Deutlich zu sehen sind das Gehirn und der Verlauf der Atemwege, die beiderseits des Schlundrohrs vom Blasloch zu den Lungen führen (Präparate des Britischen Museums, London).

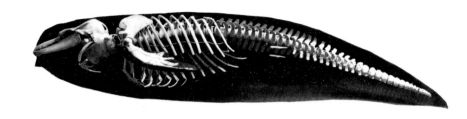

Skelett eines primitiven Zahnwales und eines Hundes. — Die Anpassung an das Leben im Wasser erkennt man sehr schön in der Streckung des Körpers bei gleichzeitigem Zusammenrücken der Halswirbel, der Entwicklung von Vorderflossen und dem fast völligen Verschwinden der Hinterextremitäten sowie der Verstärkung des Rückgrates als Anheftungspunkt der Schwanz-flossen-Muskeln (Britisches Museum, London).

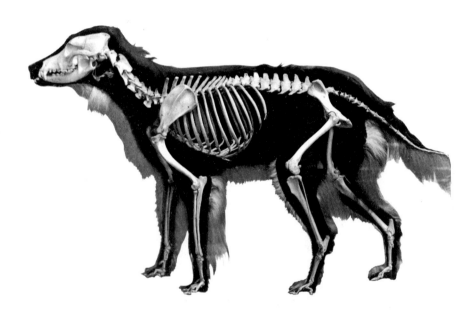

Lilly seine Reiz-Elektrode in alle Winkel des gewaltigen Gehirns von Delphin Nr. 6, ermittelte die motorischen Zonen, bei denen ein Stromstoß bewirkt, daß z. B. das Auge des Delphins nach oben, nach unten oder rückwärts gerichtet wird, daß die linke Brustflosse bewegt wird, oder daß die Muskeln zur Erektion des Penis sich kontrahieren, und all diese Befunde übertrug er sorgfältig auf die Lagekarte. — Sehr viel länger dauerte es, das Zentrum der Lustempfindung zu lokalisieren, das eine abstrakte Form der Belohnung ermöglichen würde, oder auch das Schmerzzentrum, das für Bestrafungen zu benutzen wäre. Im Gehirn der Wale gibt es nämlich wie im menschlichen Gehirn große »Zonen des Schweigens«, also Zonen, die auf keinerlei elektrische Reizung ansprechen und deren Funktion uns noch unbekannt ist. Nach vielen Tagen zunehmender Entmutigung auf seiten des Experimentators reagierte Nr. 6 endlich doch auf eine bestimmte Reizung mit Zuckungen und einer Serie von Schreien, Pfeif-, Bell- und Knarrtönen sowie Geräuschen ähnlich schmatzender Küsse.

Endlich! Lilly schöpfte wieder Hoffnung — aber war es wirklich eine Reaktion des Wohlbefindens, wie es schien? Um sich Gewißheit zu verschaffen, bastelte er in hastiger Eile eine Hebelapparatur zusammen. Nun konnte man den Strom, der zur tief im Gehirn des Delphins eingepflanzten Elektrode führt, mit Hilfe eines Kippschalters ein- und ausschalten. Der Delphin beobachtete Lilly aus einem Augenwinkel, und ehe die Konstruktion aus Drähten und Stäben ganz fertig war, stieß er mit der Schnauze an die vorgesehene Stelle: damit war der Strom eingeschaltet, der Reiz traf ihn, und schon hatte sich der Delphin das gewünschte Belohnungsgefühl verschafft. Es handelte sich also zweifelsfrei um eine Zone für angenehme Empfindungen, und im übrigen hatte das Tier die Spielregeln bereits im voraus und vielleicht schneller erraten als unter gleichen Umständen ein moderner, wenngleich in Elektrobastelei wenig bewanderter Mensch.

Andere Delphine, die der gleichen Behandlung unterzogen wurden, lernten beim ersten oder zweiten Versuch, durch einen Schnauzenstoß auf einen Metallhebel den angenehmen oder schmerzhaften Kontakt ein- bzw. auszuschalten. Nachdem das erreicht war, konnte Lilly die Spielregeln ein wenig abwandeln, um sein Ziel zu erreichen: Künftig sollten die Delphine keine Hebel mehr bewegen, sondern einen Laut hervorbringen, um in den Genuß einer elektrischen Reizung zu gelangen.

Diesen Trick, den kein Affe jemals lernen würde, lernten sämtliche Delphine sofort. Sie pfiffen auf Kommando — die erste Runde war gewonnen. In gewissem Sinn war bereits ein — wenn auch kurzes, unartikuliertes — Zwiegespräch in Gang gekommen, und damit begannen die Überraschungen. Als Lilly nämlich das Belohnungsverfahren durch das entsprechende Strafverfahren ersetzte, lernten die Delphine ebenso rasch, nun die schmerzspendenden Kontakte auszuschalten. Wenn Lilly aber — die Spielregeln heimlich verfälschend — trotzdem die Stromzufuhr aufrecht erhielt, stieß das Tier nur noch systematisch immer denselben Pfeifton aus, anstatt — wie sonst in angenehmen Situationen — die verschiedenartigsten Geräusche auszusenden.

Dieses zweiteilige Pfeifen, das mit zunächst ansteigender Frequenz ausgestoßen wurde, um dann plötzlich rasch abzufallen, war also der Hilferuf der Delphine.

Zum Repertoire aller Matrosen und Walfänger gehören ein paar Geschichten von verwundeten Pottwalen, die in Gedankenschnelle von anderen Pottwalen umringt werden, ohne daß man sagen könnte, woher diese Tiere so überraschend gekommen sind, um den Invaliden in die Mitte zu nehmen und ihn stützend an der Oberfläche zu halten. In Aquarien und Ozeanarien hat man immer wieder beobachtet, daß auf den Hilferuf eines kranken oder durch einen Schock gelähmten Delphins andere gefangene Artgenossen truppweise herbeieilten und ihn dabei unterstützten, das Atemloch über Wasser zu halten und dem Erstickungstod zu entgehen — denn der Atemreflex eines Wales kann unter Wasser nicht ausgelöst werden, so daß ein bewußtlos auf den Grund sinkender Delphin nicht ertrinkt, sondern erstickt. Dieser Hilferuf bzw. -pfiff ist ein regelrechtes internationales SOS-Signal: Im kalifornischen Marineland hat 1957 Direktor David Brown beobachtet, daß ein in Schwierigkeiten geratener, neu eingetroffener Tümmler, der augenscheinlich die Reise schlecht vertragen hatte, Hilfe durch eine Gruppe von Pazifischen Weißseiten-Delphinen und von Atlantik-Delphinen bekam, also von Angehörigen verschiedener Arten und Gattungen.

Aber es gab noch mehr Überraschungen. Lilly zeichnete fortlaufend alle Töne auf, die die Delphine unter Wasser und an der Luft hervorbrachten, und als er die entsprechenden Tonbänder später noch einmal mit verminderter Geschwindigkeit ablaufen ließ, glaubte er seinen

Ohren nicht zu trauen. Während eines Experimentes hatte seine Gattin einmal gelacht, und unmittelbar darauf hatte ein Delphin in seiner Weise die charakteristischen explosiven und sich wiederholenden Töne des menschlichen Lachens nachgeahmt! Bei einer anderen Gelegenheit wollte Lilly durch Abhören eines Tonbandes feststellen, ob ein Delphin, den er »gebeten« hatte, einen Pfiff von bestimmter Lautstärke und Frequenz auszustoßen, seinem Auftrag gut nachgekommen war. Nun, alle gewünschten Töne waren da, aber darüber hinaus hatte der Delphin aus eigenem Antrieb auch noch Worte wiederholt, die Lilly für sich ins Mikrophon gesprochen hatte, um danach später seine Bandaufzeichnungen ordnen zu können. Als Hinweis für die Sekretärin, die das Tonband zusammenstellen sollte, hatte er z. B. gesagt: »Die T. R. R. ist jetzt 10 pro Sekunde!« (T. R. R. = train repetition rate), und prompt hatte das Tier »T. R. R.!« mit einer höchst gellenden Stimme wiederholt.

Weiterhin hatte Lilly, um eine bestimmte Stelle des Experimentes auf dem Tonband zu markieren, »here three hundred and twenty three feet« gesagt, und alsbald hatte der Delphin — in seiner Weise, aber ebenfalls ganz deutlich — »three hundred and twenty three« wiederholt.

All das war aber nur zu hören, wenn man die Tonbänder vier- oder sogar sechzehnmal langsamer als bei der Aufnahme ablaufen ließ, so daß die Frequenzen in den Tieftonbereich abgesenkt wurden. Am meisten jedoch wurde Lilly durch das Verhalten von Delphin Nr. 8 ermutigt, seine Untersuchungen fortzusetzen. Nr. 8 hatte sofort begriffen, daß sie nur so und so laut und so und so lange pfeifen müßte, wie man sie gelehrt hatte, damit der Mensch, der dieses sonderbare Spielchen eingerichtet hatte, auf einen kleinen Knopf drücken und ihr zu einer angenehmen Empfindung verhelfen würde. So lief das Spiel gut und reibunglos, bis der Delphin damit begann, seinerseits Experimente mit Dr. Lilly anzustellen. Jedesmal, wenn der Delphin seinen Pfeifton ausstieß, konnte Dr. Lilly sehen, daß sich das Blasloch unter kurzem Pulsieren bewegte, und von einem gewissen Zeitpunkt ab steuerte der Delphin nun eine neue Note insofern bei, als er bei jedem folgenden Pfiff die Tonhöhe immer weiter ansteigen ließ, so daß Lilly zum Schluß überhaupt nichts mehr hörte. Er konnte aber nach wie vor — auch bei den für das menschliche Ohr unhörbaren hohen Frequenzen — das rhythmische Pulsieren des Blasloches sehen. Als Lilly die Belohnungen einstellte, stieß der Delphin noch einen »Ultraschall«-Pfiff aus, dann noch einen zweiten — den dritten jedoch konnte Lilly wieder hören; darauf erhielt der Delphin seine Makrele und beschränkte sich fortan stets auf für den Menschen hörbare Frequenzen, die er im Experiment zu erkennen gelernt hatte. »Das — schreibt Lilly — gab uns allen die größten Hoffnungen, daß uns diese Tiere bei unseren Bemühungen, in gegenseitige Beziehungen zu treten, wenigstens auf halbem Weg entgegenzukommen versuchen würden.«

Während er Tag für Tag lauschte, wie die Delphine untereinander in stimmlicher Verbindung standen, während er ihre Dialoge mit dem klassischen Klang-Spektrographen — einem Apparat, der Schallwellen graphisch festhält, ähnlich wie etwa der Elektro-Kardiograph — aufzeichnete und analysierte, lernte Lilly eine neue, unbekannte Welt der Töne kennen.

Unter Wasser kann ein Delphin gleichzeitig und unabhängig voneinander modulierbar drei Arten von Tönen hervorbringen, die zwischen wenigstens 2000 und 80 000 Schwingungen pro Sekunde liegen. Über Wasser hat er zwei andere Töne von 300 bis 30 000 Sekunden-Schwingungen zur Verfügung; zwei weitere Töne endlich, die gleichermaßen unter und über Wasser gebraucht werden, wechseln sich mit Intervallen von einigen Tausendstel Sekunden ab.

Die Unterwasserpfiffe haben eine Dauer von $1/10$ Sekunde bis zu mehreren Sekunden, und zwar können sie entweder allein oder gleichzeitig mit Schrei-, Quak- und Grunzlauten ausgestoßen werden. Wenn man das vom Klangspektrographen aufgezeichnete Sonogramm eines Delphin-Dialoges untersucht, findet man einen Austausch von Klick- und Pfeiftonserien. Die Pfiffe folgen aufeinander und antworten sich wechselseitig-regelmäßig, der Austausch der »Klicks« ist dagegen verwickelter.

Wenn ein Delphin pfeift, hört der andere zu, ohne gleichzeitig selber zu pfeifen, ausgenommen bei besonderen »Duetten«, die manchmal angestimmt werden, indem der erste Delphin die Pfiffe des zweiten nachahmt und wiederholt. Gelegentlich aber führen Delphine neben einer Pfeifton-Unterhaltung zu gleicher Zeit noch ein Extra-Zwiegespräch, das aus scharfen »Klicks« besteht. Dabei beantwortet das eine Tier das »Klick« des anderen, ohne in diesem Augenblick selbst zu »klicken« — wohl aber wird es während der »Klick«-Laute des Partners hin und wieder pfeifen.

Schon in dieser Hinsicht sind uns die Delphine also unbedingt überlegen, können sie doch zwei verschiedene Dialoge gleichzeitig führen.

Dr. Lilly war es inzwischen klargeworden, daß man mit den Delphinen zusammen im Wasser leben müßte, um nutzbringende Kontakte herzustellen — daß er täglich lange mit ihnen sprechen, sie berühren, streicheln und aus der Hand füttern müßte, daß er an ihren Spielen teilzunehmen hätte und ihnen kurzum dieselbe Behandlung wie einem kleinen Menschenkind zukommen lassen müßte, für das alle Ereignisse des Lebens, alle Bedürfnisse und Freuden mit den Worten seiner Mutter verknüpft sind. Lilly beschloß daher, den Delphinen die gleichen Vorzüge zu gewähren, wie sie einmal seine Kinder gehabt hatten.

Als erstes würde er ihnen ein Heim geben, d. h. ein Bassin mit fließendem Seewasser, Wassertemperatur 25—28° C, sowohl von *Tursiops truncatus* wie von *Homo sapiens* sehr geschätzt. Den idealen Platz hierfür fand er in St. Thomas auf den Virgin-Inseln, wo er ein Laboratorium einrichtete und eine Reihe von Bassins in den meernahen Felsen aushauen ließ. Dann brachte er ein langfristiges Forschungsprogramm zu Papier und gründete zu dessen Verwirklichung das »Communication Research Center«, das alsbald finanzielle Unterstützung durch die amerikanische Marine, vor allem durch das Office of Naval Research / Div. of biological Sciences und durch die National Science Foundation erhielt.

Die ersten Bewohner der neuen Felsenbassins waren Lizzie und Baby, zwei erwachsene Weibchen. Baby war recht findig: wenn Lizzie im Spiel ein-, zwei- oder dreimal pfiff, pfiff Baby als Antwort ebenfalls ein-, zwei- oder dreimal; dann begann Lizzie von vorn, und das Spiel wiederholte sich.

Lizzie, während der langen Anreise per Flugzeug und Lkw verletzt, verweigerte jedoch jegliche Nahrungsaufnahme, während Baby mit größtem Appetit all die Fische verschlang, die ihr von Lilly und seiner Gattin vorgehalten wurden.

Trotz der Verabfolgung von Vitaminen und Antibiotica verschlechterte sich Lizzies Gesundheitszustand sehr rasch: Sie schien den ganzen Tag nur noch vor sich hinzudämmern, und Baby mußte sie von Zeit zu Zeit anstoßen, um sie zu trösten und zu veranlassen, sich ein wenig zu rühren. Auf den Tonbandaufzeichnungen der stimmlichen Kontakte beider Delphine konnte Lilly die jämmerlichen Klagen der kranken Lizzie sowie die Antworten Babys hören, die ihre Partnerin offenbar dazu bringen wollte, sich aufzuraffen.

Eines Abends jedoch beschloß Lilly, Lizzie in einem kleinen Extra-Bassin zu isolieren, wo er sie seiner Meinung nach besser behandeln und mit humanmedizinischen Präparaten versorgen könnte — und am nächsten Morgen war Lizzie tot.

Zu spät merkte Lilly, daß sie letztlich durch das Alleinsein gestorben war, eher jedenfalls, als es sonst der Fall gewesen wäre. Sie war gestorben, weil ihr nicht mehr die Hilfe Babys zuteil wurde. (Wie die spätere Sektion zeigte, hatte es sich bei Lizzies Krankheit um eine Infektion der Atemwege gehandelt.)

Es ist kein Zufall, daß sich die Gruppe der »Pros« durchwegs aus solchen Forschern zusammensetzt, die in engem Kontakt mit Delphinen gelebt haben, die »Kontras« dagegen aus Laboratoriums-Theoretikern, die von den Walen nur für das Mikroskop präparierte Ausschnitte des Nervensystems kennen. Alle Zahlen, Kurven und Statistiken würden den »Kontras« niemals so viel über Delphine verraten, wie Lilly durch den Tod Lizzies gelernt hatte.

Das »Communication Research Center« richtete ein zweites Laboratorium in Coconut Grove bei Miami ein, wo Elvar zum Nachfolger von Lizzie und Baby wurde. Elvar war ein jüngeres und daher leichter zu beeinflussendes Tier, das seiner Umwelt mit ausgesprochener Neugier entgegenkam. Von früh bis spät tummelten sich Leute bei ihm im Wasser, um ihn — woran er rasch Gefallen fand — zu füttern und zu streicheln; auf diese Weise sollte er beschäftigt und seinen zweibeinigen, aufrecht gehenden Säugetierverwandten vom Festland gegenüber zutraulich gemacht werden. Nach einem Monat war Elvar völlig zahm und übernahm nun selbst die Initiative bei den Spielen. Unter ständigem Anspornen und Belohnen begannen seine Stimmäußerungen allmählich etwas mehr wie die eines menschlichen Wesens und etwas weniger wie die eines Wales zu klingen — allerdings wie die eines Menschen, der abgerissen und stoßweise durch die Nase spricht. Um sich beiderseits an die Stimme des anderen zu gewöhnen und um das Hindernis der Luft-Wasser-Grenze aufzuheben, hatte Lilly im Bassin Lautsprecher anbringen lassen, die alles ins Wasser übertrugen, was die Menschen in den Laboratorien redeten; umgekehrt gab es Unterwasser-Mikrophone (= Hydrophone), die jedes von Elvar hervorgebrachte Geräusch nach draußen übermittelten.

Was anfangs am häufigsten durch die Hydrophone kam, war der Appell um Aufmerksamkeit, ein bestimmter Ruf, von dem man heute weiß, daß er für vereinsamte Delphine typisch ist, die nach Gesellschaft verlangen. Es ist das »Ich bin so verlassen!« dieser überaus sozialen Tiere.

Eines Tages amüsierte sich Elvar auf das köstlichste damit, eine Assistentin von Dr. Lilly durch kräftige Schwanzschläge naß zu spritzen. »Stop it, Elvar!« rief sie mehrmals, bemüht, ihre Instrumente in Sicherheit zu bringen. Als sie dann später das Tonband dieses Tages abhörte, war sie recht verblüfft, darauf Elvar einige Male in spöttischem Ton seinerseits »Stop it, Elvar« wiederholen zu hören. Bei genauerem Lauschen vernahm sie noch ein sehr deutliches »Bye, bye!«, ein »More, Elvar!« und andere Formulierungen dieser Art.

Da der Delphin anscheinend wirkliche Neigung hatte, zu sprechen, ließ man ihn alles plappern, wonach ihm der Sinn stand. Auf die Silben »Oh-coy-may-lee-aim-woe-itch-why« und viele andere, die das klangliche Grundelement der englischen Sprache ausmachen, antwortete Elvar im Rahmen seiner Möglichkeiten getreu und mit einer bemerkenswerten Ähnlichkeit des Ausdrucks.

Die verehrten Kollegen Dr. Lillys auf der »Kontra«-Seite allerdings ließen sich absolut nicht von seinen Versicherungen überzeugen, daß er »ganz deutlich nachgeahmte Worte und Sätze höre, die sich dem typisch menschlichen Rhythmus so sehr annähern und die so ausgeprägt und von solcher Qualität sind, daß es geradezu verblüffe...«

Dabei erkannte er selbst wohl als erster, daß ihm seine Ohren eine rein subjektive Interpretation der Laute geben, die er als »Worte« hört. Wenn aber die Spötter nach dem Vorspielen seiner berühmten Tonbänder dabei bleiben, daß sie darauf auch nicht die allergeringste Silbe erkennen können, und wenn sie hinterlistig hinzufügen, daß jemand, der um jeden Preis etwas heraushören wolle, dies mit genügend Ausdauer zum Schluß natürlich auch schaffe, dann antwortet Lilly, daß der Grund darin läge, daß er seit Jahren an den besonderen Akzent der Delphine gewöhnt sei — daher könne er sie verstehen, wo andere überhaupt nichts zu hören vermögen, so wie eine Mutter das ganz persönliche Vokabular und den Akzent ihres kleinen Kindes verstünde, dessen erst im Entstehen begriffene Sprache anderen Erwachsenen unzugänglich bleibe.

Ich persönlich glaube, den »Kontras« in diesem Zusammenhang auch von meiner Seite eine Entgegnung geben zu dürfen. Beim Tieftauchen im Meer oder in Experimental-Druckkammern habe ich oft ein antinarkotisches Spezialgemisch aus Helium und Sauerstoff eingeatmet. In einer Helium-Atmosphäre nun — einem Gas von sehr geringer Dichte — schwingen die Stimmbänder des Kehlkopfes in einer abweichenden Weise und ergeben also abweichende Töne, obwohl sie selbst unverändert bleiben. So hatte ich bei Atmosphärendruck eine metallisch-näselnd klingende, komische Quäkstimme wie Donald Duck. Bei Tiefenverhältnissen von 60 Metern und erst recht bei 130 oder gar 150 Metern wurde die Stimme völlig unverständlich. Unverständlich? Jawohl — ausgenommen für andere Taucher oder für die Ärzte und Physiologen am Kontrollpult, die durch Übung und Gewöhnung gelernt hatten, dort Worte und sogar ganze Sätze zu verstehen, wo ein flüchtiger Zuhörer nur ein undeutliches »quäk-quäk« hörte. Da ich in dieser Hinsicht also selbst ein bißchen »Delphin gewesen« bin, da ich eine nicht-menschliche Sprache sprach, die aber von anderen Menschen durch Aufmerksamkeit und Gewöhnung verstanden werden konnte, glaube ich der Auffassung Dr. Lillys.

»Fische sprechen lassen« — Lilly scheint fest entschlossen zu sein, dieser Aufgabe erforderlichenfalls den Rest seines Lebens zu widmen. Als er 1961 zum erstenmal die Bilanz aus seiner bisherigen Forschungstätigkeit zog, stellte er eine Prophezeiung auf, die er seitdem noch nicht zurückgezogen hat: »Innerhalb der nächsten zwei Jahrzehnte wird der Mensch in Verbindung mit anderen, nicht-menschlichen Lebewesen treten; vielleicht mit einer nicht landgebundenen, höchstwahrscheinlich mit einer meerbewohnenden Art, die sicher von hoher, vielleicht sogar intellektueller Intelligenz sein wird.«

Und nachdem er 1967 auf weitere fünf Jahre fortgesetzter Experimente zurückblickte, sah er keinen Anlaß, irgendeinen raschen Durchbruch zu erwarten. Dennoch schreibt er in seinem neuen Buch »The Mind of the Dolphin«: »Ich möchte vermuten, daß diese Schätzung entweder zu lang oder zu kurz ist.« Nach seiner inzwischen gewonnenen Ansicht der Dinge scheint das Hauptproblem tatsächlich beim Menschen zu liegen, bei seinem Unvermögen, mit anderen Menschen in Verbindung zu treten. Vorurteile und Beschränktheit hindern ihn weiter bei seinen Bemühungen, Kontakte zu anderen Arten herzustellen.

Margaret Howe, eine junge Assistentin von Lilly, hat sich selbst für längere Zeit sehr umfassend der Aufgabe gewidmet, den Delphinen Englisch beizubringen. In den neugeschaffenen Anlagen des Dolphin Point Laboratory in St. Thomas verbrachte sie 1965 acht Tage zusammen mit dem Delphin Pamela in einem flach mit Wasser gefüllten Abteil; beide lebten hier zusammen ohne eine Minute Unterbrechung, sie aßen, sprachen und schliefen miteinander. Später gehörten 2½ Monate dem engsten Umgang mit einem jungen Delphin, Peter genannt. Die hierbei erzielten Ergebnisse dieser bemerkenswerten, gescheiten und unbekümmerten Wissenschaftlerin sind in einem Bericht zusammengefaßt worden, den jedermann lesen sollte.

Für die Zukunft sieht Lilly neue Formen der Beziehungen zu Delphinen voraus. Seiner Meinung nach sollte eine Art unterseeischer Farmen geschaffen werden, auf denen Delphine so oft und so lange, wie immer sie wünschen, mit Menschen zusammentreffen können. Nur so könnte sich ein Dialog entwickeln, der wirklich von beiden Seiten gewünscht würde und — auf gleicher Ebene und mit gegenseitigem Respekt geführt — einige Aussichten auf Erfolg hätte.

Schon früher hatte Lilly als Mitarbeiter den Neurologen Dr. P. J. Morgan gewonnen und ihn an die Spitze der Neurologischen Abteilung des Institutes gestellt, dazu den Anthropologen Dr. Gregory Bateson, der mit der Abteilung »Communications« betraut wurde. Ihre Arbeiten haben ein ständig steigendes Interesse gefunden. Sie werden sogar vom Gesundheitsministerium unterstützt, denn nach Dr. Bateson könnte das Zwiegespräch mit einem nicht-menschlichen Wesen auch dem Psychiater neue Wege aufzeigen, der vor der Aufgabe steht, mit Schizophrenen über die Barriere ihrer nur dem Eingeweihten verständlichen Sprache hinweg zu einer Verständigung zu gelangen. Der moderne Praktiker kann seine Diagnose bislang nur auf die Haltung, die Zuckungen, das Mienenspiel und den Klang der Stimme seines Patienten stützen — Ausdrucksformen, die der Delphin bei seiner Einwanderung ins Wasser anderweitig ersetzen mußte, da sie dort unsichtbar wurden. Dr. Bateson meint deshalb, daß es den Delphinen möglicherweise gelungen ist, unsere stummen Diskussionselemente, wie Augenrollen, Stirnrunzeln usw., in den verschiedensten Abstufungen in ihre Sprache einzubauen, und er folgert: »Ich hoffe, daß uns die Delphine den Weg zu einer Analyse aller Arten von Informationen aufzeigen, deren wir zur Bewahrung unserer geistigen Gesundheit bedürfen«.

Das Institut erfreut sich übrigens auch nach wie vor der Unterstützung des »Office of Naval Research«, der »National Science Foundation«, des »Office of the Scientific Research of the Air Force« und sogar der Raumfahrtbehörde NASA, da es Lilly gelungen ist, die Leiter davon zu überzeugen, daß eine Unterhaltung mit Delphinen eine ausgezeichnete Vorbereitung für Astronauten sein müßte, die eines Tages mit irgendwelchen Bewohnern eines fernen Planeten in einer unbekannten Sprache zu verhandeln hätten.

Verschiedene Gruppen anderer Forscher sind dem von Lilly eingeschlagenen Weg gefolgt, jede mit ihren eigenen Methoden und ihrem eigenen, oft recht kritischen Verstand. »Schande über uns!« rief beispielsweise John Dreher auf dem Washingtoner Kongreß aus, »Schande uns, daß wir mit den Delphinen englisch sprechen! Wenn sich der Mensch schon als König über die Tiere betrachtet — nun, dann verlangt wohl die Höflichkeit eines Königs, daß er sich an den Delphin wenigstens in dessen eigener Sprache wendet.«

Dr. Dreher und seine Mitarbeiter sind für eine Abteilung der Lockheed-Werke/Kalifornien tätig, die sich besonders auf Akustik und auf Anti-U-Boot-Ortungsgeräte spezialisiert haben. Außerdem werden die Untersuchungen über das Sonar der Delphine und über ihre Verständigungsmethoden noch durch großzügige Forschungsaufträge der amerikanischen Marine finanziert. Augenscheinlich hofft die Marine, das Geheimnis der Wale entschlüsseln und ihren eigenen Instrumenten dadurch eine vergleichbar gute Wirksamkeit verleihen zu können.

Dreher selbst gehört zu einer anderen Schule und Forschungsrichtung; er möchte die Sprache der Delphine verstehen und sprechen oder richtiger: diese Sprache auf einem elektronischen Instrument »spielen«.

Dazu beginnt er mit einer Definition: Unter »Sprache« versteht er »jede Serie von Symbolen, die in einer geordneten Reihenfolge erscheinen und vorbestimmten Regeln wie der Satzlehre unterworfen sind«. Ob diese Symbole Worte, Zahlen, Zeichen, Buchstaben oder irgendwelche Code-Elemente sind, spielt kaum eine Rolle, solange sie nur eine Information übermitteln, die das Verhalten des Absenders oder des Empfängers beeinflußt; außerdem müssen die Symbole festgelegten Regeln gehorchen.

Unter diesen Voraussetzungen machte sich Dreher daran, »geordnete Symbole« aufzuspüren und zu entschlüsseln. Mit Hydrophonen und Tonbandgeräten großer Präzision brachte er eine bemerkenswerte

Serie systematisch gesammelter Ton-Aufzeichnungen von Walstimmen zusammen. Diese Aufzeichnungen wurden zunächst im Meer, später auch im Aquarium gewonnen. »Sea Quest«, das Forschungsschiff der Lockheed-Werke, fuhr deshalb mehrmals die kalifornische Küste auf und ab und registrierte mit Hilfe seiner elektronischen Ausrüstung stundenlang alle Geräusche der Tiefe; die Apparaturen wurden eingeschaltet, sobald irgendwo die Rückenfinne eines Tümmlers oder die Blaswolke eines Wals an der Oberfläche sichtbar wurden. Zugleich konzentrierte sich Evans auf die optische Beobachtung der Tiere, um mögliche Beziehungen zwischen den aufgezeichneten Pfeiftönen und dem allgemeinen Verhalten der Wale festzustellen. — Später baute Dreher seine Apparaturen in dem bekannten kalifornischen Meereszirkus Marineland of the Pacific auf, dessen mit Bullaugen versehenen Klarwasser-Bassins eine genauere Betrachtung der Delphine und der Zusammenhänge zwischen ihren Lautäußerungen und ihren Reaktionen gestatteten.

Die Aufzeichnungen wurden dann geordnet, analysiert, statistisch verglichen und schließlich zu einer Tabelle zusammengefaßt, einer ersten Tabelle mit 32 verschiedenen Pfeiftönen, die — wie Dreher betont — noch vervollständigt werden muß. Jeder Pfiff ist hier graphisch als Profil seines von tief bis hoch wechselnden Klanges dargestellt, und zwar in seiner genauen Dauer. Die Klangprofile der Tabelle haben Formen wie etwa ein »U«, ein umgekehrtes »U«, ein liegendes »S«, ein »M« mit zwei, drei, vier oder sechs Abwärtsstrichen oder ein »W«; manchmal bestehen sie auch nur aus einem einfachen Strich oder einer Serie von mehreren Linien-Reihen, und endlich gibt es auch Profile, die aus unterschiedlichen, teilweise jedoch sehr kompliziert gebauten Kombinationen verschiedener einfacher Zeichen zusammengesetzt sind.

Zunächst erkennen wir aus der Tabelle, daß 4 der 32 Signale vom Atlantik-Delphin *(Tursiops truncatus),* vom Pazifik-Delphin *(Delphinus bairdi)* und vom Grindwal *(Globicephala)* gemeinschaftlich benutzt werden. Sechs Pfiffe sind bei 3 Delphin-Arten gebräuchlich. Atlantik- und Pazifik-Delphin haben jeweils 16 Signale, davon 9 gemeinsam mit der anderen Art. Und der Bairds-Delphin scheint eine einzigartig persönliche Skala von 8 nur ihm allein eigenen Lauten zu besitzen.

Natürlich handelt es sich hierbei erst um sehr spärliches Material, was

Dreher keineswegs verschweigt. Wenn die in der Tabelle aufgeführten Tiere z. B. bestimmte Signale nicht gebrauchen, so muß das nicht bedeuten, daß sie einen anderen Dialekt haben oder daß ihnen ein größerer Lautschatz fehlt; vielleicht haben sich vor den Hydrophonen nur keine Situationen ergeben, in denen die Tiere die fraglichen Signale hätten anwenden können. Dreher ist daher bemüht, seine Tonbandaufnahmen für einen wirklich repräsentativen Querschnitt zu vervollständigen. Außerdem beabsichtigt er, die Klassifizierung der Pfeiftöne zu verfeinern und sorgfältiger als bisher alle Variationen und Nuancen, die die Delphine von sich geben und die zweifellos eine Bedeutung haben, zu erfassen: die Dauer des Tons, die Geschwindigkeit, mit der er sich von tiefen nach höheren Lagen verschiebt, die Anordnung eines Signals und die relative Lautstärke seiner einzelnen Teile, die Länge der Pausen usw.

Während die Töne aufgezeichnet wurden, filmte eine Unterwasser-Kamera das Verhalten des lautgebenden Delphins und die Reaktionen der Delphine, die als Gesprächspartner auftraten. So müßte es möglich sein, die Bedeutung der Signale — soweit sie sichtbare Wirkungen hervorrufen — zu erklären, und in gewissem Sinn könnte es sogar manchen nützlichen Aufschluß über solche Lautäußerungen geben, die von den Empfängern scheinbar nicht beachtet werden.

Leider war die von den Filmkameras gelieferte Informations-Ausbeute nur recht mager. Sie erbrachte kaum etwas Neues außer einer Bestätigung der schon bekannten Bedeutung situationstypischer Signale: das »SOS«, der Ruf nach Gesellschaft (»Kommt her zu mir, ich langweile mich allein!«), die Quiek- und Bell-Laute des Liebesspiels, die Seufzer des Wohlbehagens usw. Das einzig neue Signal war das Signal für Ärger und Unzufriedenheit.

Drehers Team wiederholte darauf den Versuch in umgekehrtem Sinn: es ließ die auf den Tonbändern archivierten Signale in ein von 6 Delphinen — 1 Männchen und 5 Weibchen — bewohntes Bassin übertragen. Die Antwort-Laute sollten per Tonband aufgezeichnet und die Bewegungen gefilmt werden, und jede neuartige Reaktion könnte dann die Bedeutung des betreffenden Signals kenntlichmachen. Mit besonderer Sorgfalt wurde darauf geachtet, nur einfache, harmlose und für die Delphine überzeugend erscheinende Botschaften auszuwählen. (Vorher hatte Dreher versehentlich einmal Verwirrung und Panik im Bassin ausgelöst, indem er eine in der Delphinsprache offenbar gräßliche Mitteilung ertönen ließ; er achtete also darauf, keinerlei Notsignal zu wählen, das bei Abwesenheit eines in Gefahr geratenen Tieres ohnehin bald als Bluff durchschaut worden wäre.)

Dreher erwartete von seinen Versuchen sehr viel. Würden die Wale stumm bleiben? Würden sie eine verständliche physische Reaktion zeigen? Oder würde es wenigstens eine stimmliche Reaktion geben, und würde diese nur ein papageienartiges Nachplappern oder ein logisches Beantworten sein? Würden die Tiere womöglich in Panik versetzt werden, wie es einmal mit einem Delphin passierte, den der Forscher telephonisch mit einer Gruppe anderer Delphine verbunden hatte, die in einem separaten Bassin pfiffen und ihr Sonar spielen ließen? Wie ein Häftling, der Stimmen und Geräusche vernimmt, ohne jemanden in seiner Zelle zu sehen, hatte der arme Wal damals einen regelrechten Nervenschock erlitten.

Nun, wie so oft in der Delphinologie, wurden durch die Ergebnisse auch dieses Versuches mehr neue Fragen aufgeworfen als beantwortet.

Beim Dreherschen Versuch Nr. 1 (graphisch in Form eines Apostrophs aufgezeichnet) beschränkten sich die Delphine ohne sichtbare Verhaltensänderung darauf, das Signal zu wiederholen — möglicherweise, um nähere Informationen zu erhalten, denn die Mikrophone fingen auch 9 Signale auf, die dem Alarmruf ähnelten und vielleicht ein Ausdruck der Unsicherheit gegenüber dem seltsamen Vorgang waren, daß aus dem Nichts heraus Geräusche ertönten.

Als Antwort auf Signal Nr. 2 (graphische Form: Akzent circumflex) erscholl ein Konzert von rundum ausgesandten Sonar-Ortungslauten, von Stimmäußerungen der Beunruhigung und heftigem, unzufriedenem Brummen — eine Tonfolge, wie sie bei Delphinen stets in Situationen der Verwirrung auftritt. Vier mißtrauisch gewordene Tiere wandten ihre Köpfe dem Lautsprecher zu.

Beim Signal Nr. 3 schwamm das plötzlich in Erektion geratene Männchen zum Lautsprecher und verharrte dort, während die übrigen Tiere aufgeregt überall umhersuchten.

Zum Signal Nr. 4 gehörte nach Drehers bisherigen Erfahrungen normalerweise ein Zustand der Erregung und des Unbehagens. Jetzt bestand die Reaktion in einem ungeordneten Umherschwimmen und einer Katzenmusik verschiedenster Töne, während mehrere auf einmal neugierig gewordene Delphine begannen, das Abflußrohr im Bassinboden — das einzig mögliche Versteck für den »unsichtbaren Delphin« — genauestens zu untersuchen.

Signal Nr. 5, für das menschliche Ohr eine Umkehrung von Nr. 3 — nämlich ein umgekehrtes »U« —, erbrachte nur wenig stimmliche Rückäußerungen; von einigen kurzen Blicken zum Mikrophon abgesehen, herrschte weitgehende Gleichgültigkeit.

Im Gegensatz hierzu sollte das Signal Nr. 6, das sich graphisch als ein kleines »m« mit drei Abstrichen darstellt (und somit dem »n«-förmigen, nur zwei Abstriche aufweisenden Signal Nr. 4 ähnelt), einen wilden Tumult auslösen: Die Delphine untersuchten immer wieder aufgeregt das Mikrophon, ließen ein unaufhörliches Pfeifen und Sonar-Zirpen ertönen und stießen eine Fülle von Signalen mit zwei, drei, vier oder fünf Abstrichen aus, die in verschiedenartiger Weise gedehnt, gekürzt und wieder verlängert wurden.

Die Forscher waren natürlich ziemlich ratlos, als sie nun vor der Aufgabe standen, die zwanzig verschiedenen Klangfiguren der 694 registrierten Antwortpfiffe zu analysieren und ihren Zusammenhang mit den sichtbaren Reaktionen der Tiere zu bestimmen. Dreher gibt zu, »daß die Auswertung keine durchweg eindeutigen Ergebnisse erbrachte, denn bei der Art dieses Experimentes ließ sich oft nicht sicher erkennen, ob es direkte Beziehungen zwischen den beobachteten Verhaltensweisen und den stimmlichen Äußerungen der Delphine gab«. Man konnte lediglich folgern, daß die glockenähnlichen Töne weitere Glockentöne und heftige Regsamkeit hervorrufen und daß ein bestimmtes anderes Signal geschlechtliche Aktivität auslöst.

Schlußfolgerung: Solche Untersuchungen sollten mit einer verbesserten Apparatur wiederholt werden, die die Signale originalgetreuer analysieren würde. Weiterhin wäre ein Computer einzusetzen, der imstande ist, die Signale zu interpretieren und zu kombinieren und sofort, also im Laufe des gleichen Experimentes, ganz nach Wahl auch komplizierte Nachrichten weiterzugeben. Mit anderen Worten: Dreher wollte über eine »Sprechmaschine« und ein vorbereitetes Vokabular verfügen, um eine freizügige Unterhaltung mit dem richtigen Akzent führen zu können; durch Niederdrücken einer Taste würde er Worte und Sätze ins Wasser übermitteln können, die er — wie er hofft — eines Tages entschlüsseln, wenn auch niemals selbst aussprechen wird.

Die über derlei erhabenen Kollegen, die schon Lilly beschuldigt hatten, daß er die menschenähnlichen Worte, die die Delphine auszusprechen sich bemühten, in höchst subjektiver Weise interpretiere — diese Kollegen kritisierten natürlich auch Dreher, weil er die Signale, die er gehört hatte, einfach vom Ohr aufs Papier übertrug, und zwar schematisch als »U«, »M« oder als Apostroph.

Die Wissenschaft stützt sich nun einmal lieber auf Objektivität in Schwarz auf Weiß als auf persönliche Ausdeutungen, zweifellos mit berechtigtem Grund. Auf seinem Gebiet dürfte jedoch auch Lilly nicht unrecht haben, denn das Studium der Sprache, der Psychologie des Verhaltens von Menschen oder »Beinahe-Menschen« läßt sich nicht auf einfache Zahlen und Daten umlegen. Ein befreundeter Mathematiker sagte einmal zu mir: ». . . verliebt sein? Ich?? Denkst du denn nicht daran, daß ich Mathematiker bin?« — Nun, jeder kann erraten, was ihm zugestoßen ist.

Und gehört nicht auch die Geschichte jenes berühmten Diplompsychologen hierher, der vor seiner Heirat drei Theorien über Kindererziehung verfocht, und der heute drei Kinder, aber keine Theorien mehr hat?

Wie dem auch sei, im Drang zur Objektivität führen heute die »Pros« wie die »Kontras« eine ständig umfangreichere und kompliziertere elektronische Ausrüstung ins Feld. Mit sauberem Strich übertragen heute Oszillographen und Klangspektrographen die typischen Wal-Laute mit allen ihren Besonderheiten aufs Papier, die das Ohr des Delphinologen verwechseln oder in den höheren Frequenzen überhaupt nicht hören würde, von denen es weder die Dauer noch die Lautstärke noch die Modulationen exakt messen könnte.

Der mit Kathodenstrahlen arbeitende Oszillograph ermöglicht die Untersuchung sehr hoher Frequenzen, deren Variationen er auf einem Film festhält; der elektrische Spektrograph wandelt die Klangenergie wahlweise in elektrische Energie um, die auf dem Weg über eine Schreibspitze eine charakteristische Spur auf Spezialpapier hinterläßt. Erwähnt sei noch, daß das Bild eines auf dem Sonogramm »gesehenen« Rufes weitgehend dem Bild des Meeresbodens ähnelt, wie es vom Echolot aufgezeichnet wird.

Übrigens führten gleichzeitig mit den Amerikanern — auf der anderen Seite des Atlantiks — Dr. Guy René Busnel und Dr. Albin Dziedzic ihrerseits Experimente ganz im Sinne von Dreher an Grindwalen, Delphinen und Mittelmeer-Tümmlern durch.

Die Franzosen, die Tag und Nacht und dazu häufiger im offenen

Meer als im Bassin arbeiteten, sammelten eine bedeutend umfangreichere Skala von Signalen. Ihre elektro-akustische Ausrüstung an Bord der »Calypso« — des französischen Forschungsschiffes für Ozeanographie, von der CNRS zur Verfügung gestellt — umfaßte ein höchst umfangreiches Instrumentarium von Hydrophonen, Verstärkern, Tonbandgeräten und Lautsprechern, daneben einen Kathodenstrahl-Oszillographen und einen elektronischen Klangspektrographen, die diesmal ausschließlich Schwarzweiß-Resultate bestmöglicher wissenschaftlicher Genauigkeit wiedergaben.

Auf dem Elektrolyt-Papier entdeckte Busnel fünf Grindwal-Laute, verschieden von den durch Dreher, Schevill und Watkins gefundenen Tönen. Busnel stieß auf eine überaus wichtige Besonderheit: auf plötzliche Schwankungen in der Tonhöhe und -stärke, die wahrscheinlich der Schlüssel zum Verständnis der Bedeutung dieser Laute sind. Gegen Ende wiederholen sich die Töne in gleichartiger Weise, ein wenig an eine Trompete erinnernd, deren Ton allein keine Melodie hat, sondern des Spieles der Ventile bedarf, um einen musikalischen Sinn zu ergeben.

Beim Belauschen des Delphins *Delphinus delphis,* des Helden der griechischen und römischen Sagen, untersuchte Busnel 80 registrierte Signale, also das, was seine zum Erfassen höchstfrequenter Partien nicht ausreichenden Apparate aufgezeichnet hatten. Dabei fielen fünf Signale besonders auf: Das erste dauert 1,1 Sekunden und ist ein von Sonar-»Klicks« jäh unterbrochenes Pfeifen, dessen graphische Darstellung einen raschen Frequenzabfall von 16 auf 8 kHz mit nachfolgendem langsamen Wiederanstieg zeigt. Dieses Signal wird nie von Einzeltieren, sondern nur in der Gruppe gebraucht und könnte ein Ruf zum Sammeln sein.

Das zweite Signal vernahm Busnel ohne elektrische Hilfsapparate, während er durch die Unterwasser-Bullaugen der »Calypso« das Schnellschwimmen der Delphine beobachtete, die dem mit einer Geschwindigkeit von 10 Knoten dahinfahrenden Schiff vorauseilten. Wie er bemerkte, stießen die Tiere beim Sonar-Klicken keine Luftblasen aus.

Signal Nr. 3 ist eine Kombination von Pfiffen und Echolot-Peilungen, die dem Signal Nr. 3 der Grindwale ähnelt; es ist das Jagdsignal der Gruppe oder eines Individuums, und wie Lilly schon beobachtet hatte, werden Stimme und Sonar gleichzeitig benutzt.

Das stets nur von Einzeltieren verwandte Signal Nr. 4 ist ein Kurz-
signal von nur 0,25 Sekunden Dauer und hat die graphisch schon von
Dreher ermittelte Form eines verlängerten »U«.

Das ähnliche, aber noch kürzere, 0,12-Sekunden-Signal Nr. 5 stellt
den Hilferuf dar, und zwar ganz übereinstimmend mit Tursiops. Die
Frequenz sinkt von 14 auf 10 kHz und steigt dann wieder auf 14 kHz
an. Busnel hörte es in vier- oder fünffacher Wiederholung immer
dann, wenn er versuchte, einen Delphin mit Harpune oder Lasso zu
fangen. Es ist nicht nur das SOS, sondern auch Alarm- und Warn-
signal eines verwundeten oder bedrohten Tieres für seine Artgenossen.
Bei fünf Gelegenheiten, wenn Delphinschulen das Schiff begleiteten,
hat Busnel dieses Signal durch Unterwasserlautsprecher aussenden
lassen, und jedesmal reagierten die Tiere mit sofortiger Änderung
ihres Verhaltens: sie blieben für 30—40 Sekunden — also viel länger
als üblich — unter Wasser, erschienen dann in einer ganz anderen
Richtung, und zwar zu einer breiten Formation auseinandergezogen,
während sie vorher in einer Linie hintereinander hergeschwommen
waren, und sie entfernten sich mit höchster Geschwindigkeit. Nach
etwa 10 Minuten nahmen sie den alten Kurs und die ursprüngliche
Gruppierung wieder auf, behielten aber die verlängerten Tauchzeiten
und einen größeren Sicherheitsabstand zum Schiff bei. Diese Delphinschule reagierte in der gleichen Weise mehrmals hintereinander auf
dasselbe Signal und vermied es stets, näher zu kommen. — Andere
Schulen zerstreuten sich in solchen Fällen auch in alle Winde.

Drei andere Signale hingegen entzogen sich jeder Deutung, obwohl
sie in ihrer Art durchaus charakteristisch waren.

Als Busnel später die im Meer aufgezeichneten Töne mit solchen verglich, die in einem Bassin des Ozeanographischen Museums von Monaco registriert worden waren, stellte er fest, daß die Schall-Emissio-
nen gefangener Delphine einen geringeren Frequenzbereich umfassen
als die in offener See ausgestoßenen Töne. Dreher hatte ebenfalls bemerkt, daß die Laute von *Delphinus bairdi* und *Tursiops gilli* im
Bassin kürzer klangen.

Trotzdem sind die Lautäußerungen der Tümmler durchwegs in Bassins aufgezeichnet worden, da die »Calypso« in all den Jahren, in
denen Busnel an Bord tätig war, nur ein einziges Mal diesen Tieren
begegnete. Die Pfeif-Töne des Tümmler-Sonars sind denen des Delphins sehr ähnlich, in den Pfeifsignalen unterscheiden sie sich jedoch

außerordentlich; man findet bei ihnen nur selten feine Frequenzen, meist bestehen sie aus kurzen, mehrfach wiederholten Geräuschen von stets sehr tiefer, etwa 2 kHz betragender Tonlage.

Dziedzic belauschte mit dem Hydrophon eine fünfköpfige Tümmlergruppe — 2 Männchen und 3 Weibchen —, die in einem großen, flachen Bassin hauste. Aus 300 Signalen, die während der Dauer von 6 Monaten hauptsächlich tagsüber aufgezeichnet wurden, fand er jenen Ton heraus, der dem abschätzenden Untersuchen der Nahrung dient; es handelt sich um einen »Gebrauchston« und nicht um eine Mitteilung an Artgenossen — um ein von einem typischen Knarren gefolgtes »Klick«, das den Tümmler zu dem ihm angebotenen Fisch leitet, um dessen Art und Frischezustand festzustellen; ähnlich, wie eine Hausfrau auf dem Markt das Gemüse befühlen und beriechen mag, ehe sie es kauft.

Das nächste einwandfrei erkannte Signal war das Signal der beherrschenden Überlegenheit (Dominanz). Drei erwachsene, ranghöhere Tümmler dominierten über die beiden jüngeren, denen sie bei passender Gelegenheit auch einen Schnauzenstoß gaben. Wenn sich ein solches junges Männchen beispielsweise einmal mit Ortungs-»Klicks« und abschätzenden Knarrtönen einem Fisch näherte, auf den bereits ein älteres Weibchen spekulierte, dann stieß das dominierende Weibchen zwei oder drei kurze Töne ansteigender Frequenz aus, die etwa dem »Du da, nimm dich ja in acht!« einer Bauersfrau gegenüber einem äpfelstibitzenden Dorfbuben entsprachen. Schleunigst wandte der junge Delphin sich dann von seiner Beute ab.

Als sich die beiden erstgefangenen Tümmlerweibchen der Gruppe zunächst allein in dem ihnen unbekannten Becken befanden, stießen sie drei Tage lang jenes Signal von zweihundert »Klicks« pro Sekunde aus, das Lilly unter gleichen Umständen auch bei Tursiops kennengelernt hatte; es erinnert an das ängstliche Blöken verirrter Lämmer oder an das Weinen eines Kindes, das seine Mutter in einem großen Kaufhaus verloren hat. Die später zur Gruppe hinzugesetzten Tümmler gebrauchten diesen Ruf nie, da sie sogleich Artgenossen vorfanden, denen sie sich anschließen konnten.

Der Liebesruf der Tümmler gleicht dem der übrigen Delphinarten.

Obwohl Busnel als ein Pionier der Unterwasserton-Aufzeichnungen gelten kann, macht er sich doch keine Illusionen über den Wert der in Schwarz und Weiß übertragenen Signale, wenn es erst an deren Analyse und Klassifizierung geht. Zweifellos liefert ein Sonogramm eine vollkommenere Darstellung von Tönen als die »I«- oder »M«-Figuren, die Dreher dem Gehör nach — entsprechend der Dauer und den Änderungen ihrer Frequenzen — formulierte. Insgesamt ergibt sich noch immer ein recht unzulängliches Bild.

Wenn zwei Menschen das gleiche Wort aussprechen, würde die Maschine z. B. zwei absolut gleiche Sonogramme aufzeichnen, während unser Ohr sofort die Stimme des alten Herrn von der des jungen Mädchens unterscheiden würde. Das liegt daran, daß wir ein Sonogramm lediglich *ablesen* können, während es neben unserem Ohr noch unser Gehirn gibt, das das Wort nicht nur rekonstruiert und mit einer Bedeutung verknüpft, sondern uns über tausend weitere Einzelheiten informiert: der Sprecher war heiser, er zitterte vor Kälte, er war aufgeregt usw. usw. . . . .

»Wenn wir davon ausgehen«, schreibt Busnel, »daß die *Delphinidae* komplizierte Tonkombinationen mit eigenem Informationswert und eigenen Syntaxregeln benützen, müßten unsere Entschlüsselungsverfahren alle nur möglichen und noch so geringen Struktur-Details berücksichtigen, denn wahrscheinlich sind sie es, die den eigentlichen Nachrichtenanteil beinhalten.«

Busnel bezweifelt daher, daß seine Methode eine ausreichend genaue Analyse oder gar eine wirkliche Interpretation erlaubt. »Was wir brauchen, ist ein ›Rosette-Stein der Delphinsprache‹«, meint er.

Vielleicht sind inzwischen aber ein paar der allerneuesten elektronischen Geräte nahe daran, uns zu einer Präzision der Ton-Analyse zu verhelfen, wie sie weder durch den Oszillographen noch durch den klassischen Elektro-Spektrographen möglich war.

Da gibt es zunächst den akustischen Spektrographen, der nach einem Tonband arbeitet. Der Aufnahmekopf dieses Gerätes tastet vierhundertmal hintereinander einen kurzen Bandabschnitt ab, wobei er bei jedem Durchgang nacheinander die einzelnen »Scheiben« des Tones abliest und graphisch überträgt, und zwar so, daß die Frequenzen von »Scheibe« zu »Scheibe« um 17 Sekunden-Schwingungen höher liegen. Alle Töne des Bereiches, für den der Apparat eingestellt ist, werden in dieser Weise fortlaufend aufgezeichnet. Daraus entsteht zum Schluß eine regelrechte »Karteikarte«, die weitgehend den sogenannten bathymetrischen Karten ähnelt, die alle Konzentrationen und Abweichungen der Stimmenenergie-Wellen, wie sie durch die besondere

Form des Mundes, der Kehle und sogar der Nasengänge des Sprechers bedingt werden, wiedergegeben. Die Befunde sind so individuell wie ein Fingerabdruck — und infolgedessen wird das Gerät u. a. auch bei der Polizei benutzt, um Urheber böswilliger Telefonanrufe zu überführen; Erzieher verwenden es, um Aussprachefehler bei Kindern zu korrigieren; und versuchsweise wird es heute zudem von Herzspezialisten eingesetzt, um schon im Frühstadium Erkrankungen der Herzkranzgefäße zu erkennen. — Dieses Gerät kann vielleicht morgen die Nachrichten der Wale »bis in das kleinste strukturelle Detail analysieren«, wie Busnel es sich gewünscht hatte.

Eine andere Möglichkeit: Die Sperry Gyroscope Company in Great Neck/New York bietet den Forschern einen neuartigen optisch-akustisch-elektronischen Apparat an, ein kleines künstliches Gehirn sozusagen, das uns gestatten soll, die verschiedenen Lautäußerungen der Delphine ohne jede Irrtumsmöglichkeit zu erkennen und zu klassifizieren und sogar einen Delphin vom anderen zu unterscheiden. Dieses Spectron (abgeleitet von Spectral Comparative Pattern Recognizer) ist ein von Ingenieur Robert Hawkins erfundenes, selbstprogrammierendes kleines Gerät zur Klassifizierung von Tönen verschiedener und komplizierter Frequenzen. Es besteht aus einem Bündel verschieden langer und sehr feiner Quarzfäden, die von der Basis her in Längsrichtung durchleuchtet werden und die auf jeden Ton, der in elektrische Energie umzuwandeln ist, mit bestimmten Schwingungen reagieren. Diese Schwingungen verlaufen bei jedem Ton anders, so daß die von ihrer unteren Anheftungsstelle bis zur freien Spitze hin in Vibration geratenden Quarzfäden das längsgerichtete Lichtbündel in einer jedesmal unterschiedlichen Weise abdecken und ein individuelles Muster punktförmiger Schatten und Hellpunkte aufzeichnen. Das entstehende Schwarzweißmuster wird von einer am Ende angebrachten photographischen Platte aufgenommen.

Nach der Entwicklung bewahrt solch eine Platte daher nicht nur die »Erinnerung« an einen Ton, sondern an eine Gruppe von Tönen — an ein Wort. Mit einer photoelektrischen Zelle können die Worte — oder richtiger: die entwickelten Platten — schnellstens mit neuen Platten verglichen werden, so daß eine vollständige Batterie dieser Miniatur-Gedächtnisapparate, wie ein Gehirn mit seinen zahllosen Zellen, theoretisch alle Elemente der komplizierten Wal-Sprache zum Zweck einer späteren Übersetzung in Menschensprachen genauestens speichern und katalogisieren könnte. In dieser Weise haben die Ingenieure Georg Rand und Leon Balandis von der Abteilung »Information and Communication« der Sperry Gyroscope Comp. eine ganze Serie von Delphin-Tönen überprüft, die im Ozeanographischen Institut von Woods Hole auf Tonband aufgenommen waren. Und die »Stimme« jedes einzelnen Tieres konnte irrtumsfrei identifiziert werden. Selbst wenn die Töne für das menschliche Ohr völlig gleich klingen, zeigt der Apparat, daß sie in Wirklichkeit verschiedene Frequenz-Zusammensetzungen haben.

Können die Töne der Delphine also auf völlig objektive Weise untersucht und miteinander verglichen werden? Nach Angabe der Erfinder präsentieren sich bestimmte Lautäußerungen von Tursiops im Spectron als völlig klar und einheitlich; andere beginnen mit 10 000 Schwingungen pro Sekunde, sinken auf 5000 und steigen innerhalb einer Zehntelsekunde wieder auf 10 000 an. Manchmal wird der gleiche Ton zwei-, drei- oder fünfmal in rascher Folge wiederholt. Die gleichen Töne versetzten 70 von 350 Quarzfasern in Schwingung, wenn sie während einer 3 Sekunden langen Belichtungszeit ins Spectron gesandt wurden, und sie lieferten beim Rückspielen ein Strom-Maximum X; demgegenüber erbrachten ähnliche Töne von anderen Delphinarten eine um 18—95% geringere Stromausbeute, wenn sie in das vom Originalton geprägte Plattenmuster geschickt wurden. Die Konstrukteure, die einen Absatzmarkt für das Gerät suchen, weisen infolgedessen darauf hin, daß dieser Apparat dem Menschen helfen könnte, korrektes Delphinisch zu sprechen; er würde ihm ermöglichen, die annähernde Richtigkeit der Wörter im voraus zu sichern, und er könnte auch dazu dienen, die Bemühungen der Delphine, menschlich zu sprechen, richtig zu bewerten.

Aber wie soll das geschehen? In den meisten tierpsychologischen und -physiologischen Laboratorien gibt es nur recht einfache, nach dem Belohnungsprinzip arbeitende Apparaturen: eine Ratte drückt auf den roten Hebel, und darauf fällt eine Erdnuß in ihren Futternapf; sie drückt auf einen blauen Hebel — keine Erdnuß. Tatsächlich wird das Problem unendlich viel größer, wenn es nicht mehr um die Unterscheidung von Farben geht, sondern darum, jene ganze komplizierte Tonskala, die ein Wort ausmacht, originalgetreu wiederzugeben. Der Erfinder des Spectrons empfiehlt sein Gerät deshalb als das künftige Herzstück einer Vorrichtung, bei der das Klangbild eines Lautsignals — des »Wortes«, das ein Delphin zu sprechen versucht — durch das vorgeprägte »Gedächtnis-Muster« geschickt und geprüft wird. Je nachdem, ob der Ton als ähnlich oder unähnlich bewertet wird, arbeitet auch der Öffnungsmechanismus einer automatischen Klapptür, die frische Makrelen liefert. Die Vorteile dieser Einrichtung bestehen darin, daß sie ohne Irrtümer und Ermüdungserscheinungen 24 Stunden täglich arbeiten könnte; auch dürfte sie nicht verdächtigt werden, gleich manchen Forschern, die nun einmal Menschen sind, Wünsche für Wirklichkeit zu halten und Worte ganz einfach nur deshalb zu »hören«, weil man sie zur Bestätigung einer liebgewonnenen Theorie dringend zu hören wünscht.

Aber Delphine sind ebenso wie die Menschen keine Präzisionsmaschinen, und als Individualisten, die sie sind, könnten sie es sehr wohl ablehnen, sich mit einem technischen Apparat abzugeben.

Nach konstruktiver Kritik an seinen eigenen und an Drehers Arbeiten nahm Busnel auch noch zu einigen grundlegenden Problemen der Sprache Stellung. Die europäischen Forscher — besonders in Holland und Frankreich — sind im Streit der Meinungen tatsächlich viel objektiver als die meisten Amerikaner und steuern daher viele wichtige Argumente bei, die helfen könnten, in der Auseinandersetzung ein wenig Ordnung zu schaffen. Dr. Guy Busnel leitet das Bio-akustische Laboratorium des »Centre National de Recherches Zoo-techniques« in Jouy-en-Josas, Seine-et-Oise/Frankreich, und im Gegensatz zu vielen frischgebackenen amerikanischen Delphinologen, vor allem ehemaligen Militärs oder Technikern oder Leuten, die von der Medizin, der Hydrodynamik oder der Psychologie herkamen, bringt Busnel zur Lösung des Problems die Erfahrungen des Zoologen mit, der sich seit langem auf die Methoden tierischer Verständigung spezialisiert hat. Seine Teilnahme am Symposium der Cetologen 1963 in Washington hat die Diskussion sehr nutzbringend erweitert.

Indem er das Problem noch einmal von der Basis her aufrollte, betonte er zunächst die Unterschiede, die zwischen 1. Geräusch-Reaktionen, 2. dem Austausch stimmlicher Signale, die bestimmte Wirkungen nach sich ziehen, und 3. dem Austausch vollständiger Sätze, also einer Sprache, bestehen.

Auf der untersten Stufe steht die Geräusch-Reaktion, d. h. ein bestimmtes Verhalten, das durch ein Geräusch ausgelöst wird. Man konnte beispielsweise im Versuch zeigen, daß ein Krokodil zu brüllen beginnt, wenn man in seiner Nähe Violine spielt, und daß sich Hunde zu Tode bellen und jaulen, wenn bestimmte Blasinstrumente reiner Frequenzen und hoher Lautstärke dicht vor ihnen ertönen. Bei den Insekten, Amphibien, Fischen, Vögeln und — wohlgemerkt — auch Säugetieren ist von den Zoologen eine außerordentliche Vielfalt im Austausch klanglicher Signale festgestellt worden. Hühner beispielsweise benutzen etwa 20 verschiedene Laute, die Kuh 8, der Präriewolf 10, der Gibbon 15, das Schwein 23, der Luchs 36 usw. Es sind in der Regel eng spezialisierte Laute: in bestimmten Augenblicken wird offenbar nur ein bestimmter Lauttyp benutzt — eben jener, der der gegebenen Situation entspricht. Man findet kaum einmal kompliziertere Verbindungen mehrerer Signale, auch wenn das betreffende Tier über eine große Zahl von Lauten verfügt.

Bei den Wirbellosen hingegen sind die Töne einfach und kurz. Erschallen sie länger, handelt es sich immer nur um Wiederholungen des Anfangstones, die der Bedeutung des Signals nichts Neues hinzufügen. Nun könnten auch die Rufe der Delphine sehr wohl in diese Kategorie passen, wie Busnel in Washington zu bedenken gab. Sofern man ihre Sonogramme untersucht und besonderen Erscheinungen großzügigerweise eine bestimmte Bedeutung zubilligen will, komme man leicht auf Schätzzahlen von 30 bis 40 möglichen Variationen.

In seinen weiteren Ausführungen wies Busnel im Hinblick auf Lillys »sprechende Delphine« darauf hin, daß viele Vögel in der freien Natur spontan die Laute anderer Tiere nachahmen, und daß in der Gefangenschaft Papageien, Häher und Raben leicht in allen Sprachen lernen, ganze Sätze zu wiederholen. Freilich verbietet das verhältnismäßig kleine und einfache Gehirn der Vögel die Vermutung, daß sie imstande sein könnten, mit einem menschlichen Wort einen bestimmten Sinngehalt zu verknüpfen. Aber ein Säugetier?

Im Jahre 1951 veröffentlichten die Eheleute Hayes ihr berühmtes Buch »The Ape in our House«, das von einem einzigartigen Experiment berichtet: Sie hatten ein Schimpansenbaby namens Ricky angenommen und zwei Jahre lang zusammen mit ihren Kindern aufgezogen. Ricky lernte, auf etwa 60 englische Wörter zu reagieren und vier oder fünf von ihnen — übrigens ziemlich schlecht — in einer etwas bellenden Manier auszusprechen. Ihr Wortschatz war auf Ausdrücke wie »Dad«, »Mum« oder »up« begrenzt, und nach zwei Jahren hörte Ricky auf, noch irgendwelche weiteren Fortschritte zu machen. Die 60 Wörter, die Ricky verstand, waren keine eigentlichen Botschaften für sie, sondern klangliche Signale, eine Art vertonter Gesten, Drohungen oder Lockungen.

Ein Elefant gehorcht in gleicher Weise etwa 20 Worten seines Mahouts, aber auch diese Worte, die das Zügelspiel eines Reiters oder das Peitschenknallen eines Dompteurs ersetzen, sind immer nur Signale. Es ist jene »Beherrschung durch Töne«, mit der die Seelöwendresseure brillieren, deren Tiere auf 35 verschiedene Wörter reagieren. Und nach Busnel ghört hierher auch der Fall des Delphins Paddy, der in St. Petersburg/Florida dadurch berühmt wurde, daß er zwischen den Kommandos »pull the flag« und »ring the bell« unterschied und auf Wunsch die passende Leine zog.

Busnel: Die Fähigkeit, Worte zu erlernen und ihnen zu gehorchen, welche zahme Tiere im Umgang mit dem Menschen erwerben, habe daher nichts mit einer wirklichen Sprache zu tun, da es keine verstandesmäßige Verbindung zwischen dem Ton und dem von ihm verkörperten Sinn gibt.

Haldane machte darauf aufmerksam, daß selbst das menschliche Kleinkind, das zu seiner Mutter sagt: »Ich habe Hunger« oder »Ich friere«, noch nicht mehr ist als ein Tier, das zwei Grunzlaute bestimmter Bedeutung durch Worte ersetzt hat. Zu einem menschlichen Wesen wird es erst, wenn es beispielsweise fragt: »Weißt du, was ich heute morgen gemacht habe?« Mit einer solchen Redewendung hat es nämlich eine Abstraktion erzielt und Laute hervorgebracht, die von seinen elementaren Bedürfnissen und der Augenblicks-Situation unabhängig sind.

»Und bis zum heutigen Tag«, versicherte Busnel, »ist noch bei keiner einzigen Tierart, die man in dieser Hinsicht untersucht hat — die Delphine inbegriffen —, jemals eine verstandesmäßige Verknüpfung zwischen dem hervorgebrachten Ton und dem Objekt oder Begriff, welche dieser Ton bezeichnet, nachgewiesen worden. Ist stimmliches Lernen eine Frage der Intelligenz oder nicht? Das bleibt noch zu be-

In vollendeter Formation schnellt eine Schule von vier pazifischen Weißseiten-Delphinen zu einem 4,50-m-Hochsprung empor (Marineland of the Pacific).
Folgende Bilddoppelseite: Eine der ersten mit künstlich hergestelltem Seewasser betriebenen Delphinanlagen mitten im Binnenland ist das Delphinarium des Zoologischen Gartens Duisburg — die bislang einzige Walhaltung in einem deutschen Tiergarten (Foto: Dr. H. Jesse).

weisen, und trotz der beachtlichen Entwicklung des Gehirns beim Delphin muß man zugeben, daß unsere gegenwärtigen Kenntnisse über das Hörvermögen der Tiere diese Hypothese nicht unterstützen.«

Das ist deutlich.

Inzwischen scheinen allerdings die Experimente von Bastian zu zeigen, daß es doch verstandesmäßige Verbindungen zwischen einem Ton und einem Objekt, ja sogar zwischen einem Ton und einer neu entstandenen verwickelten Situation geben kann. Bei diesen Experimenten »erzählte« ein Delphin dem anderen, welches Leuchtzeichen eingeschaltet und welcher Hebel zu betätigen war. Und in einem unlängst aufgenommenen Fernseh-Interview ließ Dr. Busnel erkennen, daß er mehr und mehr geneigt sei, sich den »Pros« anzuschließen.

Wenden wir uns daher noch schnell einer ebenso deutlichen, aber von vornherein »pro« eingestellten Meinung eines anderen, nüchternen Europäers zu, der des Holländers Dr. F. W. Reysenbach de Haan. Er kommt in einer bemerkenswerten Studie über den Gehörsinn der Wale zu dem Schluß: »Im Hinblick auf die hohe Entwicklung von Gehirn und Hirnrinde bei den Zahnwalen ist es höchst wahrscheinlich, daß die Ausbildung des Sprechvermögens und der Sprache einen bei anderen Tieren unbekannten Grad — abgesehen vom Menschen — erreicht hat.«

Folgen wir einmal seinen Überlegungen: Auf der untersten Stufe dieser Vergleichsreihe nehmen die Fische Veränderungen des Wasserdrucks durch ein biologisches System — das Seitenlinienorgan — wahr. Ein Alarmsignal, z. B. ein in den Teich geworfener Pflasterstein, löst beim Fisch automatisch den Reflex aus, zu fliehen. Bei einem Wal würde im gleichen Fall die Nachricht zunächst ins Gehirn gelangen und dort ausgewertet werden, und das Gehirn ist es auch, das nach einer mehr oder weniger langen Zeit des Überlegens entscheidet, welche von mehreren möglichen Verhaltensweisen eingenommen werden soll.

Hören bedeutet also, die erhaltenen Informationen mit der Gesamtsituation in Einklang zu bringen und vernünftige Schlüsse daraus zu ziehen.

Man weiß, sagt de Haan, daß das Gehör der Zahnwale die voll-

Dressur und Belohnung stehen in enger Beziehung zueinander. Hier erhält ein Tier nach geglücktem Hochsprung eine Portion Fische (Foto: Süddeutscher Verlag).

endetste Form des Unterwasserhörens darstellt; man weiß, daß ihr Gehirn und vor allem ihre Hirnrinde den entsprechenden Verhältnissen beim Menschen sehr nahekommen, was ihnen innerhalb der übrigen Tiere einen einzigartigen Platz einräumt; man weiß, daß sie sich mit Hilfe von Tönen über ihre Lage im Raum, über die Lage ihrer Artgenossen, über Fremde, über ihre Nahrung und sogar die Nahrungsqualität informieren können und daß sie diese Informationen — wiederum mit Hilfe von Tönen — an ihresgleichen weitergeben. Da viele Beispiele beweisen, daß diese weitergeleiteten Informationen sehr ausführlich und reich an Einzelheiten sind, muß die Methode der Nachrichtenübermittlung alles andere als simpel sein.

Andererseits ist bekannt, daß die Verarbeitung der Informationen bei den Säugern in einem zentralen Abschnitt der Hirnbasis stattfindet, während z. B. Gedächtnis- oder Sprachzentrum ihren Platz in einer etwas höher gelegenen Zone der Gehirnmitte haben. Die Entwicklung des Gehirns und der Cortex, der Hirnrinde, spielt in diesem Zusammenhang eine wichtige Rolle, zumal man heute endlich weiß, daß die Cortex in gewissem Sinn den Regel- und Steuerungsapparat für das eigentliche Gehirn darstellt. Wenn man das Gehirn mit einem Computer vergleichen will, dann bremst die Cortex in genau bemessener Weise — auf innere oder äußere Impulse hin — die automatische Antwort des Gehirns, um die erforderliche Zeit zur Auswahl zwischen mehreren möglichen Reaktionen zu schaffen.

Zu einer verständigen Auswahl seiner Reaktionen fähig zu sein, bedeutet für das Tier einen großen Vorteil — einen Vorteil, der in der langen Geschichte des »Kampfes ums Dasein« den kleinen Nachteil einer Verzögerung der Reaktionsgeschwindigkeit ausgeglichen und den Walen erlaubt hat, in ihrem nassen Reich den Spitzenplatz unter allen Tieren zu erobern. In diesem Zusammenhang bemerkt de Haan, daß »die Entwicklung des Gehirns und der Cortex bei den Zahnwalen es sehr wahrscheinlich machen, daß es bei ihnen zur Ausbildung einer Sprache gekommen ist. Da nun die Sprache den Raum überwindet und eine Kommunikation über größere Entfernungen und Zeiträume gestattet, können Informationen über zurückliegende wie über zukünftige Situationen ausgetauscht werden. Von diesem Punkt her ist es auch möglich, auf Erfahrung begründete Überlegungen anzustellen und darauf basierend Handlungsweisen für die Zukunft zu planen und aufeinander abzustimmen. Verstandesmäßiges Bewußtsein ist ein subjektiver Ausdruck, der nicht an eine bestimmte Strukturierung des Gehirns gebunden ist, wohl aber in engem Zusammenhang mit der Sprache steht: Dort, wo es das Wort und damit eine Sprache gibt, gibt es auch Bewußtsein.«

»Es ist daher keineswegs unwahrscheinlich«, fährt de Haan fort, »daß die Zahnwale nicht nur außergewöhnlich gut hören, sondern *horchen*, d. h. bewußt zu verstehen versuchen, und daß sie begreifen, was sie hören ... Ich glaube, daß man in dieser Tiergruppe sogar das Vorhandensein verschiedener semantischer Systeme (Sprachen) annehmen darf. Diese Sprachen unterscheiden sich im Grad ihrer Ausbildung bei den einzelnen Wal-Arten, wobei die Entwicklung von Bewußtsein und Verstand in unmittelbarem Zusammenhang mit der Entwicklung ihrer Sprache steht ...«

Was soll man nun glauben?

Wir wollen — wie einst der alte Richter zu seinen Geschworenen sagte — jetzt einmal »alle diese Sturzbäche brillanter Beredsamkeit vergessen und als Leute von gesundem Menschenverstand sehen, um was es sich eigentlich handelt«: Es handelt sich um ein Tier, das vielleicht fähig, sicher aber zumindest willig ist, mit dem Menschen zu sprechen; es handelt sich um ein Tier, das auf seine Weise bestimmte menschliche Worte ganz ausgezeichnet nachahmen kann, das aber darüber hinaus im Gegensatz zum Papagei, der etwas daherplappert, ohne zu wissen, was er sagt, ein genügend gut ausgestattetes Gehirn besitzt, um genaue Zusammenhänge zwischen Worten und ihrer inhaltlichen Bedeutung herzustellen.

Diese einfachen Aussagen sind jedoch in Wirklichkeit höchst kompliziert. Nach den ersten Arbeiten von Lilly und Dreher hatte man sich hinsichtlich der für Tursiops ermittelten 16 Signale beispielsweise noch mit der Frage begnügen können: Sind diese 16 Tursiops-Signale, die von der Art oft wiederholt oder miteinander kombiniert werden, *analoge* Töne? Wenn ja, kann der Delphin nur 16 Begriffe weitergeben; wenn nein — sind es dann vielleicht *Symbole,* Silben, die er wie wir in verschiedener Weise zusammensetzen kann?

In diesem Zusammenhang erinnert Dr. Bateson daran, daß es zwei Hauptklassen von Sprachen gibt: die analogischen und die symbolischen Sprachen. Bei der *analogischen Sprache* stellt ein besonderer, oft lautmalerischer und für sich selbst wirkender Ton einen bestimmten Begriff dar, z. B. »Mama«, »Geh weg oder ich beiße« oder

»Komm her«. Bei der *symbolischen Sprache* dagegen müssen mehrere Töne oder Silben, die für sich allein keinen Sinn ergeben, nach überlieferten Regeln der Wort- und Satzbaulehre zusammengefügt werden, um ein Wort oder ein Symbol zu formen. Eine Kombination mehrerer Wörter ergibt dann eine Nachricht. Natürlich eignet sich eine symbolische Sprache, wie z. B. unsere menschliche, weit besser als die analogische Sprache für eine große Vielfalt des Ausdrucks.

Um einen Feind einzuschüchtern, bleckt der Hund seine Zähne, sträubt der Kater sein Fell, reckt der Mann die Schultern und runzelt die Brauen; um Partner oder Partnerin verführerisch zu beeindrucken, schlägt der Pfau ein Rad, vollführt der Birkhahn seine Balzkapriolen, läßt die Frau ihre Wimpern spielen und lächelt. Die Gesichtszüge des Delphins sind demgegenüber »erstarrt«, und er hat weder ein Mienenspiel noch sonstige — unter Wasser ohnehin unsichtbare — Ausdrucksbewegungen zur Verfügung[1]). Nun ist das analogistische Fauchen einer das Fell sträubenden Katze eine deutliche und unmißverständliche Drohung, die überall begriffen wird. Das »Halt oder ich schieße!« des Polizisten dagegen ist nur für Leute verständlich, die Deutsch sprechen und wissen, was eine Pistole ist.

Alle Landsäugetiere und auch wir Menschen bedienen uns einer umfangreichen Skala mimischer Gesten und Bewegungen. Nicht so der Delphin. Im Hinblick auf die erstaunliche Vielfalt seiner Laute und sein hochentwickeltes Gehirn dürfen wir zweifellos annehmen, daß bei ihm die Ausdrucksbewegungen im Laufe der Evolution durch Töne ersetzt worden sind. Und man könnte folgern, daß es vom Typ der Delphinsprache abhängt, ob die Tiere eines Tages mit uns in stimmliche Verbindung treten werden oder nicht. Ist diese Frage geklärt, könnten wir uns mutig auf die Suche nach dem Schlüssel ihrer Grammatik machen.

Inzwischen sind die Dinge allerdings verwickelter geworden. Die erwähnten 16 Signale sind jetzt heftig umstritten, und aufgrund verschiedener Kritiken kann man fragen, ob sie außerhalb der Ohren und Tabellen Drehers überhaupt jemals existiert haben. Die elektronischen Geräte haben nämlich ganz andere Töne registriert, und auch

---

[1] Bei vielen anderen unter Wasser lebenden Tieren gibt es jedoch eine Fülle von Ausdrucksbewegungen oder Farbmustern, die auf das Gesehenwerden abgestimmt sind — z. B. die als »optisches Signal« wirkende Buntheit vieler Fische, Flossenspreizen u. ä. (Anm. d. Übers.).

diese Aufzeichnungen sind noch lückenhaft und unvollkommen. Es ist aber heute erwiesen, daß die Zahnwale bestimmte analogistische Signale benutzen, doch das tun die Menschen ebenfalls — und zwar hundertmal täglich —, und trotzdem besitzen sie daneben noch eine symbolistische und ausgesprochen spitzfindige Sprache.

Wo also soll man die Untersuchungen wiederaufnehmen? Vorschläge dazu hagelte es aus allen Ländern und den verschiedensten Stellen. Reysenberg de Haan z. B. schlägt vor, ein sofort nach der Geburt von seiner Mutter getrenntes Delphinbaby unter ausschließlichem Kontakt mit dem Menschen aufzuziehen, so daß es nicht »delphinisch«, sondern menschlich sprechen lernt. Doch leider ist das für die praktische Durchführung unmöglich, denn der junge Delphin wird 8 Monate lang gesäugt und »klebt« während der ersten 1½ Lebensjahre geradezu an seiner Mutter. Lilly, der den Versuch nicht einmal mit einem Säugling, sondern mit einem Jungdelphin unternahm und ihn mit einer Saugflasche ernährte, verlor das Tier nach wenigen Monaten, obwohl er sich Tag und Nacht darum bemühte.

Der umgekehrte Weg ist auch nicht einfacher, denn wie sollte man einen Menschensäugling im Wasser mit Delphinen zusammenbringen? Aus tausend Gründen, die mit den Delphinen selbst kaum etwas zu tun haben, wären seine Überlebenschancen gleich Null. Und im übrigen: selbst *wenn* das Menschenbaby auf diese Weise delpinisch lernen würde, könnte man mit ihm — wenn es eines Tages wieder auf das Land zurückkehren würde — ja ebenfalls nur wie mit einem wirklichen Delphin sprechen.

Könnte man aber vielleicht versuchen, die Delphine eine andere Sprache zu lehren als Englisch? Bekanntlich sprechen sie ja ein wenig russisch — Frau Jekaterina Tschikowa hat im Hydroakustischen Laboratorium des Ozeanographischen Institutes der UdSSR jedenfalls registriert, daß ein bei ihr in die Lehre gehender junger Delphin ganz korrekt »Mama« und ähnliche einfache Wörter aussprach ...

Ich meinerseits würde Griechisch oder Latein vorschlagen, denn im Zeichen dieser Sprachen herrschte einst die größte Harmonie zwischen Menschen und Delphinen.

Dr. Bateson ist der Auffassung, daß die Dialoge der Delphine wie bei allen Säugern keine bestimmten Tatsachen oder Begriffe, sondern die Beziehungen von Individuum zu Individuum, soziale Belange im allgemeinen sowie die Regeln des sozialen Miteinander zum Inhalt haben. Er gibt dazu zwei Beispiele: Wenn ein Kätzchen bei der Hausfrau Milch erbettelt, so drückt es nicht das Wort oder den Begriff »Milch« aus, sondern es spielt die Rolle eines unglücklichen, vernachlässigten kleinen Wesens und bringt eher das Wort »Mama« (oder, noch richtiger, »Abhängigkeit«) zum Ausdruck. Es ist dann Sache ihrer Herrin, aus der Situation und aus schon früher mit der Katze gemachten Erfahrungen den richtigen Schluß zu ziehen, daß das Tier Milch haben möchte. — Genauso weist der alte Anführer eines Wolfsrudels einen übermütigen Jungrüden, der sich für seine Weibchen interessiert, in die Schranken zurück, indem er den Kopf des Tollkühnen mit den Kiefern packt und mehrmals auf den Boden stößt. Das ist genau die Verhaltensweise, wie sie auch die Elterntiere anwenden, um einem heranwachsenden Wolfswelpen verständlich zu machen, daß die Zeit des Säugens vorbei ist und er von jetzt ab Fleisch zu fressen hat. — Das Vorgehen des Leitwolfes stellt also ein Signal von vorbestimmter Bedeutung dar, einen bildlichen Hinweis des Erwachsenen an den Jungen, welcher nicht »Laß das!«, sondern »Ich bin der Ältere und dein Chef!« ausdrückt, und der Jungwolf wird gut daran tun, für die Zukunft zu lernen, daß die Weibchen des Leitwolfes nicht für Grünschnäbel da sind.

Wie erwähnt, nimmt Bateson an, daß die Delphine sich nicht durch Mienenspiel, Gesten oder andere unter Wasser unsichtbare Verhaltensweisen, sondern durch Töne verständigen. Durch Töne, die ein Vokabular der innerartlichen Beziehungen, nicht aber ein Vokabular von Wörtern darstellen. Er glaubt, daß die Delphine Signale austauschen, aus denen jedes Tier durch Erfahrung oder angeborene Kenntnis die für seinen Bedarf unmittelbar brauchbare Nutzanwendung zieht. Das würde also in etwa dem von Busnel angeführten »Überlegenheits-Signal« entsprechen, läßt sich aber kaum in Einklang mit den vielen Beispielen bringen, bei denen Wale konkrete und genaue Nachrichten weitergegeben haben, z. B. das Vorhanden- oder Nichtvorhandensein einer kleinen Kanone auf dem Vorschiff norwegischer Walfangboote.

Womit mag nun die Wort- und Satzlehre einer *symbolistischen Sprache* Ähnlichkeit haben, wenn die Symbole Ausdruck sozialer Beziehungen sind? Darüber haben wir keinerlei Vorstellungen, doch meint Bateson, daß sie wie »eine Art Musik« aufgebaut sein könnte. Um in ein solches System einzudringen, müßte man seiner Meinung nach zunächst durch sorgfältige Beobachtung des gemeinschaftlichen Lebens die allgemeinen und individuellen Beziehungen der Tiere untereinander kennenlernen. Dann müßte man den Ursprung der Symbole oder Signale, die bei ihnen »Überlegenheit« und »Unterlegenheit« bedeuten, herausfinden, d. h. den »Klartext« sämtlicher Lautäußerungen ermitteln. Wäre das einmal geschafft, könnten die Ergebnisse analysiert, geordnet und endlich nach den klassischen Methoden der Statistik ausgewertet werden — und das ist auch in aller Kürze das Programm, das sich das »Communication Research Institute« für die Zukunft gestellt hat.

Dr. Arendson hofft, daß der Inhalt der Botschaften und Signale je nach den persönlichen Erfahrungen des Einzeltieres recht unterschiedlich sein wird, wenn die Delphine wirklich so intelligent sind, wie manche Leute annehmen. Unter diesem Gesichtspunkt müßte man die Delphine, mit denen man ein Zwiegespräch aufnehmen möchte, natürlich sehr sorgfältig auswählen, damit man nicht ausgerechnet an den »Dorftrottel« oder einen durchschnittlichen »Plebejer«, sondern an das »Genie« der Herde gerät.

Und noch eine andere Möglichkeit: Vielleicht ist es gar nicht der *Ton*, der eine Bedeutung hat, sondern vielleicht sind es die Intervalle *zwischen* den Tönen! Thorpe hat das Verhalten eines afrikanischen Würgers beobachtet: bei dieser Vogelart erfolgen die Antwortrufe des Weibchens zum Männchen in gleichen Abständen, und der Informationsinhalt (der lediglich im gegenseitigen Erkennen der Partner besteht) ist allein auf den zeitlichen Abstand begründet, der den Beginn der Männchen-Strophe vom Beginn der Weibchen-Strophe trennt. Ebenso ist es bei der Graugans: die Vielzahl identischer Töne pro Zeiteinheit bestimmt den Sinngehalt der Botschaft. Lorenz, der das Abflugverhalten dieser Vögel beobachtete, hat folgende Gesetzmäßigkeit entdeckt: je kleiner die Anzahl der Silben, desto größer ist die Neigung der Tiere, davonzufliegen. Wenn die Gänse mit mehr als fünf Silben pro Zeiteinheit schnattern, heißt das, daß sie sich dort wohlfühlen, wo sie sind. Bei weniger als fünf Silben herrscht Unruhe, die Tiere hören auf zu fressen und bewegen sich umher; bei drei Silben werden ihre Bewegungen rascher; bei zwei Silben rüstet man zum Abflug, und eine einzige Silbe endlich ist das allgemeine Aufbruchssignal für die Gruppe. Busnel vermutet, daß einige im Mittelmeer aufgezeichnete Strophen des Grindwals, die sich gleichförmig wiederholen, diesem Typ angehören könnten. Ist das wirklich der Fall? Seiner Meinung nach läßt sich das heute noch nicht feststellen; all die Apparate, die die menschliche Sprache analysieren, reichen keineswegs aus.

Für ebenso unmöglich hält er es, daß man auf die Delphin»sprache« erfolgreich jene rein mathematischen Dechiffriermethoden anwenden könnte, die zum Entziffern antiker Schrifttafeln im Gebrauch sind — rechnerisch ermitteln sie die Häufigkeit eines verwendeten Symbols und die möglichen Kombinationen. Dreher und Evans versuchten, dieses Verfahren auf die Delphin-»Sprache« anzuwenden, indem sie die aufgezeichneten Sonogramme einfach mit Hieroglyphen gleichsetzten, doch wir haben schon gesehen, wie strittig ihre Sonogramme sind.

Busnel schlägt auch vor, den Blick über den Rahmen der Biologie hinaus zu richten. Es gibt z. B. Aufzeichnungen, die den Sonogrammen stark ähneln und die entziffert worden sind, womit er auf die Untersuchungen jener im 8. und 9. Jahrhundert in Georgien entstandenen musikalischen Dokumente anspielt, die auf dem Berg Athos und auf dem Sinai aufbewahrt werden. Hier sind die Noten in ganz primitiver Weise durch Federstriche dargestellt, deren Form tatsächlich an einige Sonogramme Drehers erinnert. Könnten die zum Entziffern dieser Zeichen benutzten Methoden nicht auch für das Delphinische gebraucht werden? Gleichwohl, das Spiel mit all diesen Vorstellungen und Möglichkeiten ist zumindest nicht ohne Reiz.

S. G. Wood andererseits, ein Delphinspezialist aus dem militärischen Bereich, stellte die Frage, ob die klangliche Welt des Delphins nicht so ganz und gar außerhalb unseres Vorstellungsvermögens liegen könnte, wie dies für die geruchliche Welt des Hundes zutrifft. Er befürchtet, daß die von unseren Apparaten erzeugten Unterwassertöne für die Tiere womöglich gar nicht jene Bedeutung haben, die wir vermuten.

Ich meinerseits habe oft überlegt, ob man nicht durch nähere Beschäftigung mit der Trommelsprache der afrikanischen Neger eine ganze Menge über Delphine lernen könnte; vielleicht auch durch ihre überraschende Methode, sich über große Entfernungen mit modulationsreichen Pfiffen zu verständigen, die für den Europäer kaum wahrnehmbar sind. Und hier ist es noch einmal Busnel, der einen faszinierenden Vorschlag — vielleicht den konstruktivsten überhaupt —

macht: Außerhalb Afrikas kennt man eine Reihe von Ländern, in denen die Menschen neben ihrer normalen Sprache eine Pfeifsprache benutzen — z. B. die Mazatako-Indianer in Mexiko, die von Gowan beschrieben wurden, die Einwohner von Silbo-Gomero auf den Kanarischen Inseln sowie von Kuskoy in der Türkei. Kuskoy bedeutet wörtlich übersetzt »Dorf der Vögel« und ist ein kleines, abgelegenes Gebirgsnest am Schwarzen Meer.

Die Pfeifsprache der Kuskoyer ist Jahrhunderte alt, und die Leute haben in dieser Kunst eine solche Meisterschaft erreicht, daß ihre Pfiffe über 7 Kilometer weit zu hören sind. (Das Alarmsignal des Pottwals pflanzt sich unter Wasser mehr als 13 Kilometer weit fort.) Eltern und Schule bringen es den Kindern bei.

Eine andere Pfeifsprache ist von Busnel näher studiert worden, und zwar im Dörfchen Aasa in den französischen Pyrenäen. Wie in Silbo-Gomero basiert sie auf der spanischen Sprache, genauer auf dem bearnesischen Dialekt. Sonogramme solcher menschlichen Pfeifsprachen ähneln nun in ganz außergewöhnlicher Weise den Zahnwal-Pfiffen, beide werden in fast gleicher Weise durch die Variationen ihrer Schwingungen charakterisiert. Manchmal sind die Frequenzbereiche unterschiedlich, doch gibt es auch Beispiele für Pfeiftöne, die im selben Schwingungsbereich liegen. Das menschliche Signal ist meistens — jedoch nicht immer — länger.

Busnel hat die Pfeifkünstler mit Röntgenstrahlen in Aktion gefilmt — und was tun sie? Zunächst drücken sie die Zungenmitte mit dem Finger nach hinten, um ihr einen festen Halt zu geben und zugleich eine um so größere Genauigkeit bei den Bewegungen der Zungenspitze zu erzielen. So bildet sich eine »Tasche« von Vorratsluft in der hinteren Kehlregion, mit der sie — unter Zuhilfenahme der Zungenspitze für kleine Modulationen — musizieren. Der Kehlkopf selbst bleibt unbeweglich, ohne Vibrationen der Stimmbänder spielt er lediglich die Rolle eines Ventils. Nun hat man oft gesehen, daß sich die »Lippen« des Blasloches der Delphine in raschen Schwingungen bewegen, und diese Schwingungen müssen wohl durch die unter Druck stehende Luft aus den Lungen hervorgerufen werden — die »Lippen« des Blasloches selbst besitzen keine Muskeln. So werden wahrscheinlich die Muskeln der Stimmritze dazu benutzt, mechanische Vibrationen sowie Veränderungen des hindurchstreichenden Luftstromes hervorzurufen, gerade so wie es die Zunge der erwähnten Pfeifkünstler tut.

Wie wir wissen, erzeugt der Delphin seine Unterwassertöne in einem geschlossenen Kreislauf, und zwar mit einem komplizierten System von Luftkammern und damit in Verbindung stehenden spezialisierten Muskeln. Busnel hat versucht, Töne nach Delphinweise hervorzubringen, indem er — ohne Luft auszustoßen — Mund und Nasenlöcher geschlossen hielt. Die Sonogramme dieser Versuche zeigen nun Frequenzwechsel, Zweitonkurven, plötzliche Schwingungsunterbrechungen sowie eine Serie von Impulsen, wie sie für Sonogramme von Delphinen charakteristisch sind. Die Wechsel in den Frequenzen erzeugte Busnel dadurch, daß er das Volumen von Kehlkopf oder Brustkorb — also von den Resonanzräumen — vergrößerte oder verkleinerte; mit etwas Übung kann man auf diese Weise mehrsilbige Worte formen.

Dieses Beispiel sollte lediglich zeigen, daß Kehlkopf und Stimmapparat des Menschen in der Lage sind, unter denselben physikalischen Bedingungen — also ohne Luft auszustoßen — wie ein Delphin Laute zu erzeugen, die in ihren akustischen Besonderheiten auch wirklich delphinähnlich sind. Die praktische Folgerung wäre, daß es sich wahrscheinlich als bedeutend einfacher erweisen dürfte, einem Delphin eine Pfeif-Sprache statt unserer gewöhnlichen Sprech-Sprache beizubringen.

Wird man vielleicht demnächst türkische, mexikanische oder kanarische Pfeifkünstler mit Delphinen zusammenbringen? Und werden sie vielleicht viel rascher und leichter eine Verständigung finden?

Hydrodynamik in Trümmern

Die Hydrodynamik hat ihre eigenen, feststehenden Gesetze — die Bibel aller Schiffsbau-Ingenieure. Die *Eucreodonta* scheinen sich jedoch nicht viel darum gekümmert zu haben, als sie sich einst für ein Leben im Meer entschieden: unbeschwert von strömungsmechanischen und sonstigen Sorgen schwimmen die Delphine in ihrem Wasserreich dreimal schneller dahin, als es mathematisch möglich sein dürfte.

Wenn man nach allen Regeln der Kunst eine Berechnung aufstellt über 1. die Energiemenge, welche nötig ist, um einen festen Körper von der Form eines Torpedos oder eines Delphins im Meerwasser voranzutreiben und 2. über die Energiemenge, die ein Delphin entwickeln kann, wenn man als Grundlage jene Energiemenge wählt, wie sie ein Säugetiermuskel normalerweise pro Kilogramm Gewicht hervorbringt, dann stellt man fest, daß seine Spitzengeschwindigkeit 10—12 Knoten (= 18—22 km/h) eigentlich nicht überschreiten dürfte.

Hingegen sagte der Naturforscher Plinius: »Der Delphin ist geschwinder als ein Vogel, und er schnellt sich rascher vorwärts als ein Pfeil, der von einer mächtigen Wurfmaschine geschleudert wird.«

Hingegen sagte auch Meister Belon: »Mit gutem Recht betrachtet man die Delphine als jene Tiere, die alle anderen an Geschwindigkeit übertreffen; nicht nur die des Meeres, sondern auch alle übrigen, die sich auf dem Lande und in der Luft befinden.« Aristoteles sagt dann gleichermaßen, er habe darüber wunderbare und unglaubliche Dinge gehört: »Ich selbst habe solches erlebt, als ich auf vielerlei Schiffen der Flotte und auf verschiedenen Meeren war, da wir von Inseln oder von einem Land zum anderen zu fahren hatten, wobei wir die Delphine schneller als unser Boot voraneilen sahen, obwohl wir alle Segel gesetzt und guten Wind von achtern hatten, dergestalt, daß sie uns Tag für Tag in der Geschwindigkeit voraus waren.«

Und es sagte auch der gelehrte Bürger Lacépède: »Der Delphin schwimmt sehr häufig mit großer Geschwindigkeit. Das Instrument, das ihm diese große Schnelligkeit verleiht, setzt sich aus dem Schwanz und der das Ende bildenden Schwanzflosse zusammen, die in zwei Flügel geteilt ist ... diese Schwanzflosse und der Schwanz selbst können mit so vermehrter Kraft bewegt werden, weil die mächtigen Muskeln, die ihnen die Bewegung verleihen, an langen Fortsätzen der Rückenwirbel befestigt sind. Und so groß war der Eindruck ihrer verschwenderischen Kraft, daß (nach Rondelet) ein Sprichwort einen Menschen, der sich etwas Unmögliches vorgenommen hat, mit jemandem vergleicht, der einen Delphin am Schwanz ergreifen will.

Durch Benutzung dieses geschwinden Ruders steuert der Delphin mit solchem Tempo durch die Wogen, daß die Seeleute ihn den ›Pfeil des Meeres‹ genannt haben. Mein gelehrter und redegewandter Kollege, der Bürger v. St. Pierre, Mitglied des National-Institutes, sagt in seinem Bericht über seine Reise zur Ile de France, daß er einen Delphin sich um das Schiff herumtummeln sah, während das Fahrzeug einen Myriameter (= 10 000 m) pro Stunde machte.«

Und 1963 sah auch ein Kommandant der US-Navy, ein Mann von nüchternem Blick, eine Schule von Tümmlern vergnügt rund um seinen Zerstörer herumschwimmen, der seine 32 Knoten fuhr; der Fall wurde in das Logbuch eingetragen.

Andere, nicht-offizielle Berichte sprechen von Spitzengeschwindigkeiten von 21, 40, 55 und sogar 60 Knoten.

Und im Jahre 1960 haben Johannessen und Harder gesehen, wie ein erwachsener Schwertwal mit einer Geschwindigkeit von 39 Knoten zu ihrem mit 20,6 Knoten fahrenden Schiff eilte und es 20 Minuten lang umkreiste.

Für die US-Navy, deren Schiffe und Torpedos sich im Vergleich zu diesen Tieren nur dahinschleppen, wenn man die Kraft ihrer Maschinen und den Treibstoffverbrauch bedenkt, war das eine Herausforderung, eine Beleidigung. Um die Angelegenheit zu klären und die »Blamage« wenn möglich zu beseitigen, betraute sie ihre Spezialabteilung in Kalifornien mit der Untersuchung: die US Naval Ordnance Test Station in China Lake und das Naval Missile Center in Point Mugu. Die militärischen Hydrodynamik-Fachleute haben — unterstützt von Forschern aus dem Zivilbereich — ausgedehnte Versuchsreihen durchgeführt, die durch die freundliche Mitwirkung von Notty, einem pazifischen Weißseiten-Delphin *(Lagenorhynus obliquidens)* außerordentlich kompliziert wurden. In einem Versuchsbassin der General Dynamics Convair Division in San Diego, das 95 Meter lang, aber nur sehr wenig tief war — knapp 1,80 Meter —, hatte Notty augenscheinlich nicht den geringsten Grund, sich zu beeilen, so daß seine Geschwindigkeit niemals über 15 Knoten ging.

Außer seiner Geschwindigkeit wurde auch seine Beschleunigung, die Verlangsamung und der Widerstand gegen Körperverlagerungen gemessen, wenn er Bremskrägen von verschiedenem Durchmesser trug. Man rechnete viel mit den Koeffizienten seines Gewichtes, seiner Masse, seines Volumens und der Anzahl der von ihm entwickelten Pferdestärken, man zeichnete Kurven und Schemata und zog schließlich — ich zitiere Thomas G. Lang, der das Gesamtergebnis der Versuche veröffentlichte — folgenden Schluß: »Die Ergebnisse der Testserien am Delphin Notty zeigen keinerlei außergewöhnliche Leistungen in hydrodynamischer oder physiologischer Hinsicht. Dennoch legen die Versuche die Annahme nahe, daß die hydrodynamischen Leistungen durch einen oder mehrere Umweltfaktoren beträchtlich behindert waren ... Die übermäßige Wirbelbildung des Wassers in Form von Wellen, die dadurch hervorgerufen wurden, daß das Tier zu nahe an der Oberfläche schwamm (zu geringe Beckentiefe!), der hinderliche Einfluß der zu kleinen Abmessungen des Bassins usw. — alle diese Faktoren zeigen, daß der beste Ort für Leistungstests dieser Art die natürliche Umgebung, der Ozean, wäre.«

Nach diesem Schlag ins Wasser betraute das Office of Naval Research Dr. Kenneth Norris, der das Oceanic Institute/Sea Life Park auf Hawaii leitet, mit einem Forschungsauftrag, bei dem — diesmal im Freien, also in der offenen Hochsee — eine Serie entsprechender Versuche wiederholt werden sollte. Ein zahmer Delphin wurde draußen im Meer ohne alle Fesseln freigelassen, und es stände in seinem Belieben, zurückzukehren oder nicht.

In einem sechswöchigen Training lernte Keiki — ein junger Delphin der Art *Tursiops gilli* —, dem unter Wasser ausgesandten Signal »Kommen!« zu folgen; auf das Signal »Überholen!« sollte Keiki, der einem Boot mit einem 90-PS-Außenbordmotor folgte, an diesem Boot vorbeistoßen und auf Höchstgeschwindigkeit gehen. Als Belohnung gab es wie üblich einige Makrelen. Auf einer von zwei Bojen begrenzten Meßstrecke von 350 Metern im offenen Meer überholte Keiki, der sich dabei herrlich vergnügte, das Boot zehnmal hintereinander. Darauf erleichterte man das Boot, um eine größere Geschwindigkeit herauszuholen, bis es schließlich seine Spitzenleistung von 20 Knoten erreichte — das sind 37 km/h. Keiki lag auch jetzt ständig vorn und war anscheinend ungeduldig über die Langsamkeit seiner Spielpartner.

Norris, der den Verdacht hegte, daß Keiki einer besonders langsamen Art angehören könnte, wählte ein schnelleres Boot und nahm zwei Leoparden-Delphine in Training. Haina und Nuha brachten es auf über 21 Knoten. Andere schafften 26 Knoten — damit ist das Ende jedoch nicht erreicht. Die Versuche werden fortgesetzt, und es gibt mehr als hundert verschiedene Arten von Delphinen, Tümmlern und kleinen Zahnwalen.

Und was ist nun mit den Geheimnissen, sofern es welche gibt? Für diese Geheimnisse interessieren sich Torpedofabriken und U-Boot-Konstrukteure nicht nur in den USA, sondern auch in der Sowjetunion.

Als erstes — so erläutert Dr. Irving Rehman von der Universität Kalifornien, wissenschaftlicher Berater der Naval Ordnance Test Station —, als erstes haben die Delphine gelernt, die Wirbelbildung zu kontrollieren, die Strudel, die jeden Körper während seiner Fortbewegung im Wasser begleiten und bremsen. Man vermutete das schon seit langem, weil die Wale die einzigen Schwimmer sind, die kein Kielwasser hinterlassen. Mit Ausnahme jener Manöver, bei denen sie zum Atemholen an die Oberfläche aufsteigen, zerteilen sie das Wasser, ohne ihre Kraft für dessen Aufrühren zu vergeuden. Essapian hat einige bemerkenswerte Photos aufgenommen, die einen Delphin während der Bewegung unter Wasser zeigen: man sieht deutlich, daß die Haut senkrecht zur Schwimmrichtung in Wellenlinien gefaltet ist. Essapian versichert, daß diese Wellenlinien stationär sind und sich nicht wie eine Bugwelle vorwärtsbewegen, wie es der Fall wäre, wenn es sich um nur auf Wirbelbildung beruhende Wellen handeln würde, hervorgerufen durch die Bewegung des Schwimmens. Im Gegensatz zu einem Schiffsrumpf kann sich der Körper des Delphins eindellen — sagt er — und sich geschmeidig den kleinen Druckunterschieden der ihn umgebenden Flüssigkeit anpassen. Das ist von größter Wichtigkeit, denn wirbelndes Wasser setzt einer Fortbewegung siebenfach stärkeren Widerstand entgegen als ruhiges, glattes Wasser.

Akzeptiert man das, wird es aber von dem Augenblick an knifflig, wo man sich fragt: Wie machen die Tiere das eigentlich?

»Ihre Haut ist von ganz besonderer Art«, schrieben schon die Herren

Brechet und Roussel de Vauzeme in einer gelehrten Schrift, die sie 1834 der Französischen Akademie der Wissenschaften vorwiesen. Sie hatten die Eigentümlichkeiten dieser Haut zwar gut beobachtet, aber schlecht gedeutet.

Professor Gray von der Universität Cambridge, der nach mathematischen Gesetzen die aufgewandte Energiemenge mit dem Wasserwiderstand für eine gegebene Form — die des Delphins — verglich, zog 1938 folgenden Schluß: »Es scheint mir keinerlei Grund für die Annahme zu geben, daß Form oder Oberfläche eines Wales, eines Delphins oder eines langsamen Fisches den Körpern dieser Tiere einen erwähnenswert anderen Widerstand verleiht als dem irgendeines gleich großen und gleich schnellen Objektes von guter Stromlinienform.« Für ihn wird die Wirbelbildung durch geeignete *Bewegung* vermieden, und zwar durch Biegungen des hinteren Körperabschnittes, vor allem die wellenförmigen Schwingungen der Schwanzfluke.

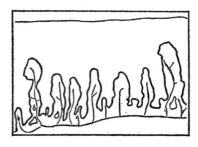 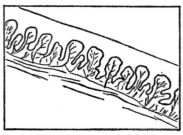

Abb. 9 Der Vergleich von zwei mikroskopischen Schnitten der Haut eines Delphins (links von einer Stelle zwischen Auge und Schnabel, rechts von der Unterseite der Schwanzfluke) zeigt, daß die gefäßhaltigen Hautpapillen an Vielfältigkeit, Anzahl und Größe in Richtung zum Schwanz des Tieres hin zunehmen, d. h. in dem Maße, in dem auch die Möglichkeiten einer Wasserwirbelbildung größer werden.
Wahrscheinlich ist dies ein Teil des physiologischen Systems, das der Delphin benutzt, um seine Haut lokal einzudellen und um die Hauttemperatur lokal zu verändern, damit er jedem Ansatz einer Wirbelbildung im Wasser zuvorkommt (nach Unterlagen der US Navy).

Delphine haben eine überaus weiche, sich seidig anfühlende Haut. Rehman, der zahlreiche mikroskopische Schnitte untersuchte, teilt uns mit, daß sie mit einer Vielzahl von Papillen, kleinen Vorsprüngen, übersät ist, welche von kleinen, kuppelförmigen Blutgefäßen erfüllt sind, die sich bis dicht unter die Epidermis erstrecken. Es ist durchaus möglich, daß diese Gefäße unter der Muskeleinwirkung des Tieres, das sie vergrößert oder zusammenzieht, sehr rasch und örtlich eng begrenzt Wärme erzeugen. Diese Wärme wäre in der Lage, als Antwort auf jeglichen Beginn irgendeiner Wirbelbildung eine Änderung des Volumens und ein Freisetzen von Kalorien zu bewirken, was das Entstehen einer mikroskopisch feinen Schicht von Wasser geringerer Viskosität und damit wirbelfreier Glätte auf der Haut des Tieres hervorrufen könnte. Diese histologischen Spezialisierungen sind dort besonders auffällig, wo die Wirbelbildung normalerweise am stärksten wäre, nämlich am Hinterkörper, auf der Innenseite der Flipper und an der Schwanzfluke. Ist das also das System, das den Delphin mit einer transportablen und unsichtbaren Schicht ruhigen Wassers umhüllt, dessen Strömung nur ein Siebentel des Reibungswiderstandes ergibt, der einem Torpedo gleicher Größe entgegensteht? Rehman nimmt es an, kann aber mangels experimenteller Nachweise noch keine sicheren Feststellungen treffen.

Da die Dinge in der Cetologie niemals einfach liegen, billigt ein anderer Forscher — der Deutsche Max O. Kramer — den Delphinen eine andere Technik zu, um das gleiche Ergebnis zu erzielen. Auch er stützt sich auf mikroskopische Schnitte, an denen er jedoch eine andere Einrichtung bemerkt hat. Kramer hatte nach dem Kriege den Atlantik überquert, um sich in den USA niederzulassen, als er durch die spielerische Leichtigkeit der Delphine verblüfft wurde, die sich um den Liniendampfer tummelten. Dabei erinnerte er sich an ein Patent, das er 1938 in Berlin angemeldet hatte, als er für das Luftfahrtministerium arbeitete. Sein Patent beruhte auf dem Vorschlag, Wirbel- und Wellenbildung bei Flüssigkeiten, die nahe an starren Wänden vorbeiströmten, dadurch abzustellen, daß man die Wände mit einer Schicht von dicht an dicht in Strömungsrichtung angebrachten Draht-Enden überzog. Im Jahre 1955 untersuchte Kramer unter dem Mikroskop Schnitte vom Hautgewebe der Delphine, und hier fand er nun in der äußeren Pigmentschicht eine schmiegsame, mit Flüssigkeit gefüllte Hülle von 1½ mm Dicke, die die festere Haut bedeckte. Im Querschnitt bestand diese Hülle aus einer äußeren Membran, die sich auf eine Unzahl schwammartiger, kleiner senkrechter Gänge stützt, die mit Wasser gefüllt sind. (Das Wasser macht ⁴/₅ des Gewichtes der Haut aus.) Er folgerte daraus, daß der Delphin unter Anwendung des Grundprinzips seines Patents von 1938 mit äußerster Verfeinerung und Vervollkommnung durch Ein- oder Auswärtswölben seiner schwammigen Haut augenblicklich auf geringste äußere Druckschwankungen, die zu Wirbelbildungen führen und von der überempfindlichen Membran der Epidermis registriert werden, reagiert.

Bekanntlich kann man Strömungen durch ähnliche mechanische Einrichtungen unaufhörlich in Bewegung halten. R. Betchow, ein Wissenschaftler der »Douglas Aircraft«, hat das im Jahre 1959 experimentell bewiesen.

Kramer selbst hat ein künstliches Modell der Delphinhaut aus zwei Gummischichten gebaut, zwischen die ein Netzwerk kleiner, biegsamer und mit Flüssigkeit gefüllter Kanäle eingeschoben ist. Als er einen starren Modellkörper von 1,20 Meter Länge mit dieser schmiegsamen Hülle überzog, gelang es ihm, in einem Versuchsbassin die durch Wirbelbildung verursachte Bremswirkung bei einer Strömungsgeschwindigkeit von 40 Knoten um 60% zu senken. Heute bereitet er dieses Verfahren für den praktischen Gebrauch vor, und zwar nicht nur für Unterseeboote und Torpedos, sondern auch für Öl- und Wasserleitungen. Die Marine der USA würde ihre Schiffe gern in dieser Weise ausstatten, aber es gibt immer noch die Probleme der Trennungsfläche Luft : Wasser, und für die U-Boote das Problem des Alterns des Gummis und vor allem das der Algen und Muscheln, die den Überzug besiedeln würden. Der Delphin seinerseits kennt diese Schwierigkeiten nicht, seine Haut erneuert sich rasch und wird zudem ständig durch Scheuern an Felsen u. ä. gereinigt.

Kramer ist sehr bekannt geworden, seit er seine Entdeckung 1960 veröffentlichte. Auch von der US. Rubber Soc. wurde viel gesprochen, die den Lamiflot-Überzug herstellt — eine elastische Hülle, die die Reibung des Wassers am Schiffskörper um 27% verringert, ferner von dem Reeder Niarchos, der dranging, eine neue Yacht damit auszurüsten. Aber nur wenig Erwähnung fand eine neue Wissenschaft, die Bionik, die durch die *Delphine* angeregt wurde und Bauformen der Natur nachahmt, um deren »Patente« zum Nutzen des Menschen zu verwenden. Und man spricht auch kaum von den wirklichen Pionieren dieser Richtung, von dem Russen Juri Aleev von der Ukrainischen Akademie der Wissenschaften zu Sewastopol und vor allem von Professor Piccard.

Wenn man dem Kaiser geben will, was des Kaisers ist, sollte man sich für einen Artikel aus der »Neuen Zürcher Zeitung« vom 6. Juli

1949 interessieren, der den Titel trägt: »Der Delphin — unser Lehrmeister«. Darin schildert Piccard erstmals die Vorteile, die man aus den Geheimnissen des Delphins ziehen könnte, ebenso wie in einem anderen Aufsatz, den er wenig später in der belgischen Zeitung »Le Soir« veröffentlichte. Er schreibt: »Ein Dampfer, der durch einen kleinen, ganz gewöhnlichen Diesel angetrieben wird, der nicht mehr Kraftstoff verbraucht als zwei oder drei Lkws, würde den Atlantik in 36 Stunden und für den halben Preis überqueren und würde dabei weder schlingern noch stampfen, weil er nämlich 30 Meter tief unter dem Meeresspiegel fahren würde.« Der Name dieses Unterseebootes der Zukunft, auf welches Piccard 1954 in einem Kapitel seines Buches »Im Bathyscaphe auf dem Grund des Meeres« noch einmal ausführlich zurückkommen sollte, war wohlgemerkt »Delphin«.

Bei seinem Versuch, die wissenschaftliche Zukunft heraufzubeschwören, erklärt Piccard durch den Mund des imaginären Kommandanten des »Delphin«-U-Bootes:

»Die leicht zu beobachtende Tatsache, daß der Delphin sozusagen keinerlei Wellen erzeugt, beweist, daß er im Besitze eines Geheimnisses ist, das bis jetzt kein einziger Schiffsbauingenieur jemals verwirklichen konnte. Wenn der Delphin keine Wellen erzeugt, so liegt das daran, daß er keine Wirbel hervorruft, oder genauer: daß er die geringste Wasserkräuselung ausschaltet, die sich etwa bilden will. Hierfür muß er über ganz besondere Einrichtungen verfügen. Er muß die geringste Unregelmäßigkeit im Wasserdruck wahrnehmen können, die die Bildung eines Strömungswirbels anzeigt. Er muß genau wissen, welche Bewegung seiner Haut nötig ist, um diesen Wirbel zu zerstören, und endlich muß er diese Bewegung unverzüglich ausführen. Alles dieses tut der Delphin sehr rasch. Die unter der Haut gelegenen Sinnesnervenzellen unterrichten ihn über die Druckverhältnisse; sein Gehirn oder — wenn Sie wollen — sein Instinkt oder sein Unterbewußtsein berechnet die nötigen Maßnahmen, die motorischen Nerven übermitteln den Befehl an die Muskeln, die dann die verlangten Bewegungen ausführen ... Das haben wir nachgeahmt. Eine große Zahl kleiner Manometer ist unter der Kautschukhülle verteilt, die den Rumpf unseres »Delphin« überzieht; elektrische Leitungen übermitteln die Befunde der Manometer an das Elektronengehirn, das einige von Ihnen eben besichtigt haben. Durch ein zweites Leitungsnetz sendet das künstliche Gehirn Stromstöße zu den zahlreich unter der Hülle des Bootes gelegenen kleinen Elektromagneten, und diese Magneten, die die Haut sehr leicht in ihrer Form verändern, neutralisieren unverzüglich den geringsten Wasserwirbel, sobald er sich zu bilden beginnt. Das ist höchst einfach.

Die einzig wahre Schwierigkeit besteht darin, die Gesetze herauszufinden, nach denen die Schiffsoberfläche auf die Druckveränderungen des Wassers zu reagieren hätte. Wir haben hieran fünf Jahre im Laboratorium gearbeitet, und nun sehen Sie hier das Ergebnis.

Ohne den geringsten Wirbel — nur der unvermeidliche geringe Widerstand, der durch die Viskosität des Wassers bedingt wird, ist zu überwinden — überquert unser Boot den Atlantik und wird morgen früh gerade vor der Freiheitsstatue auftauchen.«

Wenn wir die Frage der Wirbelbildung beiseite lassen, gibt es auch noch andere Tricks, die die Leistungen des Delphins verbessern. Er hat nicht nur den Widerstand gegen seine Vorwärtsbewegungen abgebaut, er hat auch seine Energieproduktion vervielfacht. Die Muskeln der Wale enthalten etwa dreimal mehr Muskelfarbstoff, Myoglobin, als diejenigen anderer Tiere. Myoglobin ist ein richtiger Sauerstoffspeicher, der die Muskelzellen mit Brennstoff versorgt und ihre Leistung steigert. Wie das Hämoglobin des Blutes ist es eine rotpigmentierte Substanz, die sich mit Sauerstoff belädt, wobei das Myoglobin den Sauerstoff wesentlich länger festhält. Das Hämoglobin gibt seinen Sauerstoff sofort und überall dort ab, wo Blut vorbeikommt, schon beim ersten Bedarf.

Das Myoglobin dagegen dient zur Reserve. Nur dann, wenn die üblichen Mittel nicht mehr ausreichen, wenn der Sauerstoffbedarf im

Abb. 10 Die Bogenlinie, die die Schwanzfluke des Delphins beim Schwimmen beschreibt (nach Unterlagen der US Navy).

Muskel gefährlich groß wird, nur dann beginnt das Myoglobin, seinen Sauerstoff freizusetzen. Man weiß heute, daß physisches Training zu einer Vermehrung des Myoglobingehaltes in den Muskeln hochgezüchteter Athleten führt. Nun, die Delphine haben im Laufe ihrer langen Entwicklungsgeschichte sicher sehr fleißig trainiert...

Schließlich, vom mechanischen Standpunkt aus, treiben die Schläge der horizontalen Ruderplatte, die den Schwanz darstellt, die Wale viel wirksamer vorwärts, als es die Schraube eines Torpedos oder U-Bootes täte. Eine Schiffsschraube nimmt das Wasser von der Seite, ändert dessen Richtung um 90° und stößt es dann unter außerordentlicher Energievergeudung nach hinten. Die Schwanzfluke eines Delphins verändert die Strömungsrichtung des Wassers dagegen nur um 30°, und ihre Wirksamkeit ist also eindeutig überlegen.

Taucherkrankheit? Unbekannt

Gruppen von Vögeln, Reptilien und Säugern entwickelten sich im Laufe der Evolution zu hervorragenden Tauchtieren, ihre inneren Organe wandelten sich ebenso tiefgreifend wie die äußere Gestalt. Die Anpassungen an das neue nasse Medium sind bei ihnen allen im Prinzip gleich. Sie müssen sich unter Wasser begeben und dort für längere Zeit voll aktiv bleiben können. Zusätzlich haben sich die Robben und Wale, die wesentlich tiefer tauchen als die Kormorane, Krokodile, Fischotter und andere amphibisch lebende Formen, auf ihrem Weg in die Meeresgründe einige neue Tricks angeeignet, um den besonderen Gefahren des Tiefseetauchens zu entgehen.

Und diese Tricks begeistern mich um so mehr, da sie mir leider abgehen — mir, der ich mehr als den üblichen Anteil von »bends«[1] hatte, obwohl ich Tage und ganze Wochen meines Lebens in einer Eisenkiste, einer »Druckkammer«, zugebracht habe, um mich dekomprimieren zu lassen.

Die zwei wichtigen Eigenschaften, die allen schuppen-, federn- oder felltragenden Tauchern gemeinsam sind, bestehen in der Steuerung des Atemreflexes und in der Verlangsamung des Herzrhythmus.

Atmung: Das im Gehirn gelegene Nervenzentrum, welches die Bewegungen des Einatmens auslöst, indem es dem Tier das Gefühl dringender Erstickungsgefahr vermittelt, tritt in Aktion, wenn sich in dem in seiner Nähe vorhandenen Blut Kohlendioxyd (CO_2) in einer Menge »X« befindet, und zwar bedeutend früher, ehe das Tier durch Sauerstoffmangel in wirkliche Gefahr geraten würde. Bei allen tauchenden Säugetieren ist dieses Nervenzentrum erheblich weniger feinempfindlich als bei den Landtieren; daher können sie — ohne in Panik zu geraten — eine beträchtlich höhere CO_2-Konzentration hinnehmen, wie sie sich in ihrem Blut ansammelt, wenn die Atmung für längere Zeit unterbrochen wird. Es ist übrigens dasselbe, was ganz bewußt die Tauchsportler und Unterwasserjäger tun, die ihren Atemreflex

[1] Anfälle der sog. »Taucherkrankheit«, hervorgerufen durch Übertritt von Gasblasen in das Blut.

durch Willenskraft beeinflussen (was nicht immer ganz gefahrlos ist).

Herzrhythmus: Es ist schon fast ein Jahrhundert her, daß der große französische Physiologe Paul Bert die Beobachtung machte, daß sich der Herzschlag bei einer getauchten Ente stark verlangsamt. Danach hat man die gleiche Verlangsamung bei allen Wasservögeln festgestellt, gleichgültig, ob sie tauchen oder nur den Kopf unter Wasser stecken, ferner bei den Reptilien und bei den Säugetieren. Dies ist jedoch keine vorteilhafte Neuspezialisierung, vielmehr eine Anpassungserscheinung ganz allgemeiner Natur, wie man sie auch bei Tieren des festen Landes findet, geraten sie einmal zufällig und vorübergehend ins Wasser.

So wechselt der Herzrhythmus des getauchten Pinguins von 240 auf 20 Schläge, bei bestimmten Robben von 120 auf 10, sobald ihre Nasenlöcher von Wasser berührt werden. Die Herzschlagfrequenz des Bibers verringert sich von 140 auf 20, die des Belugawales von 30 auf 16, die des Tursiops-Delphins von 110 auf 45, und die des Perlenfischers oder Unterwasserjägers — nach einminütigem Aufenthalt unter Wasser — von 72 auf 35. Wenn nun der Herzschlag und damit der Blutumlauf sich verlangsamen, so sinkt deswegen doch der Druck in der Schlagader nicht ab. Das beweist, daß eine beträchtliche Gefäßverengung stattfindet, die man übrigens experimentell bei Robben festgestellt hat und die bewirkt, daß — wie in Fällen eines Schocks oder starker Blutungen — die Glieder und die weniger wichtigen Organe vom Kreislauf ausgelassen werden, um den im Blut enthaltenen Sauerstoff dort zu konzentrieren, wo er unersetzlich ist: im Herzen und im Gehirn.

Umgekehrt zeigt sich das gleiche Sparverfahren, wenn ein Fliegender Fisch aus dem Wasser in die Luft »taucht« oder wenn ein Menschensäugling oder eine junge Robbe aus dem flüssigen Milieu der Gebärmutter in die atmosphärische Luft überwechseln.

In der Rationierung des Sauerstoffs für einzelne vorrangige Organe sind die Robben und Wale dank spezieller Anpassungseinrichtungen noch wesentlich weiter gegangen. Die örtliche Konzentration von Blut geschieht bei ihnen mit zwei besonderen Systemen: 1. ist ihre *Vena cava posterior* (ein aus der Nierenregion zurück zum Herzen führendes Blutgefäß) ausnehmend dick und auf der Höhe des Zwerchfells mit einem Ringmuskel versehen, der den Durchstrom reguliert und einen Vorrat sauerstoffreichen Blutes bereithält: 2. bewahren sie eine Reserve von frischem Blut in der Brusthöhle und in der Umgebung des Gehirns in besonderen »Schwämmen« auf. Diese »Schwämme«, die man »Wundernetze« oder *Retia mirabila* nennt, hatte schon Belon bemerkt, jedoch ohne ihre Aufgabe zu verstehen.

Nach Erikson stellen die *Retia mirabila* Verbindungen zwischen Arterien und Venen dar, die es dem Blut erlauben, während des Tauchens die Muskeln auszulassen und gleich direkt in die großen Gefäßstämme einzutreten. Diese Hypothese konnte noch nicht durch den entsprechenden anatomischen Nachweis bestätigt werden, obwohl die »Wundernetze« heute schon sehr exakt beschrieben worden sind.

Diese »Wundernetze« sind wieder einmal ein erstaunliches Beispiel für die Elastizität der Evolutionsvorgänge. Sie sind keine neue Organausstattung des Tieres, sondern selektive Anpassung eines Organsystems, das sehr vielen Tieren gemeinsam ist.

Hunde und Wölfe besitzen Wundernetze in den Ballen ihrer Fußsohlen, wo sie oft starker Kälte ausgesetzt sind; der vermehrte Blutzustrom in den *Retia* dient zweifellos zur Aufwärmung. Faultiere und andere Säuger, die mit Händen und Füßen an einen Ast geklammert kopfabwärts hängend leben, besitzen ebenfalls Wundernetze, um möglicherweise dem entgegengesetzten Zweck zu dienen, nämlich um nicht das gesamte Blut im Kopf und in den Organen zu haben.

Das Zusammenspiel dieser verschiedenen Systeme ist — z. B. bei einer Robbe — so wirksam, daß ihr Sauerstoffverbrauch während des Tauchens um $^4/_5$ verringert wird.

Darüber hinaus benutzen die Wale ihre Lungen, die im Verhältnis zweimal kleiner als unsere menschlichen sind, in einer viel ergiebigeren Weise als wir. Wir Menschen erneuern bei jedem Atemzug lediglich 15—20% unseres Lungeninhaltes, während ein Delphin, bei dem der Vorgang des Ein- und Ausatmens trotzdem nur den Bruchteil einer Sekunde dauert, jedesmal fast 90% seines Luftvolumens ausstößt und neu aufnimmt. Dieser Luft entzieht er 10% von den 21% Sauerstoff, die sie enthält, während unsere Lungen nur höchstens 5—6% herausholen. Kurz gesagt, nutzt der Delphin, indem er dreimal mehr Luft aufnimmt und daraus doppelt soviel Sauerstoff zieht, jeden Atemzug besser aus als wir. So handelt es sich also um kein geheimnisvolles Wunder, wohl aber um ein vielseitiges System von Anpassungseinrichtungen, die gleichzeitig wirksam werden.

All das jedoch genügt noch nicht, um die sensationellen Tieftauchrekorde der Wale zu erklären. Physiologen und Tiefseetaucher kratzen sich nach wie vor den Kopf: Tiefenrausch durch Stickstoffübersättigung? Gasembolien? Diese Gefahren, die das Vordringen der Menschen in die Meerestiefen stoppen, sind unseren Vettern — den Walen — unbekannt.

Wie alle Walfänger wissen, pflegen die großen Pottwalmännchen eine oder anderthalb Stunden lang unter Wasser zu bleiben. Vor dem Tauchen atmen sie je einmal für jede Minute, die sie in der Tiefe zubringen. Und so sagten die alten Walfänger: »Ein Pottwal von 60 Tonnen, der 60mal Atem holt, wird 60 Minuten lang tauchen.« Da das Tier seinen Kurs unter Wasser normalerweise beibehält, konnten sie genau voraussagen, wo und wann es wieder auftauchen würde, und sie täuschten sich hierbei nie.

Die alten Walfänger waren es auch, die die Behauptung aufstellten, daß ein erwachsener Pottwal 1000 oder 1500 Meter tief hinabgehen könnte. Wenn sie das immer wieder versicherten, so deshalb, weil sie oft sahen, wie die harpunierten alten Männchen drei »tubs« Leinen leer machten, d. h. drei jener hölzernen Kübel, in denen jeweils 200 Ellen Tau aufgerollt lagen. Drei Kübel waren also 600 Ellen oder 1108 Meter Leine, die das Tier senkrecht nach unten abrollte, um nachher wieder an genau derselben Stelle emporzukommen, wo es untergetaucht war. Junge Pottwale oder Weibchen, die weniger tief

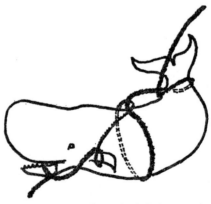

Abb. 11   Kadaver eines in ein Telegraphenkabel verstrickten Pottwals, der aus 290 Meter Tiefe durch ein Kabelschiff gehoben wurde. In gleicher Weise haben sich Pottwale in Kabeln verfangen, die in 1100 Meter Tiefe auf dem Meeresgrund lagen (nach Heezen, 1957).

Der Dionysos-Kelch von Exekias (6. Jh. v. Chr.) zeigt möglicherweise die Erschaffung der Delphine. — Als sich eine Piratenbande des unerkannt in Gestalt eines Sterblichen reisenden Gottes des Weines und der Freuden bemächtigen wollte, wurde der Gott zornig und verwirrte sie durch einige Zaubererscheinungen, so daß sie sich ins Meer stürzten, »... wo ertrunken sie wären, hätt' voll Güte Poseidon sie nicht mehr verwandelt, und sie als Delphine willkommen geheißen« (Siebenter Gesang Homers) (Foto: F. Kaufmann, Museum Antiker Kleinkunst, München).

»Naturgeschichte der Wale«, vom »Bürger Lacépède im 12. Jahre der Republik« veröffentlicht. Gehörgang und Zitze des Tümmlers sind vorzüglich dargestellt (Königliche Bibliothek, Brüssel).

und weniger lange tauchten und dafür vorher mehr Luft holten, rollten selten mehr als anderthalb »tubs« ab (555 m).

Die Stubengelehrten wollten das in ihrer sprichwörtlichen Gelehrsamkeit allerdings durchaus nicht glauben. »Alles Märchen!« meinten sie und erklärten die Beobachtungen für ungültig mit dem Hinweis, daß derartige Druckbelastungen (in 1000 m Tiefe lastet auf jedem Quadratzentimeter ein Gewicht von 101 kg) jedes Lebewesen töten müßte.

Im Jahre 1935 fischte aber das Kabelleger-Schiff »All America« den Kadaver eines 14 Meter langen alten Männchens auf, das sich lebend in ein in 984 Meter tief auf dem Grund liegendes Kabel verstrickt hatte. Seitdem sind noch ein Dutzend weiterer Fälle authentisch belegt worden, der tiefste Fund betraf einen Pottwalkiefer, der in einem aus 1145 Meter Tiefe gehobenen Kabel hing. Heezen, der eine genaue und kritische Studie über alle diese Fälle veröffentlicht hat, stellt sich vor, daß sich die Wale dadurch in die Kabel verwickelt haben, daß sie am Meeresgrund mit offenem Rachen dahinschwammen, um dort Tintenfische — ihre Hauptnahrung — zu fangen. Daß die Kabel freßgierige Tiere anlocken, werden alle Taucher verstehen, die einmal beobachten konnten, wie sehr ein einsam auf schlammigem Grund ruhendes Kabel — ähnlich einem Wrack — Hort und Fixpunkt für eine ganze Lebenskette wird, die sich in geschlossenem Kreislauf vermehrt und verschlingt.

Der Pottwal ist vielleicht nicht einmal der ausdauerndste Taucher, wohl aber trifft das für den Entenwal *(Hyperodon)* zu. Harpuniert bleibt er bis zu 2 Stunden unter Wasser, und bei seiner täglichen normalen Fortbewegung taucht er routinemäßig eine Stunde lang. Erwachsene Blau- und Grauwale, die für kurze Zeit bis 900 Meter tief gehen, können — allerdings in flacherem Wasser — für eine Stunde getaucht bleiben; die jungen Wale tauchen viel weniger lange und tief, und die kleineren Wale einschließlich der Delphine und Tümmler wahrscheinlich ebenfalls.

Wieviel nun genau? Das wissen wir nicht. Man hat lange geglaubt, daß der Tümmler nicht über 60 Meter und der Delphin nicht über etwa 100 Meter Tiefe hinausgehen würden. Aber Prof. Conrad Neumann vom Institut für Meeresforschung der Universität Miami hat während einer erst unlängst stattgefundenen Fahrt des Versuchs-U-Bootes »Aluminaut« durch die Bullaugen Atlantik-Delphine das

Tauchfahrzeug bis in eine Tiefe von 90 Meter begleiten sehen, und in 180 Meter Tiefe hörte er noch ihr »bip-bip« anscheinend ganz nahe am Bootskörper.

Um die Leistungsgrenzen der Wale auf wissenschaftlich zuverlässige Weise zu bestimmen, empfiehlt Prof. Baldwin, der das »Sensory Systems Laboratory« von Tuxon in Arizona leitet, die Anwendung der sog. Biotelemetrie, d. h. ein Zusammenwirken verschiedener Techniken, die es erlauben, alle physiologischen Reaktionen des Menschen oder eines Tieres aus der Ferne zu messen, ohne die natürlichen Bedingungen des Experiments in irgendeiner Weise zu verändern. Durch die extreme Verkleinerung elektronischer Apparate, Registriergeräte, Sender, Verstärker und Batterien für das Raumfahrtprogramm wurde diese neue Art von »Fernspionage« ermöglicht, die der Medizin, der Physiologie, der Biologie, der Zoologie und sogar der Polizei heute unschätzbare Dienste leistet. Und Biotelemetrie erlaubte im Jahre 1964 Dr. Norris, seine Messungen an gezähmten Delphinen vorzunehmen, die man völlig frei ins offene Meer entlassen hatte. Seitdem sind solche Messungen fast zur Routine geworden: Elektrokardiogramme, Messungen der Innentemperatur, Untersuchungen des Verdauungsverlaufes, Auffangen von Tönen, Geschwindigkeitsmessungen, Ermittlung der erreichten Tauchtiefen usw. usw.

Dr. Kooyman von der Universität Arizona hat auf diese Weise entdeckt, daß die Weddelrobben über 430 Meter tief unter das Packeis zu tauchen vermögen (die Durchschnittstiefe betrug bei etwa 50 beobachteten Tauchmanövern 300 Meter); daß sie bis zu 28 Minuten unter Wasser blieben und danach das Luftloch im Eis, von dem aus sie gestartet waren, wiederfanden; oder daß sie auch unter dem Eis getaucht über Entfernungen von 1½ Kilometern von einem Luftloch zum nächsten schwimmen können. Dr. Kooyman hatte hierfür zuerst einen Ultraschall-Geber von 45—55 kHz am Hals der Robbe befestigt, dessen Tonhöhe je nach der erreichten Tiefe variierte und den er mit einem getauchten Richtungshörer genau verfolgen konnte. Später hat er seine Versuchstiere mit kleinen selbstregistrierenden Tiefenmessern versehen.

Diese Ergebnisse, die alles über den Haufen warfen, was man bis dahin über die Robben zu wissen glaubte, von denen die Zoologiebücher sagen, daß sie sich »nur in oberflächlichen Wasserschichten tummeln«, diese Ergebnisse zeigten noch etwas anderes. Scholander hatte einst junge Robben 75 Meter tief tauchen und ohne Schaden wieder emporkommen lassen, wobei er die entsprechenden Verhältnisse künstlich in einer Druckkammer (Caisson) nachahmte. Wenn er sie aber in Verhältnisse versetzte, die einer Tiefe von 300 Metern entsprachen, stellte er bei ihnen während des »Auftauchens« Gasembolien fest. Sollten Robben wohl ihre eigenen Dekompressions-Tabellen kennen? Und wenn sie für sich allein im Meer tauchen, sollten sie dann nur stufenweise wieder nach oben kommen, um auf jeder Stufe die vorgeschriebene Anpassungszeit zu warten?

Ein Rauhzahndelphin *(Steno bredanensis)* mit Namen Kai hatte während der Probe für ein derartiges Experiment eine Tiefe von 40 Metern erreicht, als er unglücklicherweise (für *ihn* glücklicherweise) die Freiheit wählte und Dr. Norris allein in seinem Boot unterhalb der Klippen von Hawaii zurückließ. Norris hat dann andere Delphine in guter Zusammensetzung in Training genommen, von denen einer, nämlich Pono, daran gewöhnt wurde, eine Art Geschirr zu tragen, an dem ein Tiefenmesser und verschiedene andere Instrumente befestigt waren, und damit senkrecht abwärts entlang einem Ankertau zu schwimmen. Zum Beweis, daß er am Boden angekommen war, sollte er eine am Grundblei befestigte Glocke betätigen, die ein Signal zur Oberfläche geben würde. Mit anderen Apparaturen, die an dem Geschirr montiert waren, konnte Norris aus der Ferne seine atemmäßige Verfassung und seinen Blutkreislauf überwachen, ja sogar ein Elektrokardiogramm aufnehmen, das er genau untersuchen würde, um es mit den jeweils erreichten Tiefen zu vergleichen. Vielleicht würde sich nunmehr die außergewöhnliche Widerstandsfähigkeit der Wale gegenüber der Taucherkrankheit erklären lassen?

Die Dekompressionsunfälle — die Gasembolien der gefährlichen Taucherkrankheit, die den Menschen lähmen oder töten kann — entstehen durch Bildung von Gasblasen im Blut oder in den Geweben eines Tauchers, der zu rasch aus der Tiefe nach oben steigt. In diesem Fall hat das unter Tiefendruck stehende, in seinem Organismus gelöste träge Gas (Stickstoff oder Helium) nicht genügend Zeit, wieder in den gasförmigen Zustand überzugehen und in normaler Weise durch die Lungen ausgeschieden zu werden, und in seinem Blut spielt sich derselbe Vorgang ab wie in einer Sektflasche, deren Pfropfen man plötzlich herausspringen läßt. Das Blut eines vorschriftsmäßig langsam dekomprimierten Tauchers entspricht dagegen dem Inhalt einer schlecht verkorkten Flasche, die ihren Druck und ihren Gasanteil ganz allmählich verloren hat, ohne daß sich eine einzige Blase entwickeln konnte.

Während den Helm-Tauchern Preßluft von geeignetem Druck zugeführt wird, gehen manche polynesischen Taucher ohne jeden Atemhilfsapparat zwanzig- oder dreißigmal täglich bis auf 30 Meter Tiefe hinab, um dort ein bis zwei Minuten lang nach Perlenmuscheln zu suchen. Dabei werden sie oft von einer ihnen unerklärlichen Krankheit befallen, die sie »tarawana« nennen.

Inzwischen haben mehrere Ärzteteams die »tarawana« an Ort und Stelle studiert, ihr einen anderen Namen — »Dekompressions-Unfälle« — gegeben und festgestellt, daß folgendes vorgeht: Bei jedem Tauchabstieg nimmt der Perlenfischer in seinen Lungen etwa 5 Liter Luft mit nach unten. Während der 2 Minuten, die er auf dem Meeresboden zubringt, füllt sich sein Blut, das normalerweise mit unter Atmosphärendruck stehendem Stickstoff — den Bedingungen an der Wasseroberfläche entsprechend — gesättigt ist, bei jedem Herzschlag wieder mit Stickstoff auf, gelöst unter *vier* Atmosphären Umgebungsdruck. Daher kehrt der Taucher mit einem etwas geringeren Lungeninhalt als 5 Liter zur Oberfläche zurück, weil das fehlende Quantum sich jetzt in verflüssigtem Zustand in seinem Blut befindet.

Folgen die Tauchabstiege zu rasch aufeinander, wird das gelöste Gas nicht vollständig entfernt, wenn der Perlenfischer oben seine Lungen durchlüftet. Die in seinem Körper gelöste Gasmenge wird von Mal zu Mal größer, bis schließlich nach einem besonders schnellen Aufstieg — meistens gegen Ende des Tages — der Spannungsunterschied zwischen dem gelösten Gas und dem in der Lunge enthaltenen Gas so groß geworden ist, daß sich das mit Gas übersättigte Blut in Form von Gasblasen entlädt. Jedes weitere Tauchen verschlimmert jetzt nur noch die Situation.

Wenn nun ein Säuger, der zufällig Polynesier und Perlenfischer seines Zeichens ist, schon nach 30 Zweiminuten-Abstiegen in 30 Meter Tiefe von Gasembolien befallen wird, müßten andere Säuger, selbst wenn es sich um Meerestiere und beispielsweise Pottwale handelt, eigentlich auf der Stelle tot umfallen, da sie doch den ganzen Tag lang doppelt bis dreißigmal so tief und zehn bis sechzehnmal so lange tauchen . . .

Der Zoologe Laurie, der an der Expedition der »Discovery« teilnahm, hatte im Jahre 1933 beobachtet, daß Blut und Urin der gefangenen Wale bei der Analyse nur einen sehr geringen Prozentsatz gelösten Stickstoffes enthielten. Weiterhin stellte er fest, daß die in einer Walblut-Probe vorhandene Stickstoffmenge (die Probe war vorübergehend der Luft ausgesetzt und dadurch rasch unter Atmosphärendruck gesättigt worden) nach der Isolierung stetig abnahm. Dies führte er auf ein im Blut aller Wale vorhandenes Bakterium zurück, das den Stickstoff bindet — vielleicht in ähnlicher Weise, wie es andere Bakterien in den Wurzeln von Hülsenfrüchten tun.

Wenn das zutrifft, wären die Wale also mit einer »automatischen Stickstoff-Dosier- und Reduzier-Apparatur« ausgerüstet, die ständig dafür sorgt, daß die gefährliche, zur Gasblasenbildung führende Übersättigung mit Stickstoff vermieden wird. Allerdings teilt der verstorbene Professor J. S. Haldane mit, »daß spätere Untersuchungen Laurie daran zweifeln ließen, daß das stickstoffregulierende Element wirklich ein Bakterium sei«; tatsächlich mußte er sich fragen, ob die berühmten Bakterien nicht womöglich erst nach dem Tod des Tieres in das Blut geraten waren.

Es gibt inzwischen eine moderne Hypothese, die größere Wahrscheinlichkeit besitzt: Wenn ein Pottwal nach langem Tauchen zur Oberfläche aufsteigt, spritzt sein erster Atemstoß mit geradezu explosiver Kraft rund 6 Meter hoch und ist 250 Meter weit zu hören. Die darauf folgenden, weniger heftigen Atemstöße sind immer noch gut sichtbar, weil das Tier eine Art Dampf oder Nebel ausbläst, der übrigens übelriechend ist und auf die Augen und menschliche Haut ätzend wirkt, wie alle alten Harpunierer bestätigen. Fraser und Purves haben sich daher gefragt, ob dieser »Blas« nicht aus stickstoffbeladenem Schaum bestehen könne. Die Kopfhöhlen des Pottwals enthalten riesige Mengen eines festen, öligen Schleimes — weit mehr als bei den weniger tief tauchenden Bartenwalen und den kleineren Zahnwalarten. Dazu besitzt der Pottwal unter der Stirn seines mächtigen kastenförmigen Kopfes noch ein spezielles, »Melone« genanntes Reservoir, das ausschließlich mit Walrat — dem berühmten »Spermaceti« — gefüllt ist; ein feines, dünnflüssiges, früher gern von den Urmachern gebrauchtes Öl, das man einst für das Sperma des Tieres hielt. (Der Pottwal heißt im Englischen »spermwhale«.)

Wozu dient nun die »Melone«? Als Stoßdämpfer oder Fender? Als Schwimmfloß? Als Schalltrichter für das Sonar? An allzu simplen

Theorien ist kein Mangel, doch die einleuchtendste meint etwa folgendes: das Spermaceti, welches als »Aerosol« (sprayartig feinzerstäubte Tröpfchen) in die Atemwege gelangt, absorbiert den gesamten gelösten und so gefährlichen Stickstoff, so daß er mit den Öltröpfchen, in denen er Blasen bildet, herausgeschleudert wird. Vereinfacht gesagt, scheint der in den Kopfhöhlen der Wale zu findende Ölvorrat in einem direkten Mengenverhältnis zur Dauer und Tiefe des für die betreffende Walart typischen Tauchens zu stehen.

Auf jeden Fall dürfte sicher sein, daß die Ausdauer der Wale beim Tauchen und ihre Immunität gegenüber Stickstoffschäden, Lähmungen und Embolien nicht von einem, sondern dem komplizierten Zusammenspiel mehrerer Faktoren abhängt, die wir gerade erst zu ahnen beginnen.

Ein weiteres Geheimnis der Wale konnte Scholander klären: Beim tauchenden Menschen setzen die Lungen auch dann ihr Werk des Gasaustausches fort, wenn sie durch den Außendruck auf ¼ ihres Normalvolumens zusammengepreßt werden, und ebenso geht der Kreislauf — allerdings verlangsamt — weiter. Im Gegensatz dazu werden die Lungen eines getauchten Wales inmitten des schwachen Brustkorbes derart zwischen Zwerchfell und Eingeweiden zusammengedrückt, daß das Volumen der Lungenbläschen, in denen sich der Gasaustausch vollzieht, beinahe auf Null reduziert wird. Scholander erläutert dazu: das bei einem Wal von 70 Tonnen Gewicht gemessene Lungenvolumen betrug 2000 Liter, dazu kamen 200 Liter für die Hohlräume von Luftröhre und Bronchien. Wenn der Wal auf 100 Meter Tiefe geht und damit einem Außendruck von 11 Atmosphären ausgesetzt ist, wird der gesamte Lungeninhalt in die nicht-eindrückbaren Hohlräume der Luftwege gedrängt, wo die gegenseitige Durchdringung von Gasen nur außerordentlich langsam verläuft, während der Gasaustausch in der gänzlich zusammengepreßten Lunge ja ohnehin ausgeschaltet ist. Gleichzeitig wird der Blutkreislauf, wie wir schon wissen, um ⅔ verlangsamt, wodurch sich die Absorption des wenigen Gases, das sich zu lösen vermag, weiter verringert und auch der Gasaustausch von einem Gewebe zum anderen eingeschränkt wird. Hier aber drängt sich uns unweigerlich eine entscheidende Frage auf: Wie schaffen es denn die Wale, ihre Muskeln während des langen Tauchens mit dem nötigen Betriebselement Sauerstoff zu versorgen? Das ist ihr letztes Geheimnis. Der tauchende Mensch, der vor seinem

Abstieg in die Tiefe besonders lange, stark und gründlich durchatmet, reichert das Hämoglobin seines Blutes mit einem Sauerstoffvorrat von 41% und das Myoglobin seiner Muskeln mit 13% an, während der Rest in die Lungen (34%) und in andere Gewebe (12%) geht. Dagegen speichern die Wale mit ihren praktisch leeren Lungen und ebenso ungefüllten sonstigen Geweben nicht nur die gleichen 41% Sauerstoff in ihrem Blut, sondern nach Prof. Slijper noch dazu die außerordentlich große Menge von weiteren 41% im Myoglobin. Beim Abwärtsstart vom Meeresspiegel aus nehmen sie in ihren Muskeln daher einen Brennstoffvorrat mit in die Tiefe, der dem des besten Perlenfischers ums Dreifache überlegen ist.

Die Intellektuellen des Meeres

Schon im Kapitel V hatten wir im Zusammenhang mit der Sprache der Delphine einen Vorgeschmack bekommen, was für hitzige Kontroversen unter den engagierten Delphinologen (und gibt es etwa nicht-engagierte Delphinexperten?) auszubrechen pflegen, wenn auf ihren Versammlungen das Thema der hohen Intelligenz der Delphine zur Diskussion steht.

Die Beweisführungen gingen dabei vor allem von der neuro-cerebralen Ausstattung der Wale aus, von Bau und Leistung des Nervensystems und Gehirns also. Man wollte folgende Frage klären: Welches verstandesmäßige Niveau können die Delphine erreichen, wenn man die bei Säugetieren normalerweise mit Größe und Struktursonderheiten des Gehirns verbundenen Fähigkeiten zugrunde legt.

Wir wollen das Problem diesmal von einer anderen Seite her angehen: Gibt es im Verhalten der Delphine irgendeine wissenschaftlich beobachtete und bestätigte Tatsache, die eine gewisse Intelligenz der Tiere beweist, und wenn ja — was kann man vernünftigerweise daraus folgern?

In den Diskussionen über die anatomischen Befunde hatte es im Lager derjenigen, die das Vorhandensein überlegener Intelligenz bei Delphinen bestreiten, eine ganze Reihe gewichtiger Stimmen gegeben. Das sollte uns jedoch nicht beirren. Denn den »Kontras« stehen ebensoviele Fürsprecher von gleichem Rang gegenüber, hochdekorierte Spezialisten, die Mitglieder ebensovieler wissenschaftlicher Gesellschaften und Verfasser ebensovieler wissenschaftlicher Arbeiten sind. Welches Gleichgewicht wird sich also einstellen, wenn es gilt, das Verhalten der Zahnwale zu interpretieren?

Wenn die großen Encyklopädisten bei mangelnder Sachkenntnis noch bis Ende des letzten Jahrhunderts schrieben: »... die Intelligenz der Delphine erscheint ziemlich abgestumpft, doch ist der mütterliche Instinkt gut entwickelt«, dann hatte Friedrich Cuvier, der alles zusammentrug und prüfte, was die Wissenschaft seiner Zeit über Wale wußte, im Gegensatz hierzu folgende Meinung: »Ihre Handlungen lassen eine bemerkenswerte Intelligenzentwicklung erkennen; unter den Walen scheinen die Delphine den bedeutendsten Gebrauch von ihren geistigen Fähigkeiten zu machen und mit der größten Leichtigkeit und Gründlichkeit die Natur jener Umstände abzuschätzen und zu nutzen zu wissen, in denen sie sich befinden.« Keine üble Definition von »Intelligenz«!

A propos »Definitionen«: in den Wörterbüchern findet sich als Definition des Begriffes Intelligenz = »die Fähigkeit, zu erkennen und zu begreifen«, aber diese Definition, die von Menschen für Menschen entwickelt wurde, paßt besser in ein Wörterbuch als in unsere Diskussionen. Ich für meinen Teil bleibe lieber bei der Auffassung, daß es eine Intelligenz »an sich«, eine Intelligenz »mit großem I« ebenso wenig gibt wie etwa eine Wahrheit »an sich«. Was wirklich existiert, sind zahllose verschiedene Arten von Intelligenz, ebenso zahlreich wie die verschiedenen Arten verständiger Lebewesen. Reysenbach de Haan erinnert noch einmal: »Dort, wo es eine Sprache gibt, gibt es auch Bewußtsein«, und er hält es »für höchst wahrscheinlich«, daß bei den Zahnwalen eine oder mehrere komplizierte Sprachen entwickelt sind, was durch zahlreiche unanfechtbare Beispiele auch von anderer Seite her unterstützt wird und was der Psychologe Jarvis Bastian unlängst auch experimentell nachgewiesen hat. Die Delphine besitzen ein Bewußtsein und somit Intelligenz — eine Intelligenz, die in ihrem Gehalt und ihren Erscheinungsformen zwar von der menschlichen verschieden ist, aber ohne daß diese Verschiedenheit eine Rangfolge darstellen sollte. Es gibt keine objektiven Normen, um die Grenzen oder auch nur die Wahl der Mittel zu bewerten, mit der die jeweiligen Arten von Intelligenz unter den speziellen Umständen, für die sie geschaffen sind, ihr Ziel erreichen. Sonst kämen wir zu dem Schluß: »Na, Herr Einstein, wenn Sie so klug wären, müßten Sie doch eigentlich mehr als 435,— $ pro Woche verdienen«, was — auf die Delphine bezogen — etwa bedeuten würde: »Sie bauen doch nichts, haben noch gar nichts Bleibendes geschaffen, und auf jeden Fall haben sie kein Fernsehen.«

»Jedem seine eigene Intelligenz«, sollten wir mit Pirandello sagen und nicht versuchen, den Verstand des Delphins über oder unter denjenigen eines Schimpansen oder eines normalen Mitteleuropäers einzuordnen. Ohne ein Werturteil zu fällen, wollen wir uns lediglich bemühen, ihn kennenzulernen und zu beschreiben.

Alle, die lange und gründliche Bekanntschaft mit Walen gemacht haben, zollen ihrer Intelligenz hohen Respekt. Die alten Walfänger und Herman Melville wußten, daß ein einmal harpunierter, aber nicht tödlich getroffener Pottwal sich niemals mehr erwischen lassen würde. Sie wußten, daß ein einmal aufgeschreckter Pottwal stets gegen den Wind flüchtet, wohin ihm ein rah-getakeltes Schiff nicht folgen konnte (bei Flaute floh er genau in die Richtung, aus der der Wind zuletzt geblasen hatte). Sie wußten, daß die Wale ihre Warnbotschaften augenblicklich über einen Umkreis von 6 bis 7 Meilen verbreiten konnten, und daß die Herde dann entweder mit allgemeiner Flucht oder aber — auf welchen Befehl wohl? — mit einer gut organisierten Hilfsaktion reagierte.

Erfahrung hatte sie die Benutzung von »drag irons« gelehrt, von Spezialharpunen, mit denen man junge Pottwalkälber festhaken konnte, ohne sie sogleich zu töten. Dadurch hatten sie Gelegenheit, auch die Mutter und manchmal noch weitere Weibchen zu erbeuten, die sich bemühten, das Seil zu zerreißen und das Junge zu befreien.

Walfänger waren es auch, die uns erst dieser Tage die Geschichte jener Schwertwale überliefert haben, die von einem verwundeten Artgenossen gewarnt wurden, die eine Harpunenkanone zu identifizieren vermochten und sich sorgfältig außerhalb der Reichweite dieser Boote hielten — d. h. nur *der* Boote, die eine Harpunenkanone auf dem Vorschiff hatten.

Begreifen demgegenüber die Bartenwale weniger rasch? Wandernde Grauwale benötigen mehrere Jahre, ehe sie lernen, auf ihren regelmäßigen Wanderzügen neugegründeten, ortsfesten Walfangstationen an der Küste auszuweichen, tun dies dann allerdings in weitem Bogen.

Kontakte zu Delphinen, die wir seit der Antike verloren hatten, verdanken die heutigen Wissenschaftler kommerziellen Unternehmen wie Seaquarium, Marineland, den Marine Studios und anderen Arten von Salzwasser-Zirkus. Für den Touristen bedeuten sie eine angenehme Zerstreuung, für den Forscher jedoch Betätigungsfeld und Beobachtungsmöglichkeiten ohnegleichen.

Als eine Gruppe von Finanzleuten auf Anregung William Rollestons 1938 das Marineland of Florida in St. Augustin gründete, glaubten nur wenige, daß diese Einrichtung Bestand haben könnte. »Eintritt bezahlen, um sich Fische anzugucken? Wohl nicht ganz bei Trost!« —

Heute gibt es über ein Dutzend Salzwasser-Arenen in den Vereinigten Staaten, die sämtlich Schauprogramme mit Delphinen in den Starrollen zeigen. Es gibt sie auch auf Hawaii, in Südafrika, in Australien und in Europa, in Deutschland baute der Zoo von Duisburg sogar ein erstes Delphinarium tief im Binnenland, und überall drängen sich die Zuschauer.

Dennoch hatte der weitschauende Mr. Rolleston keineswegs etwas Neues erfunden. Wußte er vielleicht, daß einst ein griechischer Geschäftsmann, der den guten Verdienst witterte, der sich aus der aufsehenerregenden Freundschaft seines Sohnes — des von Oppian und Pausanias bewunderten Sprößlings Porosolenes — mit einem gleichaltrigen Delphin schlagen ließ, die gegenseitigen Beziehungen der beiden von Anfang an so förderte, daß daraus »ein Schauspiel für Besucher und eine gute Einnahmequelle für die Eltern wurde«? Wußte er womöglich, daß die Einwohner von Rimini in Italien »im 16. Jahrhundert einen Delphin am Ufer der Adria fanden, der eine Viertelmeile vor der Stadt auf dem trockenen Sand gestrandet war und den sie lebend nach Rimini brachten, wo er sich noch drei Tage lang hielt«? — »Wenn es wahr ist, was darüber erzählt wird, haben die, die den Delphin dorthin geholt hatten, eine große Summe Geldes damit verdient, ihn zu zeigen; denn jeder, der ihn sehen wollte, spendete einige Münzen.«

Das Seaquarium in Miami ist mit seinen drei verschiedenen Delphin-Shows, mit seinen Aquarien, in denen tropische Fische aller Art ihre bunten Farben schillern lassen, mit seinen Tigerhaien, Seekühen und seiner Dschungelszenerie zweifellos das bemerkenswerteste Unternehmen im Rahmen dieser modernen Superattraktionen des Schaugeschäftes. Zu diesem Erfolg hat Roger Conklin als Public-Relations-Chef ohne Frage sehr viel beigetragen; und er erfüllt seine Aufgabe um so leichter, als er persönlich ein leidenschaftlicher Liebhaber der Delphine, des Meeres und der Natur überhaupt ist, der selbst den Gleichgültigsten zu begeistern vermag. Conklin war es übrigens auch, der mich in Miami mit Adolf Frohn bekannt machte.

Adolf Frohn, ein Sohn, Enkel und Urenkel von Dompteuren, wurde in einem Zirkuswohnwagen in Hamburg geboren. Während des Krieges arbeitete er für die amerikanische 3-Manegen-Schau Barnum & Bailey mit Seelöwen, doch da der Unterhalt der Robben im Kriege schwierig wurde, wechselte er nach Marineland über, wo Delphine gehalten wurden. Damals spielten die Delphine nur miteinander herum, aber Frohn erfaßte sofort, wie vorteilhaft diese Tiere unter der Zirkuskuppel einzusetzen wären. Er ermunterte sie bei den von ihnen selbst inszenierten Spielereien, lenkte sie in geordnete Bahnen, und bald schob Flippy — sein erster Schüler — ein Floß mit einem attraktiven Pin-up-Girl quer durch das Bassin. Das Publikum war begeistert.

Frohn war also der erste Regisseur (es widerstrebt einem, in diesem Falle von Dompteur zu sprechen), der die Delphine ins Showbusiness einführte. »Von allen Tieren, mit denen ich gearbeitet habe, lernen sie am schnellsten, das zu tun, was man wünscht«, sagte er mir.

O. Feldman, der Trainer des berühmten Fernsehstars Flipper, ist genau der gleichen Meinung: »Sobald ich ihm begreiflich machen kann, welchen neuen Trick ich von ihm erwarte, führt er ihn aus und wird ihn niemals mehr vergessen. Selbst wenn ich ihm das Kommando — manchmal nur ein einfaches Schnippen mit dem Finger — sechs Monate später gebe, wiederholt er exakt den gleichen Trick.« Und Wissenschaftler, die Delphine zur Mitwirkung bei komplizierten Experimenten heranzuziehen hatten, gelangten zu demselben Schluß: Delphine sind aufmerksame und lebhafte Versuchstiere, die sich für alles interessieren. »Die Geschwindigkeit, mit welcher Delphine lernen, scheint der des Menschen vergleichbar«, sagt Dr. Lilly.

Frohn hat seine Delphine dazu gebracht, 5 Meter hoch zu springen, um eine Glocke zu läuten, eine frische Makrele zu erhaschen oder ganz vorsichtig eine Zigarette aus seinem Mundwinkel zu nehmen. Er läßt sie — den Körper vollständig außerhalb des Wassers — auf dem Schwanz aufgerichtet rückwärts schwimmen, durch papierbespannte Reifen springen und — als die denkbar unnatürlichste Sache für sie — aus dem Wasser heraus aufs Land kriechen. Zum Vergnügen der Zuschauer dürfen sie sich auch in einfachen menschlichen Spielen bewähren — Kegeln, Korbball, Decktennis usw. —, wobei ihre akrobatische Geschicklichkeit sie rasch zu Könnern werden läßt.

In der Sea World von San Diego führen Delphine ein erbauliches Bühnenspiel mit vier Nixen als Partnerinnen auf. Erster Akt: Gemeinsames anmutiges Ballett als Ausdruck paradiesischen Unterwasser-Daseins. Zweiter Akt: Ein ungehobelter Angler erscheint. Dritter Akt: Die Delphine sammeln seine fortgeworfenen Butterbrotpapiere und Bierflaschen ein. Vierter Akt: Tief beschämt wird der unglückliche Tourist zu Liebe und Ehrfurcht vor der Natur bekehrt. Ende der Vorstellung.

Im Sea Life Park auf Hawaii führen Eingeborenenmädchen in ihren »Pareos« eine moderne Fassung der Geschichte von Arion auf, und tatsächlich gibt es wohl nur wenige Darbietungen, bei denen man so hübsche und so intelligente Geschöpfe nebeneinander bewundern kann.

Und immer und überall ist die einzige Belohnung während der Unterrichtstunden ein Fisch, ist die einzige Strafe: *kein* Fisch. Ist später aber das Spiel einmal erlernt und verstanden, dann besteht die größte Belohnung in der Freude an der spielerischen Betätigung selbst. Dr. Wood hat z. B. beobachtet, wie ein Delphin eine schwierige Rolle einen ganzen Tag lang — alles in allem während 6 Vorstellungen — absolvierte, ohne einen einzigen Fisch dafür entgegenzunehmen. »Niemals«, sagt Frohn, »werden Sie bei einem Delphin etwas durch Zwang erreichen. Wenn Sie versuchen, ihn zu zwingen, wird er jeden weiteren Kontakt mit Ihnen ablehnen, sich in die gegenüberliegende Ecke des Bassins zurückziehen und Sie nicht mehr beachten. Bleiben Sie bei Ihrer Einstellung, wird er in den Hungerstreik treten und eher sterben als nachgeben und etwas tun, was ihm nicht gefällt.«

Wie sehr es diesem Mann gelungen ist, die Zuneigung seiner Delphine zu gewinnen, wurde mir deutlich, als Conklin und ich eines Tages im Seaquarium versuchten, in ungeschickten Anbiederungsbemühungen Freundschaft mit zwei Delphinen zu schließen, die zur Rekonvaleszenz in zwei kleinen Sonderbassins untergebracht waren. Sie nahmen unser Streicheln lediglich mit höflichem Interesse entgegen, und auf unsere Aufforderung gingen sie in die übliche Souvenir-Foto-Pose ohne jede Begeisterung. Plötzlich sind sie wie umgewandelt: Beide Delphine richten sich halben Leibes aus dem Wasser hoch, sind sichtlich aufgeregt und rufen, während ihre Augen auf eine bestimmte Stelle der Wand gerichtet sind. Wenigstens 20 Sekunden lang bleiben sie in dieser Erregung — worauf warten sie nur? Da kommt Adolf Frohn um die Ecke. Sie haben ihn nicht kommen sehen, sie haben ihn nicht gewittert, denn sie besitzen keinen Geruchssinn; sie haben ihn nicht geortet, denn ihr Sonar funktioniert nur unter Wasser, und dennoch wußten sie bedeutend früher als wir, daß der Mann, den sie als Freund schätzen gelernt hatten, im Anmarsch war! Und nun, da er eingetroffen ist, zeigen sie die freudig-begeisterte Aufregung kleiner Kinder, die dem von der Arbeit heimkehrenden Vater entgegeneilen, um ihm um den Hals zu fallen. — Wenn mir aber Adolf Frohn von seinen Schützlingen erzählt, von einer Krankheit oder einer Operation, die ihn Tag und Nacht an ihrer Seite wachen ließ, dann heißt es »my little girl« hier und »my little boy« da, und das klingt aus seinem Munde ganz natürlich und selbstverständlich.

Das Interesse an solcher Art Meeres-Zirkus ist also groß. Es ist zudem doppelter Natur: einmal lernt das Publikum, die Delphine und die Natur im allgemeinen besser zu verstehen und zu achten, andererseits werden sie durch ihre jedem Interessenten offenstehenden wissenschaftlichen Einrichtungen zu Laboratorien von besonderem Rang.

Von der Brücke eines Schiffes aus hatten die Zoologen freilich auch schon früher feststellen können, daß Zahnwale gesellige Tiere sind, daß sie nach den Befehlen eines Anführers wie gut gedrillte Regimenter manövrieren, daß sie Pfadfinder zur Erkundung verdächtiger Gebiete vorausschicken, daß sie die kampfstarken Herdenmitglieder nach außen, die Schwächeren dagegen in der Mitte gruppieren usw. Auch vom Land aus hatte man schon beobachtet, daß Grindwale morgens gemeinsam in ihre Jagdgefilde zogen und sich dort zerstreuten und fraßen, abends jedoch wieder eine Gruppe bildeten und dorthin zurückschwammen, woher sie gekommen waren.

Man hatte gesehen, wie ca. 30 pazifische Schwertwale in einer von Blut geröteten See ihre Gefangenen — eine Gruppe von 100 Delphinen — umkreisten wie Wildwestfilm-Indianer die Wagenkarawane; ein Schwertwal nach dem anderen verließ die Formation, bemächtigte sich eines Delphins, verschlang ihn und nahm seinen alten Platz wieder ein, während sich der nächste Schwertwal in das Schlachtfest stürzte.

Solche aus der Ferne gemachten Beobachtungen gestatteten es aber meistens nicht, die Tiere mit Sicherheit zu identifizieren und die Gründe für ihre Handlungen, ihr soziales Verhalten, ihr Familienleben oder die Methoden ihrer gegenseitigen Verständigung näher kennenzulernen. Heute können die Walforscher das lebende Objekt ihrer Studien durch ein Bullauge oder sogar unmittelbar im eigenen Milieu beobachten: seine Atmung, seine Bewegungen, seine Spiele, seine Paarung und Geburt. Sie sehen die Delphine ihre Jungen säugen und behüten, sich in Gemeinschaftsverbänden organisieren, sehen sie

Kranke betreuen und sehen sie sterben. Durch diese Tag und Nacht und jahrelang durchgeführten Beobachtungen konnte unser heutiges Wissen über das Herdenleben der Delphine, über ihre individuellen Unterschiede und über ihre Intelligenz in allen Einzelheiten zusammengetragen werden.

Margaret Tavolga verfolgte fast 5 Jahre lang die Geschehnisse in einer gefangengehaltenen Gruppe von *Tursiops truncatus*, die sich anfangs aus 1 Männchen und 4 Weibchen zusammensetzte, zu denen im Laufe der Zeit weitere 8 Jungtiere beider Geschlechter hinzukamen. Sie stellte eine deutliche Rangordnung fest: bestimmte Tiere dominierten über die anderen in dem Sinne, daß sie selbst sich als aggressiv und frei von jeder Ängstlichkeit erwiesen; ohne jemals bedrängt zu werden, durften sie die übrigen Herdenmitglieder drangsalieren und ihnen augenscheinlich ihren Willen aufzwingen. Das erwachsene Männchen herrschte über die gesamte Gruppe, nach ihm kamen die erwachsenen Weibchen, unter diesen die jüngeren Männchen und dann die Jungtiere.

Das alte Männchen — an sich ein Tier von ruhigem und friedlichem Wesen — zeigte seine Kraft nur, wenn es herausgefordert wurde, z. B. durch ein junges Männchen, das einen Fisch wegschnappte, den der Anführer schon selbst aufs Korn genommen hatte, oder durch ein anderes, das sich zu nahe an eines seiner Weibchen heranmachte. Im allgemeinen genügte ein geräuschvolles Klappern mit den Kiefern, um den Halbstarken den Rückzug antreten zu lassen. Blieb der andere jedoch bei seinem Kurs, folgte ein Schnauzenstoß, ein leichter Biß oder ein wuchtiger Schwanzschlag, der ihn an die Bassinwand schleuderte. Nach einer solchen Lektion verhielt sich der Jungdelphin ein paar Tage lang ruhig. Das alte Männchen schwamm meistens allein für sich oder — im Frühling — gemeinsam mit den Weibchen.

In der Weibchengruppe gab es eine schier unermüdliche Rädelsführerin, der die anderen bei allen Spielen nachfolgten. Ein anderes, passives und in sich gekehrtes Tier führte abseits von allen übrigen ein ruhiges und zurückgezogenes Leben.

Eine eigene Clique bildeten die jungen Männchen, die sich lebhaft und oft unbesonnen in die Unternehmungen der Alttiere einmischten. Dieser Klub hatte einen eigenen Anführer, der mitunter die Rolle eines echten Clowns spielte.

Die jüngsten Tiere verließen während der ersten Lebensmonate kaum den Schatten ihrer Mutter. Später wagten sie sich etwas weiter fort, um mit anderen Delphinjungen zu spielen, doch bis zum Alter von 1½ Jahren eilten sie immer noch schleunigst schutzsuchend unter ihre Mama, wenn irgendein Anzeichen von Gefahr auftauchte oder wenn sie gerufen wurden. Mit 4 bis 6 Monaten begannen sie die ersten Fische zu fressen, wurden daneben aber noch lange Zeit weiter gesäugt. Erst im 18. Lebensmonat oder — falls die Mutter erneut trächtig war — etwas früher wurden sie fortgestoßen, wenn sie nach den Zitzen suchten. Die Tragzeit der Delphine beträgt fast 12 Monate, Zwillinge sind eine seltene Ausnahme.

Wenn ein Delphin geboren wird, bilden die erwachsenen Herdenmitglieder einen Kreis, um das Junge und die durch Wehen behinderte Mutter gegen Haie zu schützen, die manchmal im gleichen Bassin gehalten und durch die leichte Blut»wolke« angelockt und erregt werden. Margaret Tavolga hat ein erstgebärendes junges Delphinweibchen beobachtet, dem seine eigene Mutter beistand und es während der letzten Trächtigkeitsmonate, während der Geburt und während der ersten Wochen des Säugens nicht einen Augenblick lang allein ließ. Wo eine solche »Großmutter« fehlt, findet sich für jedes Delphinbaby von Geburt an außer seiner Mutter auch noch eine »Patentante« — ein anderes Weibchen, das sich seiner ganz annimmt, falls die Mutter einmal verhindert ist, z. B. durch Futtersuche oder einen »Auftritt« in der Show. Wenn ein Mutterdelphin eingeht, wird das Junge automatisch von der »Patentante« adoptiert. Manchmal gibt es unter ihnen regelrechte »baby-sitter«, die sich um 2 oder 3 Junge gleichzeitig kümmern und so Tag und Nacht voll in Anspruch genommen sind.

Wenn sie einmal Mütter geworden sind, widmen die Delphinweibchen ihre ganze Zeit den Jungen. Sie halten den Nachwuchs von jedem neuen oder unbekannten Objekt sorgfältig fern, während die übrigen Alttiere in dicht geschlossener Abwehrformation und unter Anführung eines Spähers (fast immer das gleiche, vorwitzige Weibchen) beginnen, die fremde Erscheinung mit Auge und Sonar zu untersuchen.

Mit Schnauzenstößen bringen sie ihre Jungen am entgegengesetzten

Die US-Navy arbeitet weiterhin am Studium des Sonars der Delphine. Die vom Menschen erfundenen Apparate sehen neben dem Organ des Delphins wie plumpe Prototyp-Modelle aus (Foto: US Navy).

Ende des Bassins in Sicherheit, wenn die erwachsenen Delphine mit Sprüngen oder unsanften Spielen beginnen. Während der ersten Tage legt sich das Muttertier zum Säugen auf die Seite, dann wird das Junge geschickter und trinkt von unten, ohne die Mutter beim Schwimmen zu behindern. Wenn sich das Junge entfernt, wird es zurückgeholt; tut es dasselbe noch einmal, gibt es Prügel bzw. die Unterwasserversion von Prügel: die Mutter drückt das Junge ca. 30 Sekunden lang auf den Bassinboden oder nimmt es — gerade umgekehrt — zwischen die Flipper und hält das zappelnde Wesen nun 30 Sekunden lang über Wasser. Das genügt in allen Fällen, um den Schlingel wieder zur Räson zu bringen.

Zum Liebesspiel ist der Delphin im Gegensatz zum Menschen nicht zu jeder Jahreszeit aufgelegt. Wie mir Conklin einmal sagte, zeigt der Delphin aber ebenso viel Erfindungsreichtum und Begeisterungsfähigkeit und oft genug mehr Zartgefühl als wir. Roger Conklin hat Stunden und Tage an den großen Bullaugen des Seaquarium von Miami damit zugebracht, seine geliebten Delphine zu beobachten, und wenn er davon erzählt, sind seine Angaben ebenso exakt wie poetisch: »Man muß es gesehen haben! Wenn ein Männchen ein Delphinweibchen bemerkt, sucht er es zu begleiten — zunächst diskret und aus der Ferne, dann allmählich aus größerer Nähe. Wenn er nicht gänzlich ignoriert wird, beginnt er schließlich eine Art von Verführungstanz, wobei er seinen ganzen Körper in schlängelnde Bewegungen versetzt, sich zu einem S gekrümmt um das Weibchen herumdreht oder sich plötzlich ganz gerade vor ihm im Wasser aufrichtet. Fühlt er sich ermutigt, und zeigt sich auch das Weibchen von seiner charmanten Seite, entsteht alsbald ein Liebespaar, das von nun an über Tage und Wochen nur noch füreinander und miteinander lebt. Unter tausend kleinen Neckereien schwimmen sie gemeinsam dahin, knabbern sich gegenseitig an den schnabelförmigen Schnauzen, streicheln sich Kopf und Körper mit den Schwanzfluken. Oft läßt er seinen Körper langsam Bauch an Bauch an dem ihren entlanggleiten, tätschelt mit seiner Flosse ihren Leib und die Geschlechtsregion.

Bild oben: Älteste künstlerische Darstellung des Delphins aus der Altsteinzeit in der Grotte von Levanzo, Egadi-Inseln (Sizilien) (Foto: Gianni, Levanzo).

Bild unten: Eine französische Schiffsskulptur: Delphine bringen die Jungfrau Amphitrite zu Poseidon, als sie sich der Hochzeit mit dem Meeresgott widersetzen will (Marine-Museum, Paris).

Ebenso gut kann aber auch sie es sein, die in gleicher Weise das Männchen liebkost und sanfte Schnauzenstöße gegen seinen Körper führt. Mitunter entfernt sich das Männchen mit gewaltigen plötzlichen Schwanzschlägen, um Anlauf zu nehmen; kehrt im Halbkreis zurück und stürzt sich auf sie. Im letzten Augenblick aber — Sekundenbruchteile vor dem Zusammenprall — schwenkt er leicht zur Seite, so daß nur seine Körperunterseite im Vorübergleiten an der Körperunterseite seiner Partnerin entlangstreicht. Aufs neue schießt er davon, doch man sieht, daß sich sein Blasloch vibrierend öffnet und schließt: er ruft sie — und sie hört seine Rufe und antwortet.

Jetzt schweigt er, und sie schwimmen aufs neue zusammen, und diesmal ergreift das Weibchen die Initiative: es schnellt sich im Hochsprung vollständig aus dem Wasser, und als es zurückfällt, ist nun das Männchen zur Stelle — genau dort, wo sein weißer Bauch die Berührung des wiedereintauchenden anderen Bauches erfährt. Beide sind bereit. Ein letztes Mal stößt das Delphinweibchen mit der Schnauze sanft gegen die Geschlechtsregion des Männchens, streichelt sie mit der Flosse, und aus der sich öffnenden Bauchfalte tritt das erigierte Organ hervor. Sie wechselt neben das Männchen, legt sich auf die Seite, die Tiere vereinigen sich, werden ein Fleisch, ein Körper und schwimmen in einem langsamen, gleichmäßigen Rhythmus dahin. Mit jeder Bewegung dringt er in sie ein, und eng umklammert erscheinen die beiden nun fast menschlich.«

Und abweichende Varianten von der »normalen« Sexualität? Sind sie wirklich ausschließlich »menschlich«, betreffen sie nur den Menschen?

Nun, Delphine betätigen sich laufend homosexuell, selbst wenn sie von paarungswilligen Weibchen umgeben sind. Auch Masturbation kommt vor, indem sie sich an allen möglichen Gegenständen reiben, die sie finden; ferner fand man Sodomie, bei der sich die Delphine für gewöhnlich erfolglos an Rochen, Muränen, Sandhaie oder Schildkröten heranmachen. Dies alles hindert sie freilich nicht, sich einen Augenblick später »wie alle anderen« in »ganz normaler Weise« wieder Flirts und Liebesspielen hinzugeben, und zwar mitunter mit Delphin- oder Tümmlerweibchen einer anderen Art — z.B. ein Männchen des Atlantik-Delphins *Tursiops truncatus* mit einem *Lagenorhynchus*-Weibchen aus dem Pazifik.

Die moderne Psychologie bewertet die Elastizität des Verhaltens und

die Fähigkeit, sich erfolgreich unvorhergesehenen Umständen anzu-
passen, als eine Entwicklungsstufe beachtlicher Intelligenz.

Freilich zeigen Delphine manchmal auch einen ausgesprochenen Mangel an Flexibilität des Verhaltens, auf den die »Kontras« gern hin-
weisen, da er in menschlicher Sicht ganz unvernünftig erscheint. Wie
sie berichten, hat man z. B. gesehen, daß Delphinmütter in freier
Wildbahn tage- oder wochenlang ein totes Junges vor sich herge-
schoben und an der Wasseroberfläche gehalten haben. Das ist zweifellos wahr, denn schon von den Griechen werden entsprechende Beobachtungen überliefert, und man hat sogar bemerkt, daß Delphine
irgendwelche Gegenstände, u. a. den Kadaver eines kleinen Haifisches
adoptiert und herumgestoßen haben. Auch das ist wahr, aber wie
viele alte Jungfern übertragen nicht ihre unausgefüllten Mutter-
instinkte auf irgendeinen Schoßhund? Und was ist die erste Reaktion
jener Frau, der man den Tod des geliebten Kindes mitteilt? Sie wei-
gert sich — nein, nein, es ist nicht wahr! —, die Nachricht zu glauben; mit allen Kräften versucht sie, die Gedanken daran von sich zu
weisen, und in Fällen leichten Schwachsinns ist schon manches Mal
beobachtet worden, daß auch sie den kleinen Leichnam weiterhin an
sich preßt oder daß sie fortfährt, eine leere Wiege weiter zu schaukeln.
Können wir also diese Art leidenschaftlichen Wahns, die bei einer
verzweifelten Frau je nach Lage des Falles als »höchste Liebe«, »wunderbare Hingabe« oder »ergreifendes Opfer einer Mutter« bezeichnet
wird, bei einem verzweifelten Delphinweibchen »blinden tierischen
Instinkt« nennen?

Im übrigen ist das Argument der Flexibilität des Verhaltens ein zwei-
schneidiges Schwert, und gerade die zweite Schneide erscheint heut-
zutage als die schärfere. Seit man das Leben der Delphine zu allen
Tagesstunden beobachtet, ist eine Fülle von Beispielen für die per-
fekte Anpassungsfähigkeit ihres Verhaltens gesammelt worden. Ein
paar davon — ausgewählt unter hundert anderen — sollen hier wiedergegeben werden, da sie die Fähigkeit zur Überlegung und die Anwendung der Schlußfolgerung aus solchen Überlegungen zur Lösung
komplizierter Probleme besonders deutlich machen.

Das erste Beispiel, das von Braun und Norris in wissenschaftlicher
Form im angesehenen »Journal of Mammalogy« niedergelegt ist:
Ein Delphin

1. erkor sich eine Muräne offensichtlich als neuen Spielgefährten;

2. versuchte vergeblich, sie aus ihrem Versteck zwischen zwei Felsbrocken herauszuholen, indem er ein Stück ihres Schwanzes zwischen die Zähne nahm, das jedoch herausglitt; ein zur Hilfe herbeigerufener zweiter Delphin versuchte, die Muräne von der anderen Seite ihrer Höhle her zu erschrecken und herauszutreiben;

3. schob daraufhin einige Augenblicke Pause an der Wasseroberfläche ein, vielleicht um zu überlegen;

4. tötete mit einem Schnauzenstoß in den Bauch — die einzige ungeschützte Stelle — einen mit Giftstacheln bewehrten Skorpionfisch;

5. ergriff den Skorpionfisch mit dem Maul vorsichtig am Bauch;

6. stach mit den Giftstacheln des Skorpionfisches in den Schwanz der Muräne;

7. ließ den Giftfisch dann fahren, um die Muräne zu erhaschen, die jetzt ins offene Wasser zu entkommen versuchte;

8. spielte mit der Muräne, die er aus dem Wasser herausschnellte und wieder auffing, bis er anscheinend keine Lust mehr dazu hatte;

9. überließ die Muräne sich selbst.

Mit anderen Worten: Man darf folgern, daß der Delphin, der weder Muränen noch giftige Fische frißt, eine eigene Technik »erfunden« hat, um ein neu auftauchendes Problem mit den verfügbaren Mitteln zu lösen. Erst hatte er die Unterstützung eines Gehilfen herbeigerufen, dann hat er einen Trick ersonnen, einen Verteidigungsmechanismus geschickt überspielt und ein wirksames Werkzeug benutzt, und das alles nur um des Vergnügens eines Spielchens willen.

Wozu müßte ein solcher Delphin erst imstande sein, wenn sein Leben in Gefahr wäre oder wenn man die Umstände der gestellten Aufgabe veränderte und die Zahl der verfügbaren Werkzeuge vergrößerte?

Nun, genau das werden wir sogleich kennenlernen, denn unsere anderen Beispiele für verständiges, wirkungsvoll den Umständen angepaßtes Verhalten betreffen die gegenseitige Hilfe, wie sie sich alle Wale bei ernster Gefahr leisten.

Die Grundübung aller Hilfsmaßnahmen besteht darin, einen verwundeten oder betäubten Artgenossen stützend an die Wasseroberfläche zu halten, damit er Atem holen kann. Wenn nur ein Delphin da ist, schiebt er sich unter seinen angeschlagenen Kameraden. Sind jedoch zwei Helfer verfügbar, faßt jeder mit einem Flipper (Vorderflosse) unter einen Flipper des Kranken und bleibt notfalls tagelang an seiner Seite. Wenn genügend Tiere vorhanden sind, erfolgt hin und wieder paarweiser Schichtwechsel. Dieses Verfahren ist schon hundertfach bei allen Walarten festgestellt worden, die man bisher daraufhin beobachten konnte. Es wird nicht nur gegenüber Artgenossen angewandt, sondern — wie man oft gesehen hat — auch gegenüber Tieren anderer Art und Gattung, die aus anderen Ozeanen nun ins gleiche Bassin verschlagen worden sind. In den Delphinstationen holt man daher gern den physischen und moralischen Beistand anderer Delphine ein, wenn ein Tier erkrankt ist, denn Vitamine und Antibiotika allein genügen meistens nicht. Der ärztliche Beistand, den sich die Delphine untereinander leisten, geht keineswegs so blindlings vor sich wie die Verfahren der Medizinmänner und Wunderärzte mit ihren Allheilmittelchen und Umschlägen oder auch unserer eigenen Mediziner früherer Zeiten, die tagtäglich nichts anderes als Klistier und Schröpfkopf einsetzten.

Dr. Lilly mußte einmal einen Delphin wegen eines bestimmten Experimentes für die Dauer mehrerer Tage so gut wie unbeweglich in einem nach Maß gefertigten Behälter festlegen. Das Tier befand sich im Wasser, konnte sich aber praktisch nicht rühren, und durch Kälte waren seine Muskeln und Nerven bald so weit erstarrt, daß sie jeden Dienst verweigerten. Lilly bemerkte das allerdings erst, als er das Tier zurück in das Hauptbassin zu den anderen Delphinen setzte. Halb gelähmt stieß es hier unverzüglich das delphinische SOS-Signal aus, worauf sofort die beiden anderen Delphine herbeieilten, den Kranken in die Mitte nahmen und seinen Kopf so weit aus dem Wasser hielten, daß er atmen konnte. Er tat einen Atemzug, sackte aber sogleich wieder ab, und nun übertrugen die Hydrophone einen raschen Austausch verschiedener Pfeifsignale. Nach einigen Augenblicken dieser »Diskussion« wechselten die beiden Hilfs-Delphine ihre Taktik grundlegend: anstatt seinen Kopf weiterhin aus dem Wasser zu stemmen, schwammen sie jetzt in regelmäßigen Abständen unter dem so schwer behinderten Kranken und massierten dabei jedesmal dessen Analregion mit der Rückenfinne. Die Berührung dieser empfindlichen Stelle bewirkte ein Zusammenziehen der eingeschlafenen Muskeln, welche ihrerseits die breite Schwanzfluke nach unten bewegten, so daß der Kopf dementsprechend an die Wasseroberfläche getrieben wurde. Mit dieser seltsamen künstlichen Atmung fuhren die beiden Retter, die sich regelmäßig abwechselten, stundenlang fort.

Demnach hatte das SOS-Signal des kranken Delphins zunächst eine Sofortmaßnahme, eine Art Erste Hilfe, ausgelöst, und nachdem die unmittelbare Gefahr vorüber war, hatte das gelähmte Tier »seinen Fall« erläutert. Darauf begann eine Spezialbehandlung, die den Delphinen offensichtlich geläufig sein mußte, da sie sie unverzüglich und ohne herumzuexperimentieren anwendeten.

Lilly war es auch, der auf dem Washingtoner Kongreß noch folgendes außergewöhnliches Beispiel einer delphinischen Heilbehandlung mitteilte: »Ein Delphinsäugling, der mittels Nuckelflasche künstlich mit einer zu milchzuckerreichen Nährlösung aufgezogen wurde, litt an so schweren Blähungen, daß er nicht mehr gerade schwimmen konnte. Die vom Gas aufgetriebenen Därme bewirkten, daß er bauchoben am Wasserspiegel trieb, und er erschöpfte sich mehr und mehr dabei, diese unnatürliche Lage zu korrigieren. Da kam ein erwachsener Delphin heran, und mit ein paar kräftigen Schnauzenstößen in den Bauch des Jungen trieb er das Gas durch die natürliche Öffnung hinaus.«

William Evans berichtet einen anderen Fall: »Ein erkranktes junges Delphinweibchen setzte zeitweise mit der Aussendung der Echolot-Ortungstöne aus und stieß sich daher — orientierungslos geworden — an den Bassinwänden so heftig, daß sie blutete. Bei jedem solchen Anfall gab ein sie begleitendes Alttier sofort jede andere Tätigkeit auf und bugsierte den eigenen Körper längsseits wie ein Schutzpolster zwischen das Weibchen und die Bassinwand, und zwar so lange, bis es sicher sein konnte, daß die Krise vorüber war. Der Zustand des Weibchens verschlechterte sich allerdings, und während des 48stündigen Todeskampfes wurde sie von ihrem Begleiter jedesmal zurück zur Oberfläche gebracht, wenn sie untersank oder orientierungslos geworden war.«

Wenn demnach der »Doktor-Delphin« seinen kranken Artgenossen ausfragt, wenn er den »Fall« mit anderen Artgenossen diskutiert, eine Diagnose stellt und eine spezifische Behandlung anwendet oder anwenden läßt — sollte das dann nicht bedeuten, daß die Grenze zwischen dem als instinktiv, blind und starr definierten Verhalten einerseits und dem intelligenten Verhalten andererseits hier ein wenig überschritten wird? Und sollte das womöglich auch ein Grund dafür sein, daß das Nationale Gesundheitsinstitut, der Öffentliche Gesundheitsdienst und das Institut für Nervenkrankheiten die Untersuchungen Lillys unterstützen?

Unmittelbare Beobachtungen haben gezeigt, daß Delphine nicht von Fisch allein leben. Wenn es »keinen Sinn« gibt, zu leben, verzichtet der Delphin darauf. In der Gefangenschaft benötigt er Bewegung und Spielgelegenheit, braucht er Abwechslung. Anders als dressierte Labor-Ratten reagieren sie auf mechanische Reize nicht tagelang gleichförmig. Wenn man zu oft die gleiche, einfache Reaktion von ihnen verlangt, werden sie ihrer überdrüssig, arbeiten nicht mehr mit oder »protestieren« sogar, indem sie ihrem lästigen Plagegeist eine kräftige Dusche per Schwanzschlag verpassen. Dr. Norris von der Universität Kalifornien ist das oft genug passiert.

Da sie sehr gesellig sind, vertragen sie Einsamkeit schlecht. Ein allein in Gefangenschaft gehaltener Delphin langweilt sich zu Tode; er stellt die Nahrungsaufnahme ein und kümmert tatsächlich dahin, bis er eingeht. Wenn man ihm dagegen Gesellschaft gibt, mit irgend etwas sein Interesse erweckt und seine Tage in irgendeiner Weise ausfüllt, werden seine Lebensgeister wieder wach. Die von Brown und Norris erzählte Geschichte Paulines ist ein Beispiel dafür: Pauline — ein frisch gefangenes, leicht verwundetes Delphinweibchen — war in einer Art von Schockzustand in seinem Bassin eingetroffen. Trotz wiederholter Adrenalin-Injektionen ließ es sich willenlos sinken, wenn man es freigab. Dem Tier wurden daraufhin vier Schwimmgürtel um den Leib gebunden, um es an der Oberfläche zu halten, und so schwamm es drei Tage lang apathisch, bewegungslos und ohne Nahrungsaufnahme auf dem Wasser. Dann brachte man einen Gefährten in das Bassin — ein Männchen, das sogleich in die Nähe schwamm. Sprach es mit ihr? Sie reagierte jedenfalls sofort, bewegte sich und versuchte, zu schwimmen. Nachdem man ihr die Schwimmgürtel abgenommen hatte, begann sie — völlig steif geworden — unter großen Anstrengungen herumzupaddeln, während das Männchen sich unter sie begab, um sie von Zeit zu Zeit an die Oberfläche zu manövrieren. Mit seiner Hilfe wurde sie vollständig wiederhergestellt, und beide Tiere waren fortan unzertrennlich. Zwei Monate später starb das Weibchen jedoch an einer lange verschleppten Komplikation der Verwundung, die es seinerzeit beim Fang erlitten hatte. Mit unaufhörlichem Pfeifen betrauerte das Männchen den Tod seiner Gefährtin, umkreiste pausenlos ihren leblosen Körper und wies von diesem Tage an jegliche Nahrung zurück. Am dritten Tage ging auch dieses Tier ein. — Man hat noch niemals Autopsien an jenen romantischen Liebhabern durchgeführt, die an verzehrender Sehnsucht gestorben sind, aber Brown und Norris teilen mit, daß die von ihnen vorgenommene Sektion das »Vorliegen eines Magengeschwür-Durchbruches« ergab, und sie fügen hinzu: »Das Magengeschwür hat sich durch die Nahrungsverweigerung des Tieres so verschlimmert, daß ein Durchbruch eingetreten und es infolgedessen zu einer Bauchfellentzündung und zum Exitus gekommen ist. Vernarbte Magengeschwüre sind seitdem noch bei zwei weiteren in unserem Labor untersuchten Delphinen gefunden worden, jedoch konnte deren Entstehungsursache nicht ermittelt werden.«

»Eine Störung des Geschlechtstriebes«, könnte man jetzt vielleicht annehmen. Möglich, aber dann geschah es auch nur aus gestörtem Geschlechtstrieb, wenn Romeo und Julia am Schluß ihrer gesellschaftlichen Nöte den Tod fanden, und es wäre wirklich nicht des vielen Aufhebens wert, das unsere Literatur davon macht.

Und schließlich gibt es leidenschaftliche Zuneigung nicht nur auf sexueller Basis. Delphine haben auch schon Beweise für rein platonische Freundschaften geliefert, anscheinend nur von der Freude am Zusammensein bestimmt. In Marineland in Kalifornien lebten zwei Männchen in bestem Einvernehmen miteinander in einem von mehreren Weibchen besetzten Bassin. Eines Tages wurde ein Männchen herausgefangen, um auswärts eine Reihe von Vorstellungen zu geben, und als man es drei Wochen später wieder zurückbrachte, gab es geradezu explosive Freudenausbrüche bei den beiden wiedervereinten Freunden. Stundenlang schwammen sie hintereinander her, um gemeinsam hoch aus dem Wasser zu springen. Auch während der folgenden Tage waren sie unzertrennlich und nahmen von ihren Weibchen keinerlei Notiz — »gute alte Freunde« gibt es eben nicht nur unter den Menschen.

Außerdem ist solche platonische Art der Freundschaft nicht auf die Beziehungen von Delphin zu Delphin beschränkt. Plinius, dessen Bericht über die berühmte Freundschaft zwischen dem Kind aus Bajae und dem Delphin Simo allbekannt ist, schließt seine Darstellung folgendermaßen: ». . . als das Kind an einer Krankheit starb, kam der Delphin gramerfüllt alltäglich zum gewohnten Platze und zeigte alle Zeichen tiefen Schmerzes, bis er schließlich — woran niemand zweifeln kann — allein aus Kummer und Betrübnis verschied.«

Die Griechen bezweifelten um so weniger, »daß die Delphine früher

Menschen gewesen und die Erinnerung hieran in ihrer Seele bewahren«, denn der Beweis dafür ist — so sagen sie — die Freundschaft, die sie für die Menschen hegen. Ein Mensch kann daher bei ihnen auch den Kummer der Vereinsamung gerade so gut wie ein Delphin heilen.

Im Zoo Pickering in England war ein Delphinweibchen nahe daran, an Futterverweigerung einzugehen, nachdem es sein Junges verloren hatte. Daraufhin stiegen ein Psychiater und eine Krankenschwester in Taucherausrüstung täglich zum Tier ins Bassin und beschäftigten sich unter Wasser ausgiebig mit ihm, bis es schließlich gelang, seinen Lebenswillen wiederherzustellen. Genau die gleiche Feststellung konnten französische Forscher im Ozeanographischen Museum in Monaco machen: der dort einzeln gehaltene Delphin zeigte keinerlei eigenen Lebenswillen, wenn man ihn nicht pausenlos aufmunterte, sich nicht fortgesetzt mit ihm beschäftigte.

Zur Vereinfachung des Verfahrens gesellt man neu eingetroffenen Delphinen heute wohl in allen Ozeanarien zunächst einen zahmen, ruhigen und eingewöhnten Artgenossen bei, der dem Neuling die ersten Tips zur Lage geben und ihn vielleicht über die anfängliche Niedergeschlagenheit hinwegtrösten kann. Im Niagarafall-Aquarium ging es einigen frisch aus Florida importierten Delphinen gar nicht gut; sie waren so deprimiert, daß man die Vorführung abbrechen mußte. Man versuchte es mit Vitamingaben und anderen Therapien. Aber schließlich mußten die Tierärzte und Psychiater einsehen: diese Delphine, die hier in einem geschlossenen Gebäude hausten, hatten offenbar Heimweh nach ihren blauen Gewässern und nach der Sonne. Aus Furcht, die Tiere andernfalls zu verlieren, wurden sie deshalb rasch zu einem Kuraufenthalt nach Florida »in Urlaub« geschickt.

Nun, wenn Delphine an Krankheiten leiden, die durch Sorgen, seelischen Kummer oder geistige Überforderung hervorgerufen werden — ist das dann nicht ein gewisser Beweis dafür, daß auch sie jene Intelligenz besitzen, welche tödlich werden kann?

Genauso wie Menschen spielen, mit Bällen werfen oder auf Skiern dahingleiten — allein um des Vergnügens willen —, spielen auch die Wale.

Ihre Spiele bestehen in der Regel darin, daß sie alle möglichen Gegenstände, die ihnen in den Weg kommen, mit der Schnauze umherstoßen und -werfen oder daß sie irgendwelche am Boden befindlichen Dinge als Gleitbahn benutzen. Offensichtlich aus Vergnügen begleiten Delphine und Tümmler die Schiffe, und oft nutzen sie in ganz besonderer Weise die Bugwelle aus, um sich ohne Anstrengung vor dem Vordersteven dahintragen zu lassen. In den neuseeländischen Gewässern beobachtete Healey eine Schule von etwa 30 großen Walen, die auf den Kämmen der höchsten Brecher eine Art »surfing« (Wellenreiten) betrieben, und Caldwell sah, wie sich Delphine in der gleichen Weise vergnügten. Im Meer spielen Delphine und sogar Pottwale mit allem, was schwimmt — mit Schildkröten, Treibgut, Wrackteilen und sogar mit Kokosnüssen. In Marineland wurde eines Tages eine Auswahl herrlicher Korallenfische in das große Hauptbassin gesetzt, worauf sich die Delphine beeilten, sie einen nach dem anderen vorsichtig und zielsicher den Zuschauern zuzuwerfen. Wenn man ihnen einen Ball gibt, veranstalten sie sofort ein gemeinschaftliches Spiel.

Im Marine Studio, wo die Instandhaltung des Bassins durch Taucher besorgt wird, sind bei den jüngeren Delphinmännchen zwei Spielchen besonders beliebt. Beim ersten schwimmt man ganz still und heimlich von hinten an den Taucher heran, wickelt sich seinen Luftschlauch um einen Flipper und die Schwanzfluke und saust dann — huiiitt! — davon. Der Taucher fällt natürlich rückwärts um und verliert sogar seinen Helm, wenn man die Sache richtig anpackt und schnell genug ist — einfach herrlich! Das andere Spiel beginnt, wenn ein Taucher erscheint, um den Sandbelag des Beckenbodens zu harken: sobald die Harke unter dem Arm herausschaut, packt man den Stiel mit den Zähnen, zieht und — hat ihn schon!

Eine interessante Variation gibt es im großen Unterwasserfenster-Aquarium der Sea World von San Diego: dort zieht man vorsichtig an den künstlichen Frisuren der Nixen vom Unterwasserballett, möglichst mitten in der Vorstellung; die Haare lösen sich natürlich vom Kopf, und das ist nun wirklich zum Totlachen.

Es gibt auch Mannschaftssportarten. Man postiert sich zum Beispiel an beiden Enden eines Felsentunnels und jagt den Fisch, der sich darin versteckt hat, von einem Spieler zum anderen. Oder man bringt eine Pelikanfeder vor das Zuflußrohr, dessen Wasserstrom das Becken speist, so daß sie unter ständigem Herumwirbeln zur Oberfläche getragen wird. Dort schnappt sie der zweite Mitspieler und bringt sie wieder nach unten zum Zuflußrohr, während der andere Delphin jetzt oben den Platz des »Fängers« einnimmt.

Der Pilot eines Sportflugzeuges, welcher die Wattstrände der Südost-
küste der USA überflog, sah Delphine »Rutschbahn spielen«: in regel-
mäßiger Folge schlitterte einer nach dem anderen nach einem langen
Anlauf über eine glatte Schlickfläche.

Wir sind so stolz auf unsere famose »Wohlstandsgesellschaft«, zu der
doch erst seit kurzer Zeit ein nur kleiner Teil der Menschheit Zutritt
hat und noch dazu meist schlechten Gebrauch davon macht! Dagegen
meistern die Zahnwale ihr Leben weit besser als wir. Sie sind besser
organisiert als wir, und zwar seit langem. Die gleiche Zeit, die wir
mit Arbeit verbringen müssen, verbringen sie mit Spiel, und für die
Erfüllung ihrer Lebensbedürfnisse verschwenden sie nur gerade so viel
Zeit, wie wir unsererseits dem Vergnügen widmen können.

Für die Menschen als die geborenen Zweifler an einer Welt, in der sie
sich nicht eben freundlich aufgenommen fühlen, gibt es noch weitere
Quellen des Nachdenkens. Das Gefühl der Frustration setzt eine Beurteilung der Lage, und zwar eine ungünstige Beurteilung, voraus. —
Nun, gerade so, wie eine in Zorn geratene Dame eine Vase zerschmet-
tert, ein Mann wütend mit der Faust auf den Tisch schlägt, zeigt auch
der Delphin im Zustand der Frustration das Bedürfnis, seinen Ge-
fühlen Luft zu machen und irgend etwas zu zerstören. Im Verlauf
einer Versuchsreihe über das visuelle Unterscheidungsvermögen, welche
von Kellog und Rice mit dem Tursiops-Delphin Paddy durchgeführt
wurde, äußerte sich bei dem Tier eine deutliche Verärgerung, wenn es
gelegentlich eine falsche Wahl traf und keine Belohnung erhielt. Da
Belohnungen nur in einem ganz kleinen Stückchen Fisch bestanden
und Paddy ohnehin überfüttert war, darf man annehmen, daß seine
Frustration eher durch die Empfindung, einen Fehler gemacht zu haben, als durch Hunger hervorgerufen wurde. Als er eines Tages durch
eine Serie von mehreren Fehlwahlen hintereinander (deren Zustande-
kommen z. T. übrigens vom Versuchsleiter verschuldet worden war)
aufs höchste aufgebracht war, packte Paddy mit dem Maul ein Stück
Plastikschlauch, das auf dem Boden lag, und schlug mit mächtigen
Hieben die gesamte Versuchsapparatur in Trümmer.

Aus all diesen objektiven und ausführlichen Beispielen wird man
wohl bereits eigene Schlüsse über die Intelligenz der Delphine gezogen
haben. Vielleicht kann man aber aus diesen so verwunderlichen und
bewegenden Beispielen auch noch Schlüsse hinsichtlich der »moralischen Qualitäten« der Delphine ziehen. Das wäre jedenfalls recht

wichtig, falls wir beabsichtigen, unseren ozeanischen Vetter zu hegen und ihm — wie in der Sowjetunion oder in Neuseeland — gesetzlichen Schutz zubilligen wollen. Cuvier hatte das — wie man sich erinnern wird — bereits getan: ».. . glaube ich, daß der Delphin ein hochintelligentes und mit wertvollen Charaktereigenschaften begabtes Tier ist«. Aber nach Cuvier war Darwin aufgetreten, und die Untersuchung der Evolutionsmechanismen hat gezeigt, daß auch die Intelligenz sich fortentwickeln kann, genauso wie ein positives körperliches Merkmal. Intelligenz entfaltet sich da, wo sie zur Existenz einer Art unumgänglich wird. In dieser Hinsicht haben sich Delphin und Mensch seit ihrem sehr, sehr weit zurückliegenden gemeinsamen Ursprung nach den gleichen Prinzipien entwickelt. Das Studium der Evolution ergibt weiter, daß wir die Wurzeln von all dem, das wir gemeinhin als »schön« bezeichnen und das uns um so bewunderungswürdiger erscheint, je mehr es dazu dient, den »Kampf ums Dasein« der betreffenden Tier- oder Pflanzenart zu begünstigen, daß wir diese Wurzeln ebenfalls in einem überaus frühen Stadium des Lebendigen suchen müssen. Darwin bemerkte z. B., daß unter den Pflanzen nur solche über lebhaft gefärbte Blüten verfügen, die durch Insekten bestäubt werden — der Wind dagegen hat keine Augen, die schreiende Plakatwirkung bunter Tönungen hätte keine Anziehungskraft für ihn, und deshalb bestehen die für Windbestäubung eingerichteten Pflanzen ihren Daseinskampf sehr gut ohne »Schönheit«. So stellt Sir Gavin de Beer fest, daß wir uns daran gewöhnt haben, auch verschiedene Formen des Verhaltens »gut« oder »schön« zu nennen, bloß wenn sie uns oder den Tieren helfen, in einer feindlichen Umwelt zu bestehen. In seinem »Handbuch der Evolution« erläutert er das folgendermaßen: »Bei vielen höheren Tieren sind Verhaltensweisen wie etwa die mütterliche Pflege der Nachkommenschaft, die Aufopferung des eigenen Ichs zugunsten anderer Herdenmitglieder, vor allem trächtiger oder brütender Weibchen oder neugeborener Jungen, bei der Auslese durch natürliche Zuchtwahl begünstigt worden, da sie der Arterhaltung dienlich sind.«
Nun, ich glaube die Gedanken de Beers nicht zu verraten, wenn ich seine Überlegungen dahin ausweite, daß sich im Laufe unserer Geschichte die Verhaltensweisen der Nächstenliebe von der Familie auf den Stamm, die Nation, ja die ganze Menschheit ausgedehnt haben, und daß parallel dazu diese für den Fortbestand von Gemeinschaften

nützlichen Verhaltensweisen mit den verfügbaren Mitteln, z. B. gelenkte Erziehung, Gesetzgebung, sozialer Druck, Religion usw., zu Vorbildern erhoben wurden, die die Grundlage der »Moral« bilden.

Die Schlußfolgerung sollte nun eigentlich von selbst in die Augen springen: Die Wale verfügen über eine Sprache und ein Gedächtnis, sie treffen eine verständige Auswahl, und sie haben in ihrem Verhalten schon oftmals Vorsätzlichkeit und Zielstrebigkeit erkennen lassen. Also ist seitdem auch *ihre* soziale Entwicklung — und zwar schon beträchtlich früher als die menschliche — anders verlaufen als bei den übrigen Lebewesen, wobei »anders« allerdings nicht besagt, daß sie der des Menschen besonders ähnlich sein müßte.

Befragen wir abschließend Professor Jablokow über die Ansicht der sowjetischen Forscher, deren Arbeiten wir im Detail nur schlecht kennen. Hier ist das Fazit ihrer fünfzehnjährigen Untersuchungen:

»Die Auffassung, daß sich die Delphine grundlegend von anderen Vertretern des Tierreichs unterscheiden, ist durch zahlreiche Beweise gesichert. Es stellt sich damit die Frage ›Was ist der Delphin, und in welcher Beziehung steht er zum Menschen als der höchsten Form der Materie, welche — um die Definition Engels zu gebrauchen — sich ihrer selbst bewußt geworden ist?‹ Möglicherweise hat die Materie in dieser oder jener Phase ihrer ewigen Entwicklung noch andere, mehr oder weniger erfolgreiche Versuche zur Erlangung einer Bewußtseinsbildung unternommen, und der Mensch ist einer — und zwar wahrscheinlich der erfolgreichste — dieser Versuche.

Nun sind es nicht nur Einzelorganismen, die sich fortentwickeln, sondern vor allem vollständige Gruppen gleichförmiger Arten. Die menschliche Gesellschaft ist die vielfältig-komplizierteste dieser Gruppen, aber auch die Gruppe der Delphine ist ungewöhnlich vielgestaltig. Es mag die Erwähnung genügen, daß in einer Delphinpopulation bis zu 10 Generationen nebeneinander leben. Träfe das auch für die Menschen zu, wären Leonardo da Vinci, Lomonossow, Faraday und Einstein noch am Leben... Könnte das Gehirn des Delphins seinem Volumen nach nicht einen Schatz von Kenntnissen beherbergen, der dem Gehalt von einigen tausend Tonnen Büchern in unseren Bibliotheken gleichkäme?

Was auch immer unsere Meinung über die Delphine sein mag — es wird immer nur das Urteil von Menschen sein, deren Kenntnissen Grenzen gesetzt sind.«

»Je weniger intelligent der Weiße ist, desto dümmer wird ihm der Schwarze erscheinen« — gilt dieser Satz aus André Gides »Reise zum Kongo« nicht auch für alle jene, die aus mangelnder Übung und Enge ihres Geistes heraus ihre eigenen Mittel und Maßstäbe zur Beurteilung einer anderen Intelligenz anwenden? Eine Intelligenz, die ein anderer Mensch oder ein anderer Delphin in anderem Zusammenhang und auf anderen Wegen vielleicht zu gänzlich anderen Zwecken gebrauchen könnte?

Der Delphin in der Kunst

Zu Beginn der Geschichte fand der Fisch des Euphrats in seinen meso-
potamischen Gewässern ein großes Ei — das Symbol des Lebens und
der ewigen Erneuerung, und er trug es an das Ufer des Flusses. Eine
Taube flog herbei, um es auszubrüten, und zum Vorschein kam die
Göttin der Liebe — Aphrodite.

Die Vereinigung des weiblichen Eies — des Hieroglyphen »aat« — mit
dem anderen Hieroglyphen, der den männlichen Fisch darstellt, ergibt
»schaat«, was zusammen »Leben« bedeutet. Champollion hat diese
Zusammenhänge aufgezeigt.

Auf einem in Kreta gefundenen antiken Straußenei sind fünf gläserne
Delphine aufgeklebt.

»Delphis« ist der griechische Name des Delphins; die Vulva, aus der
das Leben seinen Ausgang nimmt, heißt auf griechisch »delphus«.

Der Delphin ist der »Fisch des Lebens«, der Fisch par excellence. Als
die ersten Christen den Fisch »Ichtys« als Geheimsymbol wählten, als
Abkürzung von Iesos Chrestos Theou Yios Soter (= Jesus Christus,
Gottes Sohn, Retter), da wurde der Delphin »der Fisch«, und die in
den Stein der Sarkophage gemeißelten Delphine sollten den ersten
Gläubigen die Unsterblichkeit der Seele verheißen.

Das 20. Jahrhundert hat den antiken Mythos um Geburt und Leben
nicht zerstört. Sicher, die heutige Aphrodite heißt »Hormone«, das
weibliche Ei heißt »ovulus«, und das Prinzip des Männlichen, die
Delphine, nennen sich »Spermatozoen«, aber unter diesen beruhigen-
den Bezeichnungen ist unser antiker Glaube intakt geblieben.

Anfangs des 19. Jahrhunderts, in jenen fernen Zeiten, als es noch
erlaubt war, Wissenschaftler und zugleich ein guter Schriftsteller zu
sein, erläuterte Lacépède den Ursprung der unerklärlichen Tatsache,
daß der edle Delphin immer und überall und bei allen Menschen von
der Masse der übrigen, unvernünftigen Tiere getrennt blieb, folgendermaßen:

»Der Mensch begegnet dem Delphin überall auf den Meeren; er trifft
ihn im heiteren Klima der gemäßigten Zonen, unter dem brennenden

Himmel des Äquators und in den schrecklichen Schlünden, die jene riesigen Eisberge voneinander trennen, die die Zeit gleich anderen Monumenten einer sterbenden Natur dort auf der Oberfläche des Ozeans hat entstehen lassen; allenthalben sieht er ihn sich um ihn herum vergnügen, anmutig in seiner Bewegung, schnell in seinem Schwimmen, erstaunlich in seinen Sprüngen. Er würzt die Langeweile der Flauten durch seine lebhaften und ausgelassenen Manöver, er bringt Bewegung in die unendliche Einsamkeit des Ozeans, verschwindet rasch wie der Blitz, enteilt wie ein Vogel durch die Lüfte, taucht wieder auf und flieht aufs neue, zeigt sich abermals, um mit der schäumenden Flut zu spielen: er trotzt den Stürmen und fürchtet weder die Elemente noch die Weite noch die Tyrannen der Meere ...

Dennoch ist dieses Wesen, das so geeignet ist, die Phantasie des Menschen zu verführen, zum Teil das Werk eben dieser Phantasie. Sie gestaltet ihn als Kunstwerk und als Sternbild. Aber nicht aus Furcht und Schrecken wurde dem Menschen ein neues Wesen beschert, wie die Phantasie sonst den greulichen Drachen, die furchtbare Chimäre und so viele andere Ungeheuer hervorgebracht hat, diese Schrecken der Kindheit, der Zutraulichen und der Leichtgläubigen; hier wurde ihm vielmehr aus Dankbarkeit ein neues Leben geschenkt und deshalb auch nichts anderes getan, als ihn auf das liebenswürdigste darzustellen, ihn um seiner Wohltaten willen zu vergöttlichen und um in seiner ganzen Kraft und Reinheit jenen geistigen Einfluß der Griechen zu zeigen, für welche die Natur so voller Heiterkeit war, für welche die Erde und die Lüfte, das Meer, die Flüsse und die waldbedeckten Berge und die blumigen Täler von nachsichtigen Göttern, verschwiegenen Liebschaften, lüsternen Spielen und vielfältigen Vergnügen bevölkert und erfüllt waren ... Wenn der echte, natürliche Delphin in allen Zonen zu Hause ist, dann gibt es den Delphin der Dichter nur in Griechenland.«

Von dem Tage an, an dem die Menschen unter einer vielleicht magischen Eingebung die Künste erfunden hatten, haben sie den Delphin gemalt, eingraviert, modelliert und besungen.

Wenn wir bis zur Zeit der Sintflut zurückgehen, werden wir auch dort Delphine finden. Um ein derart katastrophales Hochwasser zu schildern, schreibt Lycophron, daß »die Delphine in den Bäumen ihre Nahrung suchten«, und Nonnus Panopolitanus fügt in seinen Dionysos-Liedern sogar hinzu, daß sie dort mit Wildschweinen zusammentrafen. Ovid wird diesen Einfall entlehnen, um ihn später noch einmal in seinen Metamorphosen vorzubringen.

Die Steinzeitmenschen Siziliens malten Delphinbildnisse an die Wände der Levanzo-Höhle auf den Ägaden, und die Minoer bildeten sie 16 Jahrhunderte v. Chr. im Palast von Knossos auf den Mauern der Gemächer der Königin ab. Von Kreta aus, wo die Delphine auch die Wappen, Gefäße, Vasen, Schmuckstücke und Sarkophage zierten, gelangten sie — aus Holz, Marmor, Metall, Glas, gebrannter Erde oder selbst Knochen gefertigt — nach ganz Hellas, auf die Cykladen und nach Cypern, dann in die Kolonien von der Euxinischen Brücke bis zu den Herkulessäulen.

Tausend Jahre vor Chr. hielten elegante Böotier die Falten ihrer Tuniken bereits mit einer Bronzefibel in Form eines Delphins zusammen.

Der berühmte, von Exian im 6. Jahrhundert v. Chr. geschmückte Kelch stellt möglicherweise die Erschaffung der Delphine dar. Der von Piraten bedrohte Dionysos verwirrt sie durch seine Zaubereien, so daß sie sich ins Meer stürzen, wo sie Poseidon gutmütig in Delphine verwandelt. (Falls die Darstellung nicht lediglich zeigt, wie Dionysos den Menschen die Weinrebe bringt oder wie die Erscheinung des Gottes aus den Fluten steigt, um den Menschen erneut die Segnungen des Frühlings zu bringen.)

Im »Haus der Delphine« in Delos gibt es sie als Gemälde oder Mosaiken überall.

Sie finden sich auf den schwarzen attischen Vasen und auf den roten Vasen zusammen mit dem von ihnen geretteten Arion, auf den Vasen von Korinth und von Rhodos und später auf den italienischen Nachahmungen.

Tarent prägte Münzen nach ihrem Bildnis — zu Ehren des Delphins, der den Stadtgründer Tara zum Ufer getragen hatte. So machte es auch Syrakus, das ihn zudem auf den Waffen abbildete; so verfuhren Zanclos, Korinth und dann alle anderen Städte, die sich hinsichtlich ihrer Medaillen nach der Mode richteten.

Als Boten und Herolde, Führer und Retter in Legenden, Mythen, Gedichten und Gesängen, als mythische Gestalten werden die Delphine zum allgemeinen Symbol des Meeres schlechthin. Wenn ein Maler Arion oder Kinder der Fabel von Eros' Flügeln berühren läßt, ist ein Delphin das Reittier Amors. Man stellt Amor mit einem Delphin

in der einen und mit Blumen in der anderen Hand dar, um anzu-
deuten, daß sich sein Reich auf das Meer wie auf das Land erstreckt.
Im Tempel von Sunium wird Poseidon in Gestalt eines Delphins verehrt. Als der Gott des Lichtes die Gestalt des Delphins entlehnt, um
die Kreter durch Stürme hindurch nach Delphis zu führen, werden
sie zu Boten Apollos, und als der Pantheismus die Götter verviel-
fachte, vervielfacht er auch den Gebrauch des Delphins. In Griechenland symbolisiert der um einen Dreizack geschlungene Delphin die
Freiheit des Handels. In Rom versinnbildlicht der um einen Anker
gewundene Delphin den Inhalt des alten Sprichwortes von Augustus
Caesar »Festina lente« (Eile mit Weile). Leichtigkeit des Vogels, Un-
gestüm und Schnelligkeit des Pfeils werden durch den Delphin ver-
körpert, langsames Festhalten dagegen durch den Anker — beides
zusammen also Elemente entgegengesetzter Natur, die als gemeinsames Symbol daher eine gewisse Mäßigkeit ausdrücken sollen.

Ein bronzener Delphin zerteilt die Fluten am Schnabel der hellenischen Schiffe. Die Zwölfte Römische Legion, die Legio Primigenia,
verehrt ihn als Abzeichen in ihrer Garnison in Germanien. Die Eisen-
oder Bleigewichte, die an den Rahen der römischen Galeeren befestigt
waren und die die Seeleute beim Kampf auf die feindlichen Schiffe
niederfallen ließen, um deren Planken zu durchschlagen, erhielten
Form und Namen des Delphins; wie die Gießereiarbeiter es auch mit
jenen Barren taten, die wir heute »Lachs« nennen, oder die Zirkus-
leute mit den an der »Spina« hochgezogenen kleinen Figuren, die den
Beginn jeder neuen Nummer anzeigen.

Unter den Händen des hellenischen Bildhauers, des Töpfers, Gold-
schmiedes, Malers oder Mosaikkünstlers beugt sich der ohnehin sanfte
Delphin allen schöpferischen Phantasien. Seine Augen und Lippen
werden menschenähnlich, sein Körper wird länger und gedreht. In
Rom wird aus seinem Körper eine Schneckenspirale, aus seinem
Schwanz ein Akanthusblatt, erhält er Schuppen, Kiemen und Flossen
eines Fisches — mangelnde Sachkenntnis oder künstlerische Freiheit?
Von der Öllampe bis zum Springbrunnen, vom Möbelfuß bis zum
Schild, vom Türgriff bis zum Ohrring und vom Fingerring bis zur
Kuchenform führt im 15. Jahrhundert der Weg jenes marmornen Del-
phins von Raffael, der eher einem Kabeljau im Karneval als einem
Wal ähnelt.

Den Gipfel der Entstellung leisteten sich aber — zum großen Mißvergnügen der Naturforscher — die Heraldiker der Renaissance. Hören wir sie zürnen: »Wenn die modernen Prinzen heute Delphine auf ihre Münzen prägen oder auf ihre Wappen malen lassen, dann haben sie — statt sie darzustellen — ein Monstrum abgebildet, das niemals gelebt hat; ein Monstrum, das man Schuppen und zackige Stacheln auf dem Rücken und beiderseits der Augen tragen läßt und ein paar baumelnde Bartfäden unter der Kehle, eingekerbt wie der Kamm eines Hahnes, und alles in allem Dinge, die diesem Fisch völlig fremd sind und die mir wenig vernünftig zu sein scheinen, wenn es nicht der Würde eines Prinzen dienen würde . . .

Ich weiß wohl, woher der Fehler kommt. Er kommt daher, daß der Delphin in diesen Bildern gerade so erscheint wie die Adler als Staatssymbole; weil die Maler begierig sind, ihre Kunst zu zeigen, haben sie nämlich auch dem Adler einige Ornamente zugefügt, um ihn dem Blick gefälliger zu machen.«

Um die Wahrheit zu sagen — die Naturforscher haben mit ihren Protesten nicht unrecht. Der Delphin als Gegenstand der Heraldik ähnelt dem König der Meere tatsächlich kaum noch. Seine übliche Haltung ist ein Halbkreis, den (Schweins-)Kopf teils im Profil, teils von vorn. Wenn seine Schnauze offen steht, wäre er in Wirklichkeit ohnmächtig. Er würde liegen oder umkippen, wenn sein Schwanz zur Spitze hin gekrümmt wäre, dazu trägt er Ohren, Barteln, Kämme usw., wozu erwähnt werden muß, daß sein Auge, seine Flossen, sein Kamm, seine Ohren und seine Bartfäden aus besonderem Email bestehen.

Im Mittelalter waren »Delphina« für Mädchen und »Delphinus« für Knaben geschätzte Vornamen bei Snobs, die man auf mehreren Grabinschriften wiederfindet. St. Delphin war im 3. Jahrhundert Bischof von Bordeaux, und St. Chamond, der Primas-Bischof der Gallier im 8. Jahrhundert, hatte den Vornamen »Dalfinus«. Aber die christliche Welt hat ihn ebenfalls nicht wirklichkeitsgetreu dargeboten; als Bildsymbol des Ewigen Lebens und der Seelenwanderung, als traditionelles Attribut von St. Lucian fuhr man hartnäckig fort, ihn zu einem Kabeljau zu entstellen.

Warum hat man ihm aber in Frankreich »den zweiten Platz auf den Wappen-Schildern«, die »würdigste Stelle hinter den Lilienblumen« eingeräumt?

Das ist eine hübsche Geschichte. Meister Belon erzählt hier seine Version, aber ich fürchte, daß er sich diesmal irrt: »Athenus, ein griechischer Schriftsteller, und Valturnus (De Rebus Britonum) schreiben, daß Caesar dem Herrn von Daulphine einen Delphin für sein Wappen verlieh als Belohnung dafür, daß er ihm bei seinen Kriegen gegen die Gallier geholfen hatte.

Ich wüßte keinen anderen Grund anzugeben als den, daß Caesar, der die Natur des Delphins und des würdigen Herrn nicht verkannte, ihn für wert befand, künftig einen Delphin im Wappen zu führen. Und ganz so, wie der Delphin einer Gegend ihren Namen gegeben hat, die heute ›Le Daulphiné‹ genannt wird, genauso hat Le Daulphiné seinen Namen dem erstgeborenen Sohn Frankreichs gegeben; und indem er ihm diesen Namen gab, erhielt er auch den Delphin für sein Wappen.«

Die gelehrten französischen Archivare haben sich darangemacht, die Geschichte des Dauphine aus den Listen von Grabinschriften, aus vergilbten Geburtsurkunden und staubigen Folianten ans Tageslicht zu holen. Hier ist ihre Fassung: Der Name Dolphinus erscheint zum erstenmal offiziell am 31. Oktober 1110. Und zwar war es die englische Prinzessin Mahaud, die durch ihre Hochzeit Gräfin von Viennois geworden war, welche ihn als Taufnamen ihrem Sohn Guiges IV. von Albon gab; zweifellos geschah das zu Ehren seines germanischen Vetters Dolfin Graf von Cumberland. Vom Taufnamen wurde »Dalphinus« dann durch die Entscheidung von Guiges d. Jüngeren im Jahre 1130 zum Beinamen des Königshauses. Für seinen Sohn wird »Delphinus« bereits Geburtsname, dann Bezeichnung und noch später Titel. Damit ist der Herr von Viennois nicht mehr Graf, sondern »Dauphin« von Viennois, und der Herr von Auvergne ist nicht mehr Herzog, sondern »Dauphin« von Auvergne, und ein Delphin ziert ihre Rüstungen, ihre Münzen und ihre Wappen.

Wie das Land Lothars »Lothringen« hieß, nannte sich auch das Land des Dauphins schließlich »Le Dauphiné«, und als Humbert II. im Jahre 1340 sein Dauphiné an König Philippe VI. von Valois verkaufte, geschah das unter der Bedingung, daß der Titel »Delphinal« durch den ältesten Sohn des Königs getragen würde, den voraussichtlichen Erben der Krone Frankreichs. Seit dieser Zeit wurde es Brauch, daß vier kleine, goldene Delphine die herrschaftliche Krone zieren.

Wenn Dolfin oder Dalphinus Vornamen des Adels sind, so deshalb, weil der Delphin »ein nobler und stolzer Fisch« ist.

Neben dem Delphin — in der Tat aus Vorurteilen, die durch dessen Bindung an christliche Symbole erneuert wurden — gilt die *phocaena* (Tümmler) der Griechen als ein garstiges Tier. Als *Porcus marinus* oder *Maris Sus* bei den Schriftgelehrten, als »pork-fish« oder »porpus« im Altentglischen, »mere-swin« im Schottischen, »Zeevark« im Niederländischen, »Marsvin« in Dänemark oder »Marsouin« in Frankreich wurde er überall zum Range eines Meerschweins herabgewürdigt. Dieses Vorurteil stammt schon aus frühesten Zeiten; denn nicht nur der Delphin selbst ist Gegenstand der Heraldik, sondern auch seine Haut — und nicht die des Tümmlers oder Meer-Schweins — ist es, die man über die hölzernen Schilder der Ritter zieht und mit den Farben ihrer Wappenzeichen bemalt.

Der Roman Alexanders des Großen aus dem 12. Jahrhundert sagt es:

An der Rüstung hängt ihm der gebuckelte Schild,
mit eines mächtigen Fisches Haut bedeckt,
den Delphinus die Wissenden nennen.

Und im Roman des Schwanenritters heißt es im 13. Jahrhundert:

Das Schild seiner Rüstung war von einem Meeresfische gemachet:
Abbild eines Monstrums, das man nennet Delphin.

In Frankreich galt der vom Sohn des Königs getragene Titel so viel, daß er Gesetzeskraft bekam: der Delphin ist der erste unter den königlichen Fischen. »Die königlichen Fische, zu denen die Delphine, die Störe, die Lachse und die Forellen zählen, gehören dem König, wenn sie irgendwo gestrandet gefunden werden, wobei derjenige, der sie an einen sicheren Ort brachte, eine Belohnung erhält. Die Tranfische, wie Wale, Tümmler, Meerkälber usw., werden aufgeteilt wie Strandgut, d. h. ein Drittel an den König, ein Drittel an den Admiral und ein Drittel an den Finder.«

So verfügt die Verordnung von Aix en Provence im Jahre 1682, während die englische Krone keinen Grund hatte, dieser Regelung nachzueifern: ihr gehörten dem Recht nach alle gestrandeten königlichen Fische, der Wal und der Tümmler ebenso wie der Delphin und der Stör.

Das Symbol des Delphins hat heute seinen Sinn ganz verloren. Was bleibt, ist das überall noch vertretene dekorative Motiv. Aber wie man ihn auch verdrehen, umgestalten und maskieren mag, für unsere Augen wird er immer ein wenig von jenem geheimnisvollen Etwas, ein wenig von der unvergleichlichen Anmut Simos behalten.

Fremdenführer für Aquanauten

Als unsere jungsteinzeitlichen Vorfahren von der Sammler- und Jägerstufe zu Ackerbau und Viehzucht übergingen und ihr Nomadentum gegen Seßhaftigkeit tauschten, verbanden sie sich auch mit bestimmten, ihnen nützlichen Tieren. Ohne Hund und Pferd, ohne Lama, Rentier oder andernorts das Kamel, ohne Falke oder Kormoran wäre das Leben für sie schwerer gewesen.

Heute — in der Frühzeit des Tauchsportes — sind nun auch die ersten Froschmenschen so weit, in den unterseeischen Gefilden entlang der Küsten von der Jagd und der primitiven Sammelei zu planmäßiger Zucht bzw. Kultivierung überzugehen. Sie alle wären famos beraten, die gegenwärtigen Raubzüge durch langfristige, produktive Besiedlungsarbeit zu ersetzen und sich als künftige »Farmer des Meeresbodens« in der neuen Umwelt nach Verbündeten und Freunden umzusehen.

Diese Freunde werden — fast wie zu Arions Zeiten — Delphine und Tümmler, vielleicht auch große Zahnwalarten sein, weiterhin Seehunde und Seelöwen und womöglich — wer kann es wissen? — sogar deren ungeschlachte Vettern, nämlich See-Elefanten und Walrosse.

Das ist keineswegs eine so utopische Vorstellung, wie es zunächst scheinen mag, denn sie wird von der Wirklichkeit bereits bei weitem übertroffen: eine Spezialeinheit der amerikanischen Marine erforscht schon seit 1964 alle Möglichkeiten einer Zusammenarbeit von Menschen mit Meeressäugetieren, und immerhin zählten die Aquanauten von Sealab II zu ihrer Mannschaft einen gewissen Tuffy, seines Zeichens ein Tursiops-Delphin! Sealab II ist schon das zweite Unterwasserhaus der US Navy, das Dr. Bond — der Vater des Projektes — im Herbst 1965 in 62 Meter Tiefe vor La Jolla (Kalifornien) auf dem Meeresboden errichtete. »Tuffy« bedeutet im amerikanischen Slang soviel wie »kleiner Raufbold«, ein Spitzname, der in diesem Fall die zahlreichen Narben auf den Flanken des Tieres bezeichnete, die vermutlich von etlichen Kämpfen mit Haien herrührten. Denn wenn der gewandtere und schnellere Delphin den gefährlichen Kiefern der Haie im allgemeinen auch zu entkommen vermag, so kann er doch nicht immer die Berührung mit der Haut der Haie vermeiden, die auf den Körper des Delphins wie ein Reibeisen auf blanker Seide wirkt.

Tuffy, 2,10 m lang und 140 kg schwer, hatte bereits 1½ Jahre in einem Sonderbassin der Meeresbiologischen Zentrale in der Abteilung für Meeresforschung des Naval Missile Center in Point Mugu (Kalifornien) zugebracht, ehe er einer Spezialschulung unterzogen wurde, die ihn für seine Aufgaben als Gehilfe der Aquanauten vorbereiten sollte. Forrest G. Wood, der das Institut zusammen mit seinem Assistenten, dem Tierarzt Sam Ridgway, leitet, erforscht in einer Reihe von Versuchen, wie weit sich der Mensch zur Unterstützung seiner Arbeit auf gezähmte, abgerichtete Meeressäuger verlassen kann.

Tuffy war daran gewöhnt worden, ein Spezialgeschirr zu tragen, an dem Gegenstände und Instrumente befestigt werden konnten, und auf bestimmte Klangsignale mit sofortigem Herbeikommen zu reagieren. Er hatte sich als überaus eifrig, interessiert und zuverlässig für Operationen auch in der offenen See erwiesen. Unzählige Male war er draußen im Ozean getaucht — manchmal bis in Tiefen von 90 Metern — und hatte Appell-Signale noch aus Entfernungen von mehr als 500 Metern beantwortet. Als Dr. Bond dann sein zweites Dauertauch-Unternehmen startete, nahm er ein Wagnis ohnegleichen auf sich, als er einem Zahnwal die Rolle eines Mannschaftsmitgliedes von Sealab II übertrug.

Nach fünfwöchigem Sondertraining und einigen zusätzlichen Tagen, in denen er Bekanntschaft schloß mit seinen beiden aquanautischen Mitarbeitern am Meeresboden, reiste der in eine Hängematte und feuchte Hüllen verpackte Tuffy im Sptember 1965 per Hubschrauber von Point Mugu nach La Jolla. Nach der Ankunft wurde er in einem längsseit am Versorgungsschiff Berkone befestigten schwimmenden Käfig untergebracht; von dort aus startete er in den folgenden Wochen zur Ausführung seiner vielen ihm gestellten Aufgaben.

Während der ersten Tage schien er etwas verwirrt oder vielleicht sogar erschreckt durch den komplizierten Wirrwarr von Kabeln, Drähten und in alle Richtungen führenden Leitungen, durch die Unterwasserscheinwerfer und vor allem durch den Lärm, das Rattern der Motoren und das Hämmern und Krachen, das aus dem Stahlhaus, dem Versorgungsschiff und aus den Beibooten drang — mußte all das für ein Tier mit derart feinem Gehör doch ohrenbetäubender sein als für uns eine Kesselschmiede in vollem Betrieb! Als er sich aber daran gewöhnt hatte, wurde er wieder der zuverlässige Mitarbeiter, der er schon seit drei Jahren gewesen war.

Die Hauptgefahr für einen außerhalb seiner Unterwasserstation arbeitenden Aquanauten besteht darin, sich zu verirren. Wenn er sein Leitseil verliert, wenn die Positionslampen aus dem Gesichtsfeld verschwinden, wenn ihn die Strömung fortträgt oder wenn der von ihm aufgewirbelte Schlamm das Wasser trübt, ist er verloren. Verloren um so mehr, als er wegen der Gefahr eines sofortigen qualvollen Todes durch Gas-Embolien nicht einmal wagen kann, wieder zur Oberfläche zu kommen. — Die Frage, die man dringend zu klären wünschte, hieß daher: Kann ein Delphin am Meeresgrund die Rolle des Bernhardinerhundes im Gebirge spielen und einen Verirrten zurückbringen?

Am sechsten Tage entfernte sich nun einer der Aquanauten von Sealab, als wenn er sich verlaufen hätte, und betätigte den an seinem Handgelenk befestigten Klingelmechanismus, auf den Tuffy zu antworten gelernt hatte. Tuffy wußte aber, daß er zuvor noch ein anderes Signal — die zu einem Rettungstaucher gehörige Klingel Nr. 1 — abwarten mußte, ehe er auf den Notruf reagierte. Völlig frei schwamm Tuffy mit seinem Geschirr im Ozean, als er die beiden Signale vernahm. Darauf tauchte er unverzüglich zu dem wenigstens 60 Meter weit entfernten Rettungsfroschmann, der das Ende einer Leine am Geschirr des Delphins befestigte, und schwamm dann ebenso schnell und unter Abrollen dieser Leine mehr als 60 Meter weit zu dem »verirrten« Taucher. Durch sein Sonar hatte er ihn innerhalb weniger Sekunden gefunden, wartete dann, bis er den in Sicherheit führenden Ariadnefaden vom Geschirr gelöst und in die Hand genommen hatte und kehrte dann ruhig zur Oberfläche zurück.

Schon am ersten Tage wurde diese Operation dreimal hintereinander ohne kleinsten Fehler durchgeprobt. Tuffy kam jedesmal 70 Sekunden nach Ertönen des ersten Klingelzeichens an die Oberfläche und hatte seine Mission erfüllt.

Zweifellos kann das Verfahren noch vereinfacht werden: Beispielsweise kann der verirrte Aquanaut den Delphin direkt anrufen; das Tier nimmt einen Ring ins Maul, an dem ein ständig mit dem Unterwasserhaus verbundener Nylonfaden befestigt ist, und bringt ihn zu dem »verlorengegangenen« Taucher. Oder noch einfacher: der Delphin sucht den Verirrten, und dieser hält sich an seinem Geschirr fest und läßt sich nach Hause bringen. Ein hierauf gerichtetes Training genügt völlig.

Die folgenden Tage standen für Tuffy mehr im Zeichen von Routinearbeit, von allerlei kleinen Aufträgen und Verrichtungen als Bote und als Träger. Auf Kommando brachte er Werkzeuge zu einem Taucher, die man ihm an der Oberfläche übergeben hatte, oder er beförderte Nachrichten und Post vom Meeresboden nach oben. Leistungsfähig und zuverlässig vermochte der Delphin in kürzerer Zeit — wie sie ein Taucher braucht, um seine Ausrüstung anzulegen und sich startfertig zu machen — sieben Hin- und Rücktouren auszuführen.

Als Tuffy seine sämtlichen Aufträge erledigt hatte und wieder daheim war, bemerkte Mike Greenwood — ein dem Institut für Unterwassermedizin der Marine zugeteilter Psychologe —, daß sich in den Gewässern um die Berkone sechs Seelöwen eingefunden hatten. Die Unterwassermannschaft sah sie mehrmals, wenn die Tiere zu den Bullaugen hineinstarrten oder in einem Überfluß von Fischen schwelgten, die durch tanzende Planktonschwärme in den Lichtbündeln der unterseeischen Scheinwerfer angelockt waren. Greenwood wollte versuchen, die bei Tuffy mit so guten Ergebnissen bewährte Dressurtechnik auch bei den Seelöwen zu erproben, und montierte unter Wasser die gleichen elektrischen Alarmglocken, deren Geläut zum Herbeirufen des Delphins gedient hatte. Beim ersten Klingelton kam die neugierigste Robbe herbei, die sich in etwa 200 Meter Entfernung befunden hatte, um nachzuschauen, was da vor sich ging. Für diese Bemühungen erhielt sie eine Makrele, und seit diesem Augenblick versäumte Sam während des ganzen folgenden Monats keine einzige derartige Einladung mehr! (Man hatte ihn Sam getauft, obwohl ihn eine oppositionelle Minderheit für ein Weibchen hielt und deshalb Samantha nannte.) An einem Tag reagierte er auf dreißig Klingelzeichen dreißigmal und lernte sogar, 2 Meter hoch aus dem Wasser zu springen, wenn ihm seine Belohnung dort hingehalten wurde. Niemals jedoch ließ Sam irgend jemanden nahe kommen. Wenn die Taucher ins Wasser stiegen, hielt er wohlweislich Abstand, und von den sechs in diesem Gebiet heimischen Seelöwen weigerten sich vier vollständig und beharrlich, in irgendeiner Form mit den Menschen zu spielen.

Greenwood ließ nunmehr die Klingelapparatur zu den Aquanauten hinab und forderte sie auf, das Tier selber herbeizurufen. Daraufhin sahen sie bei jedem Klingeln im runden, wassergefüllten Ausschnitt des Eingangstunnels ihres unterseeischen Hauses einen kleinen Kopf mit spitzer, schnurrbartverzierter Schnauze und schwarzen, neugierigen Augen auftauchen. Das war ein rührender, zugleich aber höchst erstaunlicher Anblick, denn wenn ein Taucher in 60 Meter Tiefe eingeatmet hat und zur Oberfläche aufsteigt, hat er das Siebenfache des normale Gasvolumens in seiner Lunge, und falls er beim Auftauchen nicht ganz allmählich ausatmet, erleidet er durch den in den Lungen herrschenden Überdruck tödliche Embolien; das sich ausdehnende Gas tritt in Blasenform durch die Wandungen der Alveolen (Lungenbläschen) ins Blut über. — Hier wurden solche Befürchtungen aber glücklicherweise sofort zerstreut: die Taucher konnten sehen, daß die Robbe alle tief unten in den Lungen aufgespeicherte Luft ruhig und in dem Maße durch die Nüstern ausstieß, wie sie nach oben kam.

Es bleibt freilich noch ein anderes Problem: Wenn ein Meeressäuger, der normalerweise mit angehaltenem Atem taucht, zu lange Zeit komprimierte Luft oder — noch schlimmer — ein künstliches Gasgemisch einatmet (und »zu lange« bedeutet in 60 Meter Tiefe: wenige Minuten), wird er beim Emporkommen den Attacken der gefürchteten Taucherkrankheit nicht entgehen. Scholanders mit Seelöwen in einer Taucherglocke (Caisson) durchgeführte Versuche haben das gezeigt.

Aber am Ende der Experimente sollte Sam noch den schlagendsten Beweis seiner hohen Intelligenz geben: Dr. Greenwood versuchte nämlich mit allen Mitteln, ihn zu fangen, um ihn zur weiteren Ausbildung nach Point Mugu zu bringen, doch er umging alle Fallen, wich sämtlichen Netzen aus und führt bis zur Stunde noch immer sein freies und ungebundenes Seelöwen-Leben an der Küste Kaliforniens.

Wie die guten und treuen Dienste Tuffys bewiesen haben, sind diese altbewährten Meeresgeschöpfe — selbst wenn es nicht gelingen sollte, mit ihnen ins Gespräch zu kommen — wertvollere Gehilfen als die kompliziertesten technischen Apparate für die jüngsten unter den meerbewohnenden Wesen, für unsere Taucher. (Für das nächste Sealab-Unternehmen wurden bereits zwei Delphine, zwei Seelöwen und ein Seebär als Crew-Mitglieder angeheuert.)

Und diese Meerestiere sind nicht nur Laufburschen. Unter Wasser ist

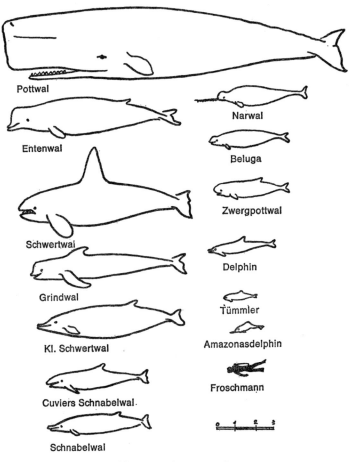

Pottwal

Narwal

Entenwal

Beluga

Schwertwal

Zwergpottwal

Grindwal

Delphin

Kl. Schwertwal

Tümmler

Amazonasdelphin

Cuviers Schnabelwal

Froschmann

Schnabelwal

Abb. 12 (Nach T. J. Walker)

der Mensch allzu oft nur ein hilfloser Däumling, kurzsichtig und blind. Der gezähmte Delphin wird deshalb hier einmal sein Blindenhund werden, der ihn zur Arbeitsstelle und zurück nach Hause bringt; wird sein Leibwächter und sein Schatten sein, dessen Anwesenheit jedem Hai die Lust nehmen wird, in die Nähe zu kommen. Er wird für den Menschen Jagdhund, Gepard und Beizfalke sein und seine Tafel mit frischen Fischen und Langusten beliefern. Als nobelster Besitz des homo aquaticus von morgen wird er sein Reittier sein, wie es das Pferd zur Zeit der Antike war, er wird schneller sein als jedes

Unterwasserfahrzeug, ohne daß man sich jemals über eine leergewordene Batterie zu ärgern hätte.

Unter Wasser ist der Mensch außerstande, Lasten zu bewegen; Wale werden daher seine Tragtiere sein. Die gegenwärtig im Trainingscenter von Point Mugu laufenden Versuche haben bereits gezeigt, daß ein aufgeschirrter Delphin das Dreifache seines eigenen Gewichtes fortbewegen kann. Ein Tümmler, der 80 oder 100 kg wiegt, kann z. B. 300 kg transportieren und wird einmal der Ziehhund der Aquanauten sein. Die doppelt so schweren Delphine der verschiedenen Arten werden eine halbe Tonne transportieren und die Zugpferde darstellen; die Beluga, der Weiße Wal der Polarmeere, wird ein Paar Rentiere ersetzen und mehr als eine Tonne ziehen. Der mehr als 6 Tonnen schwer werdende Schwertwal, der Zwerg-Pottwal oder der Grindwal mögen vielleicht einmal die Zugochsen des Meeres werden, und was den Pottwal betrifft, so würden ihm seine mit drei multiplizierten 50 Tonnen die Kapazität einer ganzen Elefantenherde verleihen.

Den Grind- oder Pilotwal kennen wir heute recht gut — mehrere amerikanische Aquarien besitzen gut eingewöhnte Paare in Gefangenschaft. Es sind herrliche Tiere — schwarz, mit dickem rundem Kopf und einem imponierenden Gebiß. Die Männchen werden bis 6 Meter lang, die Weibchen 4 oder 5 Meter. Dem Menschen gegenüber zeigen sie sich sehr gesellig, selbst wenn sie in Ungeschicklichkeit oder Nervosität einen Taucher gelegentlich ein wenig anrempeln.

David Brown, der sie im großen Bassin von Marineland in Kalifornien oftmals aufgesucht hat, beurteilt die Geschwindigkeit, mit der sie etwas erlernen, als »höchst bemerkenswert«. Er setzt hinzu: »Ihre Anpassungsfähigkeit in der Gefangenschaft sowie ihr gutes Ansprechen auf jegliches Training — sogar unmittelbar nach dem Fang — sind noch beachtlicher als das Verhalten gefangener Delphine, und zwar sowohl von Tursiops wie auch von der gestreiften Form. Mag man dennoch im Zweifel sein, ob der Pilotwal die intelligenteste der vier Arten ist, so ist sie doch sicherlich diejenige, die den Kontakt mit dem Menschen am wenigsten fürchtet.«

Mit dem Schwertwal stehen die Dinge anders. Er ist wohl das prächtigste, faszinierendste und vielleicht verschlagenste aller Tiere. Man nennt ihn auch »Mörderwal«, »Killer« oder *Orcinus orca*. Bei gleichem Körpergewicht wie der Elefant besitzt er ein sechsmal größeres

Gehirn. Sechs bis zehn Tonnen stromlinienförmige Muskelmasse, eingehüllt in glänzendes Schwarz auf dem Rücken, mit schneeweißem Bauch und großen weißen Flecken hinter dem Kopf und seitlich hinter der spitzen dreieckigen Rückenfinne!

Der Schwertwal ist der »König der Meere«. Er fürchtet nichts und niemand und hat keine Feinde. Riesenhaft ist sein Maul, ein wahrer Abgrund, dessen Ränder mit einer Doppelreihe spitzer, einwärts gekrümmter Zähne von der Größe halber Bananen besetzt sind. Zweifellos sind es diese gefährlichen Hauer, die ihm bei den Menschen von jeher den Ruf eines reißenden Wolfes, eines Menschenfressers der See eingetragen haben. Wie sagt Plinius? »Der Schwertwal kann nicht anders dargestellt oder beschrieben werden als eine große Fleischmasse, die mit grausamen Zähnen bestückt ist.« Und im Taucherhandbuch der amerikanischen Marine heißt es: »Der Mörderwal hat den Ruf eines wilden, blutrünstigen Raubtieres ... er jagt in Rudeln von drei bis vier Individuen und ernährt sich von anderen warmblütigen Meeressäugern. Es sind schnelle Schwimmer, die alles angreifen, was sich bewegt ... Wo ein Schwertwal bemerkt wird, sollten die Taucher das Wasser augenblicklich verlassen.«

Owen Lee, der Verfasser eines Monumentalwerkes über das Tauchen, schreibt: »Man kennt keinerlei Hilfsmittel gegen den Angriff eines Schwertwales, ausgenommen die Reinkarnation.«

Und dennoch hat ein Schwertwal noch niemals und nirgendwo irgendeinen Menschen getötet, gebissen, gepackt, verwundet, angestoßen, berührt oder auch nur angestarrt. Woher kommt also dieser Chor von Schreckensrufen? — Zunächst einmal von seinem Anblick. Wenn ein Tier gefährlich ausschaut oder durch seine körperliche Ausstattung eine Gefahr darstellen könnte, wird es automatisch als »wilder, blutrünstiger Mörder« abgestempelt. Wenn sich dann noch die Dichtung der Sache bemächtigt, wird die Fabel für alle Unwissenden rasch zur Tatsache.

Man muß allerdings zugeben, daß der berühmte Sektionsbericht von Dr. Eschricht die Gemüter nicht gerade beruhigen konnte. Eschricht hatte einmal den Magen eines erwachsenen Schwertwales von 7,20 Metern Länge geöffnet; der Magen maß 2,0 × 1,30 Meter und enthielt 13 Delphine und 14 Robben. Ein anderer Magen von einem Schwertwal aus dem Beringmeer beherbergte 22 Robben. Andere hatte lediglich Tintenfische als Inhalt.

Die Erzählungen tasmanischer, australischer und anderer Walfänger, die Schwertwalmeuten sogar Bartenwale angreifen und ihnen die Zunge oder die Flossen herausreißen sahen, waren nicht beruhigender, und wahrscheinlich sind sie wahr.

Und der so oft zitierte dramatische Bericht des Photographen Herbert Ponting hat erst recht nichts gebessert: Ponting begleitete die letzte Expedition von Captain Scott in die Antarktis und schwört, daß er mit eigenen Augen gesehen habe, wie Schwertwale mit gezieltem Schwanzschlag die Eisschollen umkippten, auf welche sich Robben geflüchtet hatten; im Wasser waren ihnen diese Robben dann hilflos ausgeliefert. Er versichert sogar, daß die Mörderwale vergeblich versuchten, das gleiche Manöver auch auf seine Schlittenhunde und zum Schluß auf ihn selbst anzuwenden.

Was ist nun heute von diesem schlechten Ruf übriggeblieben, nachdem die früheren, von Angst geprägten Vorstellungen mit den Tatsachen konfrontiert wurden, mit dem direkten Zusammenleben von Schwertwal und Mensch? — Nicht sehr viel.

Erst in jüngster Zeit wurden insgesamt 5 Schwertwale gefangen und genügend lange lebend in Gefangenschaft gehalten, um sie aus der Nähe beobachten zu können.

Ein männlicher Schwertwal, irreführenderweise Moby Doll genannt, hat im Jahre 1964 genau 85 Tage in einem schwimmenden Gehege im Hafen von Vancouver gelebt. Er erwies sich als ein geselliges, sanftes, ruhiges und von Anfang an zahmes Tier, das dem Direktor des Aquariums, Dr. Newman, aus der Hand fraß.

Ein anderes, 7 Meter langes Männchen, das im Juni 1965 von Lachsfischern in Britisch-Kolumbien gefangen wurde, hat lange in einem schwimmenden Käfig in Seattle gelebt. Der Direktor des öffentlichen Aquariums von Seattle, Ted Griffin, sowie andere Taucher pflegten jeden Tag mehrere Stunden mit Namu zusammen im Wasser zuzubringen, um ihn zu streicheln, ihn unter Wasser aus der Hand zu füttern und sogar — wie Taras auf seinem Delphin — auf ihm zu reiten. Wenn das Wasser trübe war, sind sie wohl alle einmal versehentlich bald mit einem Bein, bald mit einer Hand in sein Maul geraten, aber niemals hat der Schwertwal seine mächtigen Kiefer zuschnappen lassen. William High, einer der Unterwasserphotographen, die sich dem Wal in dieser Weise genähert haben, hat mir Nahaufnahmen außerordentlich eindrucksvoller Fangzähne geschickt.

Der von Tony McLeod und Doug Muir gefangene Sneezy lebt jetzt in einem Wasserbehälter im Stanley Park in Vancouver; er ist 8 Meter lang. Im Marineland von San Diego haben wir Shamu, einen jungen Schwertwal von etwa 1½ Tonnen, der das Spiel von Arion mit seinen Freunden Tek Yuan, einem Hawaiianer, und Jim Richards vorführt. Neben dem Ritt kommt ein Höhepunkt ihrer Vorstellung, wenn Tek Yuan seinen Kopf tief in den offenen Rachen des Mörderwals hineinsteckt. Und Orky in Marineland of the Pacific ist ebenso zahm wie alle anderen.

Aber alle diese Schwertwale waren einzeln gehalten, gezähmt und abgerichtet. Wäre ich wohl bereit, ins Meer zu tauchen, um eine freilebende Familie von Mörderwalen zu streicheln, wenn mir einige begegnen sollten? Das ist eine Frage, deren Beantwortung ich seit langem immer wieder hinausschiebe . . . William High übrigens auch.

Was die Regungen des Pottwals gegenüber Aquanauten betrifft, seine freundschaftlichen oder feindlichen Neigungen, so ist es müßig, darüber Erörterungen anzustellen: Wir wissen darüber absolut nichts![1]

Im übrigen ergibt sich in diesem Zusammenhang ein anderes Problem: Wie um Gottes willen sollte man einen gezähmten Pottwal ernähren? Oder einen Schwertwal, der in Gefangenschaft nichts anderes als frische Lachse akzeptiert? Müßte man sie zu festgesetzten Stunden selbst für ihre Nahrung sorgen lassen, und wenn ja: wie sollte man sie dazu bringen? Für welche Belohnung? Zumal wenn es nicht möglich ist, sich sprachlich zu verständigen? Und zumal es immer noch so viel blutrünstige Reminiszenzen zwischen den Arten gibt? (Womit wohlgemerkt ausschließlich Blut von *Walen* gemeint ist!)

Wahrscheinlich wird man das alles unglaubhaft und an den Haaren herbeigezogen finden. Aber ich finde es nicht wahrscheinlicher und nicht unwahrscheinlicher als die Voraussagen, die man vor 25 Jahren hätte machen können — daß nämlich Delphine eines Tages Zirkus- und Fernsehstars sein und die Rolle von Bernhardinerhunden für Siedler des Meeresbodens spielen würden.

Leider sind es die Berufskrieger, welche Prophezeiungen dieser Art am ernstesten nehmen, um sie baldmöglichst für ihre militärischen Wunschträume anzuwenden. Manche Offiziere der amerikanischen

---

[1] H. Hass und Mitglieder der Forschungsgruppe Cousteau sind in der Nähe von Pottwalen getaucht, ohne angegriffen zu werden. (Anm. d. Übers.)

Marine sprechen heute davon, Delphine dazu abzurichten, feindliche Kampfschwimmer zu töten, so wie man Polizeihunde dazu erzieht, auf ein Pfeifsignal Vagabunden zu packen. Kapitän Bond selbst hat vorgeschlagen, daß die Taucher der »Guten Partei« mit einer Pfeife von bestimmter Tonlage ausgerüstet werden müßten, während die »Bösen«, die nicht ständig dieses geheime tönende »Losungswort« erschallen lassen, vernichtet werden, sobald der Delphin sie sieht — pardon: hört bzw. nicht hört!

Es gibt noch mehr Übles. Die Landbewohner haben seit der Antike gelernt, mit Hilfe von Hunden, Pferden und Elefanten zu töten. Sie haben diese Tiere auch als reine Objekte benutzt wie die Steine ihrer Schleudern, indem sie sie amtlich als eine Art Kamikaze-Freiwillige bezeichneten. Während des Zweiten Weltkrieges hatten die Russen mit Sprengstoff beladene Hunde dazu abgerichtet, unter deutsche Panzer zu laufen oder zu kriechen, wobei durch Anstoßen einer an ihrem Rücken angebrachten Antenne die Detonation einer am Hundekörper befestigten Sprengladung ausgelöst wurde. In den Vereinigten Staaten waren Fledermäuse dressiert worden, Brandsätze mit Verzögerungszünder zu transportieren. Der Gedanke war, die Tiere nachts in der Nähe strategisch wichtiger Einrichtungen des Feindes abzuwerfen, damit sie dort nach ihrer Gewohnheit unter den Dächern Zuflucht suchen sollten, wo dann der Phosphor den Brand auslösen würde. (Das Projekt wurde aufgegeben, als die Kamikaze-Fledermäuse ihrem Instruktor entwichen und das Feuer in die Baracken des Trainingslagers trugen.)

Ob die Landbewohner, wenn sie Meeresbewohner werden, ihren mörderischen Wahnsinn auch unter die Wogen tragen?

Dr. Rehmann von der US Navys Ordnance Experimental Station am China Lake in Kalifornien schreibt: »Wenn die Verständigung Delphin—Mensch hergestellt werden kann und erwiesen ist, daß man sich auf den Delphin verlassen kann, dann könnte er dazu benutzt werden, um Taucher oder mechanische Apparate (sic) zu interessanten getauchten Objekten (sic) zu führen, um Bilder von diesen Objekten aufzunehmen, um Minen in den amerikanischen oder ausländischen Häfen oder auf den großen Schiffahrtswegen zu legen, oder sogar um per Funk die Anwesenheit und Position von U-Booten im offenen Meer zu melden.«

Ausgezeichnet — aber wie werden diese weitblickenden Kriegsspezialisten die von der Walforschung verschlungenen Dollarmillionen rechtfertigen, wenn die Delphine einmal zu sprechen gelernt haben und sich als Pazifisten entpuppen sollten, wie es so intelligenten Geschöpfen wohl anstehen würde? Oder wenn sie sich gar — schrecklicher Gedanke! — als verstockte Kommunisten erweisen?

Es ist das Schicksal aller Fortschritte der Wissenschaft, daß sie auch und oft sogar zu allererst dazu dienen, die Technik des Massenmordens zu vervollkommnen. Aber vergessen wir das und denken lieber darüber nach, was die Wale zur Unterstützung friedlicher Arbeiten der Menschen auf dem Grund der Ozeane tun können. Denn die heutigen Aquanauten, die bis zu 130 Meter tief auf dem Meeresboden leben und 1½ Monate lang dort unten bleiben, sind bisher nur Versuchskaninchen auf den äußersten Vorposten. Sie sind da, um den Weg vorzuzeichnen für die Meeresarbeiter von morgen, die den Grund des Ozeans urbar und fruchtbar machen und eines Tages auch abernten werden.

Der Meeresgrund ist — wie oft genug erwähnt wurde — Brachland, und seine Fläche ist zweieinhalbmal größer als die Fläche unseres Festlandes. Ein breiter Streifen dieses Meeresgrundes ist heute erreichbar und nutzbar, nämlich der flache Bezirk von 0—300 Metern entlang der Küste, den wir Kontinentalsockel oder Schelf nennen. Drei Versuchsserien haben ergeben, daß Menschen dort leben und sicher und wirksam arbeiten können. Es handelt sich um die Forschungsprogramme »Man in Sea« von Link und Stenuit (das dem Datum nach früheste und noch immer tiefste), weiterhin um »Sealab« von Dr. Bond und der US Navy und um »Pré-Continent« von Cousteau und O. F. R. S.

Wir wissen nur zu gut, daß wir in unserer übervölkerten und zu zwei Dritteln unterernährten Welt um jeden Preis neue natürliche Hilfsquellen finden müssen: zunächst solche der Nahrung, dann aber auch Rohstoffe und Energielieferanten. Die Weltmeere enthalten mehr potentielle menschliche Nahrung, als die gegenwärtige Weltbevölkerung von 3 Milliarden Bewohnern verbrauchen könnte; mehr auch, als sie im Jahre 1978 brauchen wird, wenn es 4 Milliarden Menschen gibt; und sogar mehr, als im Jahre 2000 benötigt wird, wenn sich wahrscheinlich 6 Milliarden Erdbewohner auf den trockenen Partien unseres Globus drängeln werden.

Aufgabe der Aquanauten wird es sein, auf dem Kontinentalsockel wissenschaftliche Anbaumethoden, vielleicht auch eine rationalisierte

Fischzucht, Techniken zur Nutzung von Bodenschätzen und zur Produktion von Brennstoffen zu entwickeln.

Um das »Korn der Wogen« zu kultivieren, also die vitaminreichen Algen und Meerespflanzen, von denen sich die Japaner und andere Küstenbewohner des Pazifischen Ozeans seit jeher ernähren und aus denen man »Algine«, »Agar-Agar« usw. gewinnt, werden die »Tangbauern« in der Tiefe — genauso wie die »Kartoffelbauern« oben auf dem Land — Maschinen, Last- und Zugtiere usw. brauchen. Sicher wäre es zu naiv, sich einen Delphin vor dem Ackerwagen vorzustellen. Aber wenn die unterseeischen Anbau-Verfahren einmal ausgearbeitet sein werden, wenn man unter den zweitausendundetlichen Algenarten jene ausgewählt hat, aus denen man »Meereskorn«, »Meereskartoffeln«, »Meeresobst«, »Meereswein« oder »Meereskakao« gewinnen wird, mag es durchaus nötig sein, unerwünschte Feinschmecker von den Pflanzungen fernzuhalten. Dann wird man sich vielleicht der Delphine erinnern müssen, um sie mit der Aufsicht zu betrauen.

Zwei Lösungen sind möglich, um den Salzfluten der Weltmeere die Milliarden und Abermilliarden Tonnen von Eiweiß, die sie in Form von Fischen, Krebsen und Mollusken enthalten, abzugewinnen — an Stelle der kümmerlichen 45 Millionen Tonnen, knapp $1\frac{1}{2}\%$ der menschlichen Ernährung, die unsere Fischer z. Z. jährlich herausholen. Die erste Lösung besteht darin, von Steinzeitmethoden zur Neuzeit überzugehen, d. h. die Fischfangtechnik zu industrialisieren und die altmodischen Verfahren so weit und so schnell wie möglich durch moderne Praktiken zu ersetzen. Allerdings würde man so die Schelfzonen rasch in Wüsten verwandeln. Die zweite Lösung besteht darin, die Schätze des Meeres überlegt und pfleglich zu bewirtschaften und das zu erneuern, was man zerstört, gerade so, wie man es auch bei der Nutzung landwirtschaftlicher Kulturflächen tun muß. Dieser Weg bedeutet den Aufbau einer rationellen Zucht, und zwar einerseits die Zucht wertvoller Arten zum direkten Verbrauch, und andererseits die Zucht gewöhnlicher Fischarten von hohen Wachstums- und Vermehrungsraten, um daraus hochwertiges Fischmehl herzustellen.

In Großbritannien wird im Fischerei-Institut von Lowestoft in dieser Weise an der Zucht der Scholle gearbeitet, und in der »White Fish Authority« in Port Erin düngt man eine große unterseeische Algenwiese mit Nitraten, um dort als Ziel des Experimentes demnächst 1 Million Fische pro Jahr aufzuziehen.

Die Forscher des Institutes für Meeresbiologie in Elseneut/Dänemark beschäftigen sich in bestimmten Gebieten der Ostsee damit, besonders ertragreiche Fischarten herauszufinden (die künftigen Hühner, Schweine und Kühe des Meeres) und dabei auch die Schädlinge (Seesterne usw.) zu kontrollieren. Außerdem fördern sie die Vermehrung des Planktons — Ausgangspunkt der gesamten tierischen Ernährungskette.

Aber wenn die Cowboys der Tiefe einmal am Meeresboden oder wenigstens am Ufer heimisch geworden sein sollten, werden sie unbedingt etwas Ähnliches wie ein Patrouillenpferd und wie einen Schäferhund brauchen, um ihr scheren-, schalen- und schuppentragendes »Vieh« überwachen und betreuen zu können.

Die Zahnwale werden sich auch nicht weigern, den anderen Arbeitern des Meeres hilfreich »die Flosse zu reichen«, den Gruben- und Steinbrucharbeitern, die am Meeresgrund Eisenerze abbauen (in Japan), diamanthaltigen Sand (in Südafrika), Zinn (in Insulinde), goldführende Sande (in Alaska) oder ganz einfach Steine (das sind die bekannten »Steinfischer« Norddeutschlands, die große Findlinge vom Grund der Ostsee als Baumaterial heraufholen); den nach Öl suchenden Helmtauchern, die — am Ende ihres Luftschlauches unter einem schweren Kupferhelm zur Tolpatschigkeit verurteilt — Unterstützung besonders nötig haben, den Archäologen, die nach Altertümern und versunkenen Städten fahnden, oder den Ozeanographen — seien es Chemiker, Physiker, Geologen oder Biologen —, die hunderterlei Aufgaben für die Delphine hätten, Messungen, Proben und Informationen zu sammeln, die uns heute noch unerreichbar sind.

Alles das sind — wir wiederholen noch einmal — keine vagen Prophezeiungen und Zukunftsträume, sondern bereits Alltäglichkeiten, denn in der sonnenlosen Welt unter Wasser gibt es nichts Neues. Wir sprachen von den Aquanauten, aber gestern waren es noch die Fischer, die Delphine für sich beschäftigten. Wir haben es ganz vergessen, aber es ist schon über 2000 Jahre her, daß sie den Fischern beim Fischen halfen.

Plinius der Ältere, der um das Jahr 70 Steuereinnehmer der Provinz Narbonne war, berichtet, wie dabei verfahren wurde: »In der Gegend von Nîmes gibt es eine Latera genannte Lagune, wo die Delphine gemeinschaftlich mit den Menschen Fische fangen. Zu einer bestimmten Jahreszeit erscheinen unübersehbare Schwärme von Meerbarben in der

Lagune und drängen mit dem ablaufenden Wasser der Ebbe durch eine schmale Mündung hinaus ins Meer, wobei ein Aufspannen von Netzen unmöglich ist, weil die Maschen der Wasserströmung und dem großen Gewicht der Massen nicht standhalten würden. Wenn die Fischersleute solches sehen (und für gewöhnlich versammeln sie sich hier in großer Zahl, weil es ein sehr beliebter Sport ist), ruft die gesamte am Strand versammelte Volksmenge mit aller Lungenkraft nach Simo, damit das Schauspiel seinen Anfang nehme. Die Delphine hören gar bald den Appell und stürmen herbei, um ihre Hilfe anzubieten. Dort, wo die Schlacht geschlagen werden soll, entfalten sie sich zu einer Treiberkette, sperren die Durchschlupföffnung vom Meer her ab und scheuchen die erschreckten Barben zu den flacheren Partien des Strandes zurück. Jetzt werfen die Fischer ihre Netze um sie und ziehen sie gabelförmig zusammen. Nichtsdestoweniger gibt es immer wieder ein paar närrische Meerbarben, die über das Hindernis hinwegspringen, aber nur, um auf die Delphine zu treffen, die sich für den Augenblick damit begnügen, sie nur totzubeißen und sich die Mahlzeit bis zum endgültigen Sieg des Unternehmens aufzusparen. Der Kampf ist hart, und die Delphine, die ihr Letztes dabei hergeben, haben keine Angst, selbst einmal ins Netz zu geraten; falls das passiert, gleiten sie — damit der Gegner davon nicht profitiert — ganz sachte zwischen den Booten, Netzwänden und den im Schlamm herumpatschenden Fischern dahin, und zwar sogar so vorsichtig, daß sie nicht irgendein Schlupfloch für die Fische öffnen. Wenn der Fang beendet ist, verschlingen sie endlich die Fische, die sie getötet haben. Wenn die Arbeit für einen einzigen Zahltag aber zu hart war, warten sie bis zum nächsten Morgen und erhalten dann außer dem Fisch noch große Stücke Brot, die in Wein getaucht sind.«[1]

In Euboea hat Oppian bei den griechischen Fischern ein anderes Verfahren beobachtet: »Wenn die Fischer zu ihrem nächtlichen Fang ausrücken, wobei sie die Fische mit Feuer oder dem zitternden Lichtstrahl einer Laterne schrecken, eilen die Delphine zur Hilfe herbei, um das Massaker ihrer gemeinsamen Beute zu beschleunigen. Wenn die aufgescheuchten Fische einen Bogen schlagen und zu entwischen versuchen, stürzen sich die vom offenen Meer her kommenden Delphine auf sie

---

[1] Der Verzehr von weingetränktem Brot durch Delphine wird in verschiedenen antiken Überlieferungen erwähnt, ist aber höchst unwahrscheinlich. (Anm. d. Übers.)

und drängen sie gegen den ungastlichen Strand hin, ohne Unterlaß in die Höhe springend und sie derart ins Entsetzen treibend, wie es die Hetzhunde mit wilden Tieren für die Jäger tun. Wenn dann die Fische ans Ufer flüchten, spießen die Fischer sie mit Leichtigkeit auf ihre spitzen Harpunen, und es gibt kein Entrinnen für sie, doch sie schnellen sich ohne Hoffnung aus den Wogen, gejagt vom Feuer und von den Delphinen, den Königen der Meere. Wenn die Mühen der Jagd beendet sind, dann kommen die Delphine herbei und verlangen die Belohnung für ihre freundschaftliche Hilfe und den Anteil der Beute, der ihnen zukommt. Und die Fischer weisen sie nicht zurück, sondern geben ihnen gern einen Teil des Fanges ab, denn falls ein Mann in seiner Habgierigkeit einmal gegen sie ist, kommen die Delphine nie wieder, um ihm zu helfen.«

Plinius hat auch noch in Iasos die gleiche Art nächtlichen Fischfanges mit Licht und Unterstützung von Delphinen gesehen. Sie war sogar noch im 16. Jahrhundert üblich: »Der Grund, weshalb die Delphin bei den Fischern so beliebt seyndt ist der, daß diese die Fische von überallher in ihre Netz treibendt. Auch jene habendt dadurch ihren Vorteil, denn die Fischer thun ihnen niemals Böses. Sogar wenn sie sie in ihren Netzen gefangen finden, geben sie ihnen die Freiheit wieder. Ich will nicht meinen, daß das in allen Meeren so ist, jedoch hauptsächlich in Griechenland und anderen Gegenden, wo die Einwohner keine Delphin essendt.«

Ein von den Sporaden stammender befreundeter Grieche hat mir versichert, daß sein Großonkel diesen Fischfang noch heute in genau gleicher Weise ausübe.

An der Küste von Queensland/Australien gibt es in der Bucht von Moreton eine kleine Landzunge, die Amity Point genannt wird. Wie viele Anwohner des Stillen Ozeans, verehren die australischen Eingeborenen die Delphine wegen deren magischer Kräfte und zweifellos auch wegen der guten Taten, die sie von ihnen erfahren. Beispielsweise für die Hilfe beim Fischfang, die der Direktor des Museums von Queensland vor fast einem Jahrhundert wie folgt beschrieben hat (tatsächlich habe ich das folgende Zitat von Antony Alpers übernommen, der es seinerseits vom heutigen Direktor des Museums bekam, der sich wiederum auf einen gewissen Fairholm stützt, der 1856 in den »Verhandlungen der Zoologischen Gesellschaft von Queensland« darüber schrieb): »Bei Amity Point trifft man während der heißesten Monate des Jahres bestimmte Eingeborene beim Fang von Meerbarben an. Bei diesem Fang werden sie in der bewunderungswürdigsten Weise von Delphinen unterstützt. Seit undenklichen Zeiten scheint zwischen den Schwarzen und den Delphinen im gegenseitigen Interesse ein gutes Einvernehmen bestanden zu haben. Die Fischer versichern, daß sie alle Delphine der Umgebung kennen und sogar mit Namen rufen. Das Ufer ist hier flach und sandig, und an seinem Rand gibt es einige Dünen, auf die sich die Schwarzen setzen, um auf das Vorbeischwimmen der Fischschwärme zu lauern. Ihre Netze sind griffbereit auf dem Strand ausgebreitet; es handelt sich um ca. 1,20 Meter breite bespannte Rahmen, die von Hand bedient werden. Wenn sie einen Meerbarbenschwarm bemerken, stürzen sich mehrere Männer ins Wasser, wo sie ein eigenartiges Geräusch erzeugen, indem sie mit ihren Harpunen auf die Wasseroberfläche schlagen. Die Delphine kommen von der offenen See her und treiben die Fische, von denen viele gefangen werden, ohne entrinnen zu können. In der darauffolgenden Szene scheinbarer Verwirrung arbeiten die Eingeborenen und die Delphine Schulter an Schulter. Sie haben so wenig Angst voreinander, daß die Schwarzen — wenn Fremde ihre Beunruhigung zum Ausdruck bringen — ihnen zeigen, daß die Delphine herbeikommen, um einen auf die Harpunenspitze gesteckten Fisch entgegenzunehmen, wenn man ihnen einen hinhält. Ich für meinen Teil zweifele nicht daran, daß es sich um ein echtes Gemeinschaftsverhältnis handelt und daß die Eingeborenen die Delphine gut kennen, denn fremde Delphine würden sich gegenüber Menschen nicht derart furchtlos zeigen. Die Stammesältesten erzählen, daß diese Art des Fischfanges schon immer ausgeübt würde, solange sie sich zu erinnern vermögen; aber obwohl es in der Bucht Delphine im Überfluß gibt, fischen die Eingeborenen an keiner anderen Stelle mit ihrer Unterstützung.«

Es gibt zu viele weitere, durchweg ernstzunehmende und übereinstimmende Beschreibungen darüber, als daß man an der Sache zweifeln könnte. Ein anderer Bericht ergänzt noch: »Das Prinzip der Zusammenarbeit war so gut zwischen den beiden Partnern vereinbart, daß — wenn es einem Delphin nicht geglückt war, einen Fisch zu fangen — er zum Strand zurückkehrte und dort hin und her schwamm, bis sein Freund vom Ufer ins Wasser watete und ihm einen auf die Harpunenspitze gesteckten Fisch hinreichte.« Und bei einem anderen Zeugen heißt es: »Ich erinnere mich, in Point Amity einem erregenden Schauspiel beigewohnt zu haben. Ein Fischschwarm zog längst der Küste, war aber viel zu weit und in zu tiefem Wasser, als daß die Schwarzen ihn hätten angehen können. In diesem Augenblick erschien eine Gruppe Delphine ca. 500 Meter weit draußen in der offenen See, die dort herumzuschwimmen schien, ohne eine Ahnung von dem in ihrer Nähe vorhandenen Festmahl zu haben. Einer der Schwarzen stieg zum Wasser hinab, stieß seinen Speer mehrmals in den Boden und schlug ihn dann in Längsrichtung flach auf das Wasser. Die Delphine reagierten sofort auf das Signal, indem sie herbeistürzten und die armen Fische vor sich hertrieben. Nun stürmten auch ca. zwanzig Eingeborene mit geschwungenen Netzen vor, und während der folgenden Minuten sah man nur ein wildes Getümmel durcheinanderwirbeln: Fische, Delphine und Schwarze, aus dem die Schwarzen alsbald mit prall gefüllten Netzen wieder auftauchten, wobei sie den Rest der Beute für ihre seltsamen Verbündeten zurückließen.«

Auch die Süßwasserdelphine haben mit den Fischern der Flüsse und Seen lohnende Bündnisse geschlossen.

In der Provinz Yünnan in China besitzt jede Familie oder jedes Dorf seinen eigenen »Lipotes vexillifer«, dessen Benutzung zum Treiben von Fischen in die Netze anderer Familien gerichtliche Verfolgung nach sich zieht.

In Indien fangen die Fischer seit 3000 Jahren Delphine, die sie dazu abrichten, ihnen Fische ins Netz zu scheuchen. Die Fischer dressieren sie, solange sie noch jung sind, und behalten sie ihr ganzes Leben lang.

Im Becken des oberen Amazonas, wo Brasilien, Peru und Kolumbien zusammenstoßen, werden die »Butus« (Inia geoffrensis) von den Indianern ebenso verehrt wie der gewöhnliche Delphin von den Griechen des Alten Hellas. Sie glauben, daß derjenige, der eine aus Butu-Fett hergestellte Kerze entzündet, in Kürze erblindet.

Der vertrauenswürdigste Bericht zu diesem Thema ist 1954 von Lamb in der amerikanischen Zeitschrift »Natural History« veröffentlicht worden. Bruce Lamb ist ein amerikanischer Landwirtschaftsfachmann, der lange in Brasilien arbeitete. Lamb hatte weder Plinius noch Oppian gelesen, und die Indianer von Rio Tapajos erst recht nicht, aber er hat aus dem Mund der Eingeborenen Augenzeugenberichte gehört, die einmal mehr das bestätigen, was wir bereits aus vielen anderen Gegenden erfahren haben: Schon mehrmals haben Butus das Leben indianischer Fischer gerettet, indem sie die Unglücklichen an

Land brachten, falls das Kanu auf dem großen Strom einmal umgeschlagen war. Ein Spaßvogel unter den Delphinen hatte sich angewöhnt, das Paddel eines Fischers im Maul zu tragen, sobald sich eine Gelegenheit dazu bot. Und was gut ist, zu wissen: Wenn Butus anwesend sind, baden die Indianer oder durchschwimmen unbesorgt einen Fluß, weil die Piranhas als Beutetiere der Delphine sofort fliehen. Lamb hat auch mit eigenen Augen gesehen, wie eine Schar von Inia-Delphinen, die rund um einen kleinen Dampfer spielten, wie auf ein gegebenes Zeichen genau in dem Augenblick verschwanden, als ein Mechaniker voll böser Absichten mit einem Gewehr auf die Brücke kam.

Er erzählt noch eine weitere Geschichte. Er brach eines Abends bei Einbruch der Dunkelheit mit einem Ruderer und seinem Führer Raimondo zum Fischfang im Kanu auf. Unterwegs begann der Ruderer mit dem Paddel leise an die Bordwand des Bootes zu schlagen, wobei er ständig in ganz bestimmter Weise pfiff. Raimondo erklärte, daß sie auf diese Weise ihren Butu herbeiriefen, denn wie er versicherte, hatten sie einen Delphin, der abgerichtet war zu folgen, wenn man ihn rief, um ihnen beim Fischen zu helfen. Als sie längs der Böschung des Flußufers am Fangplatz angekommen waren, zündete Raimondo eine Karbidlampe an und ergriff eine Harpune, während fast im gleichen Augenblick etwa 15 Meter vom Boot entfernt ein Delphin erschien und Luft ausstieß. »So, da wären wir!« sagte Raimondo. Lautlos glitt das Kanu am Ufer entlang, und der im Bug kauernde Raimondo harpunierte die im tiefen Wasser gut sichtbaren Fische. »Als wir vorrückten«, erzählt Lamb, »erschreckten sich die Fische vor uns und flüchteten ins tiefere Wasser, aber dort stießen sie auf unseren Freund Delphin, der seinerseits fischte, so daß sie schneller als vorher zum Ufer zurückstoben. Mehrmals geschah das mit solcher Geschwindigkeit, daß sie bis aufs trockene Ufer hinaufschnellten.« Der Fang war nicht schlecht, aber Raimondo beschloß, den Fluß zu überqueren, um noch eine andere Stelle zu versuchen. Die Überfahrt dauerte eine Viertelstunde, und Lamb sah jetzt den Butu nicht mehr alle 30 Sekunden zum Atemholen an die Oberfläche kommen. »Weil wir zu langsam fahren«, erklärte Raimondo, »er wartet schon dort hinten am nächsten Fangplatz auf uns.«

Und als sie ankamen, war der Delphin tatsächlich da, und man nahm den Fang wieder auf, wobei die Menschen die Fische zum Delphin und der Delphin die Fische zu den Menschen hin trieb. »Der Delphin begleitet uns über eine Stunde lang in 15 bis 20 Meter Entfernung«, versichert Lamb. »Er unterstützt uns ganz methodisch, und es gibt keine Beziehung zu den Bewegungen und zum Beuteverhalten anderer Delphine, die ich da und dort hatte jagen sehen.«

Und wie steht es mit den Seefahrern und U-Bootsleuten? Wenn wir eines Tages so weit kommen, mit den Walen in allen Sprachen der wässerigen Welt zu sprechen, vielleicht auch in einem zwischenartlichen Esperanto oder sogar mit Hilfe der Finger wie unter Taubstummen, wird es keine Probleme der Navigation mehr geben. Wale brauchen weder Seekarten noch Sextanten noch Chronometer noch klares Wetter, um sich auf dem offenen Meer zurechtzufinden. Die Walfänger und Küstenbewohner wissen seit jeher, daß die Delphine, die Pottwale und die großen Bartenwale auf ihren Wanderungen zu den Krill-Fangplätzen und Buchten, in denen sie sich paaren, stets genau die gleichen Routen einschlagen. Ein im Nebel verirrter Kapitän hätte daher nichts weiter zu tun, als den erstbesten Delphin, dem er begegnet, höflich zu fragen, auf welcher Position er sich befindet und welchen Kurs er zu steuern hat. Und bevor er eine gefährliche Durchfahrt antritt, hätte er nur einen Pilot-Wal anzurufen, der ihn sicher durch Riffe und gefährliche Untiefen hindurchlotsen könnte.

Darin ist nichts Utopisches und sicher auch nichts sehr Neues. Seit Apollo sich einst in einen Delphin verwandelte, um die im Sturm verirrten Kreter nach Crissa und in Sicherheit zu geleiten, haben die echten Delphine diese gute Angewohnheit beibehalten. In der Mythologie gibt es zwei Dutzend Beispiele davon, und die Griechen haben Apollo in dem Tempel von Delphos verehrt, in dem die geretteten Kreter damals ihren ersten Weihedienst abhielten. (In Athen gab es noch einen anderen Tempel des delphinischen Apolls, der nach einer ganz ähnlichen Errettung errichtet wurde.)

In weit moderneren Zeiten hat auch Cpt. Cousteau die Brauchbarkeit von Delphin-Lotsen feststellen können. Eines Tages nahm das Ozeanographen-Schiff »Elie Monnier« im Atlantik mit 11 Knoten Fahrt Kurs auf die Meerenge von Gibraltar. Das Boot traf und überholte anschließend eine Schule von Delphinen, die offensichtlich das gleiche Wegziel hatten. Um zu versuchen, die Tiere in die Irre zu führen, wich der Kommandant ganz allmählich um 5 oder 6 Grad vom Kurs ab. Auch die Delphine wechselten ihre Route, aber nach einigen Minuten schlugen sie wieder die richtige Bahn ein und führten das Boot exakt zwischen den Herkulessäulen hindurch.

Und warum sollte man nicht auch noch Matrosen und Flieger mit einem Spezialgerät ausrüsten, das unter Wasser Tonbandaufnahmen von Delphin-SOS-Rufen aussendet? Im Fall von Seenot würden dann, wie seinerzeit bei Äsop, alle Delphine der weiteren Umgebung zur Hilfeleistung herbeieilen.

Und was könnte man für die Badegäste tun? Nun, man befaßt sich bereits damit. An einem Ferienstrand in Südafrika befinden sich heute zwei weibliche Delphine in der Ausbildung. Sie heißen Dimple und Haig und werden, wenn sie weiter so gute Fortschritte machen wie bisher, bald als offizielle Bademeister dieses Strandes fungieren. Wenn ein Schwimmer in Schwierigkeiten gerät, sind sie es, die ihm einen Rettungsring zutragen, und wenn ein Hai gemeldet ist, werden sie ausgesandt, um ihn abzufangen.

Professor Tayler, der Initiator dieses Experiments, ist davon überzeugt, daß dieses Verfahren in wenigen Jahren allgemein üblich sein wird — wahrscheinlich nur unter Verwendung von Weibchen, bei denen das Rettungsverhalten am deutlichsten ausgeprägt ist.

Was wird diese für den Menschen so vorteilhafte Zusammenarbeit aber für den Delphin Gutes bringen? Was bieten die Menschen den Delphinen und Walen im Tausch gegen die vielen Wohltaten, die sie von ihnen seit Jahrtausenden erfahren haben und in Zukunft noch erfahren werden?

In Norwegen werden sie seit 9000 Jahren eifrig dahingemetzelt, wie uns Felszeichnungen zeigen; auf der Insel Sachalin seit 6000 Jahren, in Indien seit 3500 Jahren, wie es in den Rig-Vedas geschrieben steht, und seit 3000 Jahren nach assyrischen Texten.

Der Delphin von Hippone starb durch die Hand geiziger Bürger, die es überdrüssig waren, auf Kosten ihrer Stadt alle Ehrengäste beherbergen und beköstigen zu müssen, die durch das berühmte Tier angelockt wurden.

Selbst zur Zeit des Aristoteles jagten die Barbaren Delphine mittels Lärmerzeugung, wobei er zur Erklärung hinzufügt, daß heftige Geräusche sie lähmen — etwas, was unwissende Zeitgenossen von heute als Fabel bespötteln.

Leider täuschen sie sich, denn auch auf unserer Welt gibt es noch Barbaren. Die Einwohner von Va-Pan beispielsweise, einer der Marquesa-Inseln, sind die Schande jenes Polynesien, wo man die Delphine sonst so verehrt. Aber man muß erwähnen, daß die Va-Pan-Bewohner sämtlich Söhne von Kannibalen, wenn nicht selbst Kannibalen sind, die ihren letzten Missionar im Jahre 1910 verspeist haben.

Wenn sie für ein Fest Fleisch brauchen, versammeln sie sich mit etwa zwanzig Booten auf der offenen See und legen sich auf die Lauer. Der italienische Journalist Edoardo Beccaro hat einem solchen Fang beigewohnt. Wenn sie auf dem Wasser die Rückenfinne von Delphinen auftauchen sehen, ziehen sie die Boote fächerförmig auseinander. Dann nimmt auf Befehl des Anführers in jedem Boot ein Mann zwei kokusnußgroße Steine in die Hände und schlägt sie unter Wasser heftig gegeneinander.

Für das empfindliche Gehör der Delphine scheint dieses Geräusch unerträglich schmerzhaft zu sein. Ganz außer sich versuchen sie sofort, ins offene Meer zu entkommen, aber der Kreis der Boote mit seinem apokalyptischen Lärmen versperrt ihnen den Weg. Sie erregen sich immer mehr, springen aus dem Wasser, entfernen sich, soweit sie können, aber nun drängt sie der schmerzende Krach der Boote zum Ufer hin in eine abgeschlossene Bucht. Die Fahrzeuge kommen näher, die entsetzlichen Geräusche der Steine hallen unerbittlich fort. Die Delphine sind vor Entsetzen außer Sinnen, immer näher kommt das Getöse, und man sieht, wie sie versuchen, den Kopf mit geschlossenen Augen aus dem Wasser zu halten, während ihnen das Blut aus den Ohren läuft und die Atmung pfeifend, man könnte sagen: asthmatisch wird und sie dem Ersticken nahe sind. Jetzt ist der schreckliche Krach über ihnen, sie verlieren das Bewußtsein und sind »gelähmt durch Lärm«.

Jetzt springen die Männer unter großem Gebrüll mit Haumessern ins Wasser, und was dann folgt, ist reine Schlächterei.

In Frankreich haben in der Madrague »Pêcheurs réunis« oder »Sociètates Walmannorum« genannte Berufsverbände seit dem Mittelalter das Abschlachten von Tümmlern planmäßig organisiert. An allen Küsten der Normandie teilten die örtlichen Behörden bestimmte Küstenzonen Walfängergruppen zu, die Walmanni genannt wurden; ein germanisches oder möglicherweise skandinavisches, nicht aber lateinisches oder gallisches Wort, das wahrscheinlich macht, daß diese Art mariner Jagd von den Wikingern oder den Sachsen der Ornemündung nach Gallien gebracht worden ist — auf jeden Fall von Barbaren!

Zur Ironie der Geschichte haben die Franzosen selbst den Delphin »zum Nobelsten nächst der Lilie« erkoren, aber im gleichen Atemzug berichtet uns Belon, daß der Delphin »die vorzüglichste Fastenspeise der Franzosen ist... Auf dem Fischmarkt sind sie nur, um bei den Mahlzeiten der Reichsten dargeboten zu werden bzw. für jene, die die Mittel haben, größte Kosten zu tragen. Denn die Feinschmecker, die den empfindlichsten Gaumen haben, schätzen den Delphin als das Köstlichste, was man im Meer finden kann, denn der Delphin oder Gänseschnabel ist nicht so fett wie der Tümmler und ist von besserem Geschmack und viel nützlicher und erquickender... Es gab eine Zeit, wo es Brauch war, die beiden Flipper oder Arme und die Schwänze der Delphine und Tümmler wegzuwerfen oder an die Türen zu heften. Aber ich weiß nicht, welche Neuerung zu der Erfindung geführt hat, daß man sie heute allen anderen Körperteilen vorzieht — etwas, was ich in Rouen gelernt habe.« Und Belon ist es auch, der uns noch über einen Sport aufklärt, der im 16. Jahrhundert im Schwange war: »Man schießt manchmal mit Armbrüsten oder Arkebusen nach den Delphinen oder wirft sogar mit Piken nach ihnen, aber sie geraten nicht in die Gewalt derer, die sie trafen; die Sache wird selten und eigentlich nur dann gemacht, wenn die Seeleute in Flautenzeiten Muße haben und nicht wissen, womit sie die Stunden herumbringen und sich amüsieren sollen.«

Zur gleichen Zeit gaben die Italiener der Harpune einen anderen Namen, sie hieß jetzt »delphiniera«.

Seit dem 17. Jahrhundert gerieten die Tümmler auch in den Hinterhalt der großen skandinavischen Fischereien, wenn sie im April oder Mai bei der Verfolgung der Heringsschwärme durch den Sund in die Ostsee einwandern oder durch den Kleinen Belt wieder hinausgehen. Im 19. Jahrhundert wurden hier jedes Jahr 1000 bis 1500 Stück aus dem Wasser geholt.

Die Delphinfangstationen auf Cap Hatteras oder Long Island in den Vereinigten Staaten haben erst vor wenigen Jahren ihren Betrieb eingestellt, und im St.-Lorenz-Golf setzen sie in der Nähe von Petite Rivière ihre Tätigkeit noch fort.

Im Schwarzen Meer haben die Soukhum-Fischer bis in die letzten Jahre hinein zwischen Dezember und März jeweils 2000 bis 3000 Delphine getötet.

Unsere Zeitungen endlich veröffentlichen von Zeit zu Zeit neben einigen beglückwünschenden Zeilen an den tapferen Jäger oder den unerschrockenen Taucher das Photo eines Froschmannes, der die freundlichen Annäherungsversuche eines Delphins mit einem Harpunenschuß in seinen Kopf beantwortet hat.

Das schönste Beispiel für solchen arglosen — oder vielleicht müßte man sagen: ungeheuerlichen! — Egoismus findet sich in »Moby Dick«. Hören wir nur, wie Herman Melville mit augenscheinlicher Liebe den prächtigen pazifischen Langschnabeldelphin beschreibt: »Stets schwimmen sie in fröhlichen Rudeln, die sich auf dem weiten Ozean selbst in die Luft schnellen wie die Hüte über der Menschenmenge am 14. Juli. Die Matrosen sehen sie stets mit Begeisterung nahen. Voll bester Laune kommen sie vor dem Winde daher, und ihre Ankunft ist ein glückliches Vorzeichen. Der Himmel helfe dem, der sich angesichts dieser prächtigen Geschöpfe ein dreifaches Hipp-hipp-hurrah verkneifen kann — er wäre von der göttlichen Gabe des Humors verlassen.« Herzbewegend, nicht wahr? Aber siehe da, kaum daß Melville den Punkt hinter diesen Satz gesetzt hat, fährt er plötzlich im gleichen Absatz fort: »Ein gut genährter Schnabeldelphin liefert Euch eine volle Gallone guten Trans. Aber das feine und köstliche Öl, das man aus seinem Kiefer gewinnt, ist außerordentlich kostbar und bei Juwelieren und Uhrmachern sehr gefragt. Auch das Fleisch des Delphins ist bekanntlich vorzüglich eßbar ...«

Die Menschen hatten einst damit begonnen, die kleinen Walarten — Tümmler und Delphine — zu töten, weil das einfacher ist und weil sie keine großen Schiffe besaßen. Im letzten Jahrhundert gingen die Walfänger der Segelschiffzeit zu Bartenwalarten mittlerer Größe über, die an der Oberfläche schwammen, wenn sie einmal getötet waren, was ihnen den Namen »Right whales« oder »Gute Wale« einbrachte. Der Fortschritt kam, als man sämtliche Arten zu erbeuten vermochte, denn es genügte, den harpunierten »schlechten Walen« Preßluft in die Körperhöhlen zu blasen, um sie am Untergehen zu hindern. Und in unserem 20. Jahrhundert wird nun die industrialisierte Ausrottung mit Hilfe von Aufklärungsflugzeugen, Radar, Sonar und anderen technischen Hilfsmitteln rascher beschleunigt, als internationale Schutzvereinbarungen dagegen protestieren können. Wenn man junge Wale heute etwas weniger scharf bejagt, dann nur deshalb, weil dies in unserem heutigen Wirtschaftssystem weniger rentabel ist. Aber das kann sich bald wieder ändern, der Gang der Dinge ist nicht aufzu halten. Ein Beweis: Die Fischereibehörde der Provinz Neufundland in Kanada erörtert, Grindwale dadurch zu fangen, daß man sie mit ihren eigenen Hilferufen, die man auf Tonband aufgenommen hat und unter Wasser abspielt, in kleine Küstenbuchten lockt, wo Fallen aufgestellt sind.

Und die Wissenschaftler, die in ihren Laboratorien Delphine zu Dutzenden opfern, weil — wie einer von ihnen es darstellte — »unsere Verantwortung darin besteht, die Wahrheit zu finden«, nun, sie opfern die Delphine nicht für die Freuden der Tafel, aber für die Freuden der Forschung.

Ja, und ich selbst, der ich die Praktiken der Militärs und Trankaufleute beklage und geißle und die der Wissenschaftler fast in Schutz nehme, bin ich nicht selbst auf dem besten Weg, eine neue Ausbeutung der Delphine durch den Menschen anzuregen und vorzubereiten? Schlimmer noch — während ich Uneigennützigkeit predige, habe ich immer den einen stillen Hintergedanken, und zwar schon vierzehn Jahre lang bzw. solange wie ich tauche: Das erste, worum ich meinen Delphin bitten würde, wenn es mir einmal gelänge, mit ihm zu sprechen, wäre, mich zum Wrack irgendeiner mit Gold und Edelsteinen reich beladenen Galeere zu führen, angefangen mit dem der Santo Christo de Maracaibo von der Spanischen Flotte des Jahres 1702, nach der vergeblich am Ausgang der Bucht von Vigo in Spanien zu suchen ich zwei Jahre meines Lebens zugebracht habe.

Was die Zusammenarbeit betrifft, habe ich volles Zutrauen zu den Delphinen. Sie sind gewitzt genug, um sich davonzumachen und nie wiederzukehren, wenn man sie zu sehr ausbeutet, während ihre Herren hilflos zurückbleiben.

Aber die Wal-Schlächter? Wenn dieses Buch auch nur ein ganz klein wenig dazu beitragen könnte, ihnen ihre Harpunen aus der Hand zu winden, würde ich mit Sicherheit besser schlafen.

Das Wild unserer Welt oder das, was davon übriggeblieben ist, wird zu schlecht, zu wenig oder mit einer geradezu skandalösen Nachlässigkeit geschützt. Im ureigensten Interesse von uns Menschen müssen die Schutzbestrebungen verstärkt werden, und was mich betrifft, würde ich einigen Leuten gern begreiflich machen, daß sie mit ihrer Zerstörung der Natur, der Pflanzen und Tiere, die sie bewohnen, sich selbst den Ast absägen, auf dem sie sitzen. Wenn das Endergebnis unserer Zivilisation in der Ausrottung all dessen besteht, was frei und wild ist, wird sich der völlig zivilisierte Mensch eines Tages als Herrscher einer öden Wüste wiederfinden, einer Wüste auf dem Land und einer Wüste unter Wasser, wo ein Leben nicht mehr lebenswert ist.

Der Fall der See-Säugetiere ist sogar noch tragischer, denn wenn wir unsere Vettern, die Delphine, töten, so heißt das ein wenig die Ausrottung halbmenschlicher Wesen zu betreiben, solcher, wie etwa die »Tropis« von Vercors.

In der Sowjetunion sind Fang und Tötung von Delphinen heute gesetzlich verboten. Damit ist die UdSSR das bis jetzt einzige Land, das dem großen Beispiel, wie es die Griechen, die Polynesier, die Inder und später in zwei Fällen die Neuseeländer gegeben haben, gefolgt ist. Wenn der sowjetrussische Fischereiminister Alexander Ischkow diese Entscheidung getroffen hat, dann geschah das — wie er sagt — im Interesse der Wissenschaft, und wie Dr. Sergej Kleinenberg, der seit zwölf Jahren mit Delphinen arbeitet, hinzufügt, wegen der erstaunlichen Zuneigung, die sie gegenüber dem Menschen zeigen, und wegen der großartigen Perspektiven, die sich für eine Zusammenarbeit zwischen Delphinen und Froschmenschen abzeichnen.

Worauf warten also die übrigen Nationen, bis auch sie ein Gesetz erlassen: »Jagd auf Delphine verboten«?

72 80

BLV Sachbücher

Geologie erlebt

Heinrich Rid

215 Seiten, 88 Fotos auf Tafeln, davon 24 farbig, 25 Zeichnungen, 26,— DM

Ein Buch für jeden geologisch interessierten Laien, das Freude und Begeisterung an der Geologie weckt. »Geologie erlebt« kann auch ein Reiseführer durch Europa sein. An den geologischen Erscheinungen und Formationen bekommt der Leser Einblicke in die wichtigsten Kräfte, die die Erde formten. Die drei großen Erdzeitalter werden in ausführlichen Lebensbildern dargestellt.

Australien neu entdeckt

Ein Verhaltensforscher im 5. Kontinent
Kurt Kolar

250 Seiten, 46 Fotos, 25,— DM

Kurt Kolar berichtet lebendig und begeisternd über seine Forschungsreise nach Australien und Neuseeland. Er beobachtete hier vor allem Papageien, Kakadus und Sittiche und schildert das Verhalten der Känguruhs, Ameisenbären, Koalas und Schnabeligel. Er erörtert die Probleme des Naturschutzes im 5. Kontinent.

BLV Bestimmungsbücher

J. E. und M. Lange

Pilze

242 Seiten, 16,80 DM

B. Ursing

Wildpflanzen

256 Seiten, 16,80 DM

P. Schauenburg und F. Paris

Heilpflanzen

248 Seiten, 16,80 DM

B. J. Muus und P. Dahlström

Süßwasserfische

224 Seiten, 16,80 DM

B. J. Muus und P. Dahlström

Meeresfische

244 Seiten, 18,80 DM

A. Schiötz und P. Dahlström

Aquarienfische

224 Seiten, 18,80 DM

BLV Verlagsgesellschaft mbH München